龙眼镇恶棍列传

大正 著

Comte Barcelona
巴塞罗那伯爵出版社

First edition
Front cover and Editing by Qinfeng Zhang
First printing Febrary 2020
Published by Comte Barcelona

ISBN: 978-84-121756-4-6(Paperback Edition)
ISBN: 978-84-121756-5-3(Digital Edition)
Visit https://comtebarcelona.com

书名：龙眼镇恶棍列传
著者：大正
版次：2020年2月第1版
封面与编辑：张秦峰
出版发行：巴塞罗那伯爵出版社

ISBN: 978-84-121756-4-6(平装版)
ISBN: 978-84-121756-5-3(电子版)
详情可访问网站：https://comtebarcelona.com

目录

极简哥家史

擅长绘制地图的哥天霖

农民，山贼，提督军务总兵官。

据说他出生时天有异象。经调查，也就是一只鸡飞上了屋顶。

据说他力大无穷，健步如飞。证据是，他曾经担着一担粪，想要渡河，人还没到河边，船已离岸，一丈有余。他挑着粪，腾空而起，落在船上，粪水竟然没有洒出。

据说他五岁时，脖颈中枪，飞上屋顶的那只鸡救了他性命，并且口吐人言，要他杀尽太平军。事实如下，太平军进犯龙眼镇之前，发出话来，只杀男人，包括男婴，不杀女人。消息传来，男人全跑了，只有小哥天霖一直在河边玩，毫不知情，回家时，正赶上了太平军。母亲无奈，只得把他藏在草垛里。负责哥家的太平军士兵，毫无敬业精神，只随便在草垛里戳了几枪。其中一枪划破了他的皮肤。他出来之后，母亲用一块新鲜的鸡皮贴在伤口。

出生于耕读世家的他，不爱读书，也不爱种地，游手好闲，讲大话，喜欢在人多、热闹的场合出风头，穿漂亮衣服，为正经人所不齿。十三岁，太平军再次进犯，他躲进龙眼山，待劫掠完毕后，回到家，发现父兄都死了，母亲赤身裸体，下身一片血肉模糊。他冷静异常，以净水冲洗母亲，安葬后，上龙眼山，举起大旗。

龙眼山土匪抢百姓粮食，也杀太平军，官方几次派兵围剿都被打退了。哥天霖的名声，因李秀成的一句"勿犯龙眼"而大大地传播开来。咸丰六年，清政府动了真格，派遣被后人称作"晚清赵子龙"的刀姓将军剿匪。

众人惊惶，连至交好友朱孔德也认为应该投降。哥天霖听完后，一言不发。他独自走遍龙眼山，详细绘制了精确地图，其范围包括龙眼群山地形地貌，清清楚楚地标注了山峰、河流以及它们之间的距离。在测绘技术几乎为零的大清朝，哥天霖竟然能够绘制出一张如此精确的地图，令人震惊。依据这张地图，哥、朱两位头领在山岭间设埋伏，修筑起一道长达数公里的土石长墙，同刀将军激战数日，不分胜负。

哥天霖的勇猛让刀将军骇然，而他绘制的地图，更让刀将军瞠目结舌。自下龙眼山，刀将军一直把哥天霖留在身边，二人食则同桌，寝则同床。以下事件，可证明二人交情之深。

朱孔德为营救上级死于太仓，哥天霖要求出战，被拒。

一文官尾随其后，问："将军想报仇否？"

哥天霖："想。"

文官："太仓已是空城。"

哥天霖："消息可靠否？"

文官："可靠。"

哥天霖："需上报。"

文官："不可，上报，万事休矣。"

哥天霖召集手下兄弟，夜袭太仓，高呼："自古成大事者，不拘小节。"

此战折损官兵不计其数，但刀将军并未降罪与哥天霖，只处罚了传播假消息的文官。

哥天霖手下多为龙眼山土匪，人员庞杂，毫无军人素质可言。由于，他没有功名，亦无背景，降兵降将也多往他手里塞，被人耻笑为杂牌军。他毫不以为意，称士兵只有能打与不能打，没有正规军与杂牌军之分。

他统兵有如下特点：

一，自己冲在第一线，并且对手下各级军官皆作此要求。

二，冲锋陷阵者，赏。怯阵者，斩。

三，同最基层的士兵称兄道弟。

四，每破一城，便放纵属下大肆抢劫。

最后这一点，在剿捻时害了他。刀将军对他向来宽容，可另外一名文姓将军，也就是剿灭龙眼山时的另外一位将军，朱孔德的上级，对他的强盗行为不满，出言制止。哥天霖毫不理会，并且高声痛骂："若不是为了你姓文的，朱孔德这只臭王八也不会死。"文将军大怒，下令逮捕哥天霖，此事惊动老佛爷，在《清史稿》中有记载。刀将军在背后活动，保得他不死，但丢掉了一切官职。

　　回到龙眼镇的哥天霖修起巨大庭院，读经论史，结交文化人。一个有趣的对比是，朱孔德自幼诵读四书五经，却毫无家、国观念。哥天霖读书晚，却长存报国之志。

　　七十岁时，他重新受到征召，讨伐义和团。他须眉皆白，却丝毫不露老态，同年轻时一样，亲临战场，跋山涉水，勘察地形，绘制地图。妻子从龙眼镇送来信件，说他年纪老迈，不要再外出厮杀，多为家人考虑。哥天霖大怒，撕掉了信，声称先杀尽拳匪，再回乡杀妻。

　　几天后，他被他口中的拳匪打死了。

犹豫不决的哥春魁

哥春魁，哥天霖的长子，在北京渡过童年，九岁背完四书五经，十六岁通读二十四史并且学习英文，二十岁中举后，随刀将军的后人至云南做官，没有建立任何值得书写的功绩，只有三件小事，分别影响到了他自己、儿子哥立晋和孙子哥武龄。

第一件事发生在 1905 年，当时的大英帝国正在片马地区进行一系列正大光明的阴谋活动。哥春魁乔装成山民，进入少数民族聚居区，用父亲传授给他的本领，详细地绘制出了边境地图，未能引起上级官员的重视。辛亥革命后，云南地方政府成立边境事务委员会，哥春魁为负责人，率领三百余人，持枪械进入山区，进行教化边民的活动。连续的山脉、汹涌的江水、巨大的石头、近在咫尺的云朵、前所未见的野生动物；木板拼成的房屋、顶端削尖的栅栏、狰狞的面具、手持大刀与弓弩的战士；完全可以想象，汉人对待边民比起大英国士兵对待清兵只会更加残酷。这一切唤醒了哥天霖留在他体内的山贼的记忆。哥春魁倒戈为边民战斗，斩杀了不愿意投降的部下。这种富有戏剧性的情节只在他脑袋里不停地闪现，尽管哥春魁继承了父亲的外在形象，高大威猛，满面虬髯，力大无穷且体力惊人，但由于在成长过程中，龙眼镇成分少得可怜，因此他缺乏将梦境转化为现实的行动力。幻想只是白白消耗时间，教化边民的工作也毫无成效。

第二件事发生得稍早，皇帝还在。他的手下拿住了当时已经小有名气的革命党人、年轻的金将军。密谈后，哥春魁被他的救国理念打动，亲手替他解开绳索，送上卅两黄金。可是，当金将军邀他共创大业时，他脑子里只想着，哥家世受皇恩……

第三件事同样发生在清王朝覆灭之前，他资助了很多穷孩子进入大名鼎鼎的云南讲武堂学习，其中有一个姓杨的四川娃儿日后加入中国共产党，成为了共和国的开国元勋。

1915 年，袁世凯称帝，一场又一场的革命，令人眼花缭乱。对自己失望透顶的哥春魁离开云南，回到龙眼镇，专心教育孙子哥武龄。

他说："大丈夫当救民于水火，立功于天下，安能……"可是，说到这里，他往往停下来，陷入长久的沉默。

哥武龄问："安能如何？"

他说："还是算了吧。"

为父雪耻的哥立晋

　　1913 年春，中缅边境，一位村民外出多年后回乡，发现家里睡着妻子和另外一个男人。他举刀砍死二人，继续生活。被杀男人的弟弟听闻此事，又为哥哥报了仇。两个家族就此结怨，随后，整个村子分成两派，战斗旷日持久，愈演愈烈，没有平息的迹象。

　　当时，在该地进行汉化工作的哥春魁派遣手下一名小队长去解决此事。该队长蛮横无理，不问是非曲折，将所有参与者全部抓获，并且要求村民交纳钱粮。这种做法使周围数个村子前所未有地团结起来。他们召开盛大的晚会，将汉兵灌醉后，全部斩杀。

　　哥春魁听闻此事，想立刻率领军队前往该地进行报复，展现天威；可他又认为错在己方，武力从来都不能解决问题，必须公正严明，以体现天朝之文明。在犹豫不决中，上级命令到了，解除哥春魁边务委员会总办的职务。他长出一口气，兴高采烈地回到内地。

　　与此同时，一位年仅十七岁的小伙子向当时云贵地区的军政负责人金将军请命，要求率领小队人马，进入该地，扬我国威。金将军同意了。连同小伙子在内的十三人装备现代化的武器向边境地区移动，如入无人之境。在放火焚烧了数个村子后，他们收集被杀汉人的骸骨，在原地修建起气势惊人的英雄冢，碑上除了刻有死亡将士的姓名外，还有几个字："边务总办哥春魁之子哥立晋 立"。

　　出乎所有人的意料，哥立晋的一生似乎到这里就结束了。此后，尽管他一直跟随金将军东征西战，还去往日本学习军事，可为父雪耻时心狠手辣果断勇敢立志建立功业的哥立晋不见了。在征途中，他写下了大量赞美闲适精致生活的古体诗，只是水平不高，不值得摘录。

　　金将军死前交给哥立晋一封信，要他拿着信去找当时的总理。哥立晋接了信，但哪儿也没去。金将军的葬礼刚刚结束，他便申请告老还乡，如愿以偿地回到龙眼镇。此时，他刚刚三十岁。在接下来的时间里，哥立晋又娶了三个老婆，生下十五个孩子，终日同龙眼镇的纨绔子弟们品茶、听书、说笑话、赌钱，不抽鸦片。

据家谱记录，回到龙眼镇的哥立晋并非坐吃山空，用现在的词来说，他先后尝试了百货公司，酿酒厂和大型超市的生意，全部失败了。接下来，他变卖家产，创办了龙眼学堂。一九四八年，他本有机会带领全家人乘飞机离开中国大陆，但是放弃了。一九四九年，他主动交出土地，让出宅子，很快就死了。他的发妻王夫人活得比较久，一直住在哥家老宅，熬到了大革命结束。

五十多年后，他的孙女哥从文在写家族史时犀利地指出：想要在中国做乡绅，家里必须得有人在政界发展。哥立晋决心离开官场时，就注定了哥家的败落。

解放后，龙眼学堂更名为"龙眼煤矿子弟学校"。

右派哥武龄

哥武龄前面有四个姐姐，他是第一个男孩。经过哥立晋的折腾，哥家已经开始败落，上下数十口人，靠着百亩左右的稻田，过着并不算富裕的地主生活，还要养活一所学堂。哥武龄从出生起就被寄予厚望，要重振哥家的辉煌。这种希望并非空中楼阁，首先，他继承了祖父过目不忘的才能，背书之快，令人吃惊；其次，他跟随家中杨姓拳师习武，很快就超过了师傅，据说本领比得上当年的曾祖哥天霖。

六岁，他进入龙眼学堂学习，在几何与物理上表现出色，对希腊哲学与西方古典音乐亦有涉猎。数年后，他进入四川中西学堂，抗战开始时，他退学报考黄埔军校。一九四三年，他参加入了缅甸远征军，两年后回到龙眼镇。

这时候，他到达了人生的巅峰，后面就是下坡路，但他以为是起点。这不怪他，当时，整个中国都以为是起点。

他穿美式军服，挂少校衔，开进口吉普，在大街上兜风，前呼后拥，身边总有三到四个漂亮女人，非常潇洒。同年，他拒绝参加解放战争，尊父命，跟朱家四小姐朱均一结婚。朱均一的父亲从上海送来了与两家地位相称的大批嫁妆。婚礼排场之大，多年之后，龙眼镇人依然记忆犹新。

新中国建立后，他在龙眼煤炭学院当校长，立志要写一本可以跟《红楼梦》相提并论的书。

一九五七年是他人生的转折点。此时，他已经有了四个女儿，一个儿子。社会上风雨飘摇，人人自危，他却高谈阔论，口出狂言。有人向他请教治国之道，他明知不可乱说，但却忍不住，这就是所谓的天命。几日之后，又有人来。这一次来的是共和国相当有身份的大人物，陪同在侧的有龙眼镇政府各级官员，所有人的态度都非常谦恭，说：新政府缺乏执政经验，想听听本地望族，名门之后，学贯中西的大知识分子的意见。这些词如流星般击中哥武龄的心头。

他回到家里，查资料，写稿子，用工整的小楷，在折过的宣纸上誊出厚厚一沓。文章从龙眼镇的历史入手，表明了他对龙眼镇政治改革、经济发展、文化传承的具体想法。哥武龄把文稿装订成册，一本正经地交给了上面的人。

结果可想而知，他立刻被抓进了龙眼山 99 号。

半年之后，他被送到龙眼湖另外一侧的乡村学校里面做敲钟人。此敲钟人并非法国文豪笔下的丑八怪，乡村学校里面没有钟，所有的不过是一截系在树枝上的钢轨。树下有几块大石头，到了上课、下课点，哥武龄就去树下捡起石头，对准钢轨咣咣咣地砸几下。砸几下没有规定，早点晚点也无所谓，甚至砸或者不砸都没有关系。

一开始，他万念俱灰，自己的抱负，祖宗的基业全部完蛋了。可是，仅仅过了一个礼拜，他就发现了生活的乐趣。这里的人对政治运动毫无兴趣，对他这个右派更是不闻不问，就连校长也表现出敬而远之的态度。

有敲钟人，当然也要有艾丝美拉达。这是一个被从北京丢下来的三十岁寡妇。丈夫是作协成员，出身清白，竟也遭了难，一时想不开跳楼死了。女人不服气，去作协里面闹，上头的人嫌她烦，打发她下来做乡村教师。这年，哥武龄三十六岁，同北京来的寡妇一起，挨家挨户动员孩子们来上学，挤在煤油灯下读小说，锻炼身体，到大山深处做爱，所到之处，草木生长得格外茂盛。

在这伊甸园般的地方，还发生了一件趣事，必须写下来。

哥武龄是校长，尽管被打成了右派，送到农村，但依然是国家干部，薪水一分钱不少。闲暇时间，他常去村民家里收旧书。那时候，城里革命闹得厉害，有大户人家把祖上留下来的古董、字画、旧书等物送到乡下亲戚家里藏起来。他看到喜欢的，便想要拿钱来买。人家问他，你一个敲钟人，怎么会有那么多钱。虽然因管不住嘴巴吃了大亏，但哥武龄依旧改不了喜欢胡说八道的毛病，他说，敲钟敲得好，每月一百多。要知道，当地农民，一年忙到头，不过百元左右的收入。

他随口一说并没放在心上，不成想这事竟然越传越远，周围几个村子都知道学校里来了个敲钟人，每个月工资一百多块。敲钟有何奥秘？从此，只要哥武龄敲钟，必有大量村民围观。模仿敲钟人，竟然成为一时的风尚。哥武龄极其享受这种瞩目，于是，敲钟便有了表演的性质。

好景不长，一年后，革命的浪潮涌进这个封闭的乡村，女教师屡遭批斗，不愿配合，跳崖自尽。哥武龄被送至龙眼湖农场，开始了长达二十二年的劳改生涯。

现在转过头来说说神秘的大人物。此人并非险恶的思想检察官，而是当年受其祖父哥春魁资助过的杨姓少年，同时也是哥武龄十三弟哥武义的上级。大人物去龙眼镇拜访，的确有有提携的意思。至于时间，只是巧合。他回到北京，自己先被打倒了。经过多方运作，重新掌权后，他依然记得哥武龄，打电话到龙眼镇，下令立即放人，因此哥武龄才得以被送至乡村学校敲钟。可随后不久，大人物再次失势，这次时间比较久，直到一九六零年，才再次回到权力中心。他写条子送到龙眼湖农场，要求释放哥武龄。

全面平反后，上头对哥家进行赔偿，经过周密计算，总共还回来四十三套房子，哥武龄全都不要，分给了十四个弟弟妹妹和他们的家人。接着，上头又以补贴贫困家庭为名，送给哥武龄大量赔偿金。哥武龄拒绝了。这次，消息通到了大人物那里，电话立刻打了过来。

大："为什么？"

哥："我不缺钱。"

大："这跟你缺不缺钱没有关系。"

哥："那为什么要给我钱？"

大："这是赔偿。"

哥："为什么要赔偿？"

大："帮助贫困人口。"

哥："我有工资，我老婆有工资，五个孩子都有工作，我不是贫困人口。"

大："你怎么还是不明白，这只是个说法，其实是补偿你这些年的损失。"

哥："那就是道歉了？"

沉默了一阵，大："算我个人向你道歉。"

哥："你为什么要向我道歉？"

平反的右派往往选择回原单位继续供职，而哥武龄没去煤炭学院，选择了子弟学校。重获新生的龙眼学堂为矿工的孩子们提供九年义务教育。矿工来自全国各地，大都是些亡命之徒，他们的孩子不愿意读书。哥武龄一个一个地把他们从家里，从大街上揪回到教室里听课。为了给他们找到合适的书籍，往往步行近二十里，再乘长途汽车，去省城图书馆借阅。在老虎发表的文章里，有两个自然段，详细描绘了他跟随哥武龄一路的见闻。全文用了很多动词，却没有一个带有感情色彩的形容词，催人泪下。

还有件事，简单提一下。哥武龄重建校图书馆之后，获得了一次职位上的提升，薪水有所增加。他找到负责人，说，"我现在享受干部待遇，工资很高。其他教师的工资连我一半都不到。你们如果非要给钱，就把钱加给他们吧。"这一匪夷所思的要求当然遭到了拒绝，从此他再也没得到过提拔。

必须说明的是，哥武龄只是话说得漂亮，并不真的有钱。他晚年的工资不算低，但也绝对不富裕。他拿出一部分，当做生活费交给朱均一，用剩下的钱买书、喝酒、抽烟、打麻将。有好几回，他口袋里一分钱都不剩，只得去央求朱均一把大革命后残留的嫁妆拿出去卖掉。朱均一不同意，他便说笑话哄她。到他死的时候，哥家与朱家留下来的东西，只有一块边缘发黑的玉。后来，他的孙子哥白尼拿到了玉，嫌难看，从没带过。

除老虎外，他还有一个学生名气更大，也更有钱，名字叫做张红旗。两人在学校就是最好的朋友，创业成功，反目成仇。老虎被张红旗打死后，他的保安队发誓替他报仇。两边的人常在大街上厮杀。

这一切哥武龄根本不知道。当时，正是年二十九，哥武龄在家里写门对子，门外吵嚷声大作，他丢下笔，打开门，正撞见了两伙人在门外杀得兴起。他大喝一声，拨开众人，对准张红旗和另外一名外号叫做"表哥"的恶棍的脑袋各拍一巴掌，拧着两人的耳朵，拖进了自己的书房。门外的人面面相觑，人人晓得这是张红旗和老虎的老师，是"表哥"的外公。书房内，哥武龄大发雷霆，问这两人，是不是要加入黑社会。二人把脑袋埋到胸口，不敢答话。

晚年，他的生活极有规律，早上六点钟起床写毛笔字，八点钟读史，中午吃过饭去打麻将，一般晚饭前回家，偶尔也会玩到天黑。有那么几回，到家已是凌晨，朱均一气得锁上了大门，哥白尼从被窝里跳起来给他开门。他还有过通宵的经历，朱均一不声不响去了女儿家。哥武龄不慌不忙，不问不找，自己买菜做饭。

每年过完元旦，求门对子的人就开始排队，直到年三十的下午，他才有空给自己家写。他的毛笔字工整漂亮，特别是小楷，极见功力，但跟书法无关。幻想中可以同《红楼梦》媲美的小说始终没有写出来，倒是有一些律诗发表在文学杂志上。哥武龄晚年，"表哥"安排出版社的人上门，给他出了一本诗集，哥白尼装在书包里，专门在人前拿出来摇头晃脑地读。

一九九九年初，他常常咳出血，到年底，开始习惯性失声。他靠着吃薄荷糖坚持了七个月，等到自己的两个外孙女参加完高考才跟朱均一说，有点不舒服，想去医院看一下。诊断显示已经是肺癌晚期，朱均一的侄子朱大夫亲自开车把他拉到为民诊所。

在送进火化炉之前，哥武龄的身体静静地躺在棺材里。他化过了妆，容貌看上去比真实年龄小一些。龙眼镇有头有脸的人都参加了这次送行，其中社会地位最高的是哥武义和他的老上司，姓杨的大人物。哥从德搀着哥武义，哥武义扶着大人物，大人物身边是哥白尼。四个人并排缓慢地绕着棺材走。在走到棺材侧面时，大人物停下来，伸手去摸棺材，出乎众人意料的是，他突然跪下来，咚的一声磕了个头。哥武义和哥从德也赶紧跪下来陪着磕头，只有哥白尼傻愣愣地站着。他还没反应过来，大人物已经站了起来。这个并非事先安排的举动，影响了后面所有的人。大家都在大人物跪下来的地方磕头，声音只宜大不宜小，排在后面的人，把脑袋都磕破了。

哥武龄留下了满屋子的书和一个大大的樟木箱。箱子里面是发黄难闻的线装书和好几摞笔记本，其中有一本是小说草稿，还有一本家族回忆录，其他全是日记。时间从出狱开始，记到他进医院，内容是每日的作息，饮食，所说的话，所做之事，以及对前一天作息，饮食，所说的话，所做之事的反省。后来，龙眼镇搞城市化建设，郑家拆迁队把哥武龄晚年住过的老房子拆了，哥从德带着朱均一住进楼房。搬家的时候，只带走了樟木箱，其他书全当废纸卖了。

自焚者哥从樱

　　哥武龄的大女儿，一九四六年生，二十岁时自杀。她从小就显示出了惊人的音乐天分，非得听舒伯特才愿意睡觉。让人感到奇怪的是，明明看到她已经闭上眼睛，呼吸均匀，可只要音乐声停止，她便立刻睁开眼睛，四处找寻。音乐再起，她才愿意闭上眼睛。哥武龄常常给朋友们表演女儿的天才。所以，此事有多位人证，相当可信。

　　一九五一年，朱博士在省城建立医学院，她认识了舅妈安娜特，常常去省城跟她聊德国古典音乐，还获得了在省城电台演奏钢琴的机会。她的天才之名开始在省内传播，朱均一的父亲朱志超写信来，说，如果有可能，他希望把哥从樱带到外国去。朱均一问哥从樱想不想去，哥从樱说她听爸爸的话。哥武龄说，在中国就不能学音乐吗？

　　一九五七年，哥武龄被捕，临走时，对哥从樱说，"你不要担心我，继续学钢琴，要记得爱国家，爱人民。"哥从樱大喊，"不！我只爱我的爸爸。"因为这句话，她吃尽了苦头，精神开始崩溃，一直处于异常状态，是音乐支撑着她渡过九年。

　　一九六五年，她被人强奸后，怀孕了，没人知道男人是谁。

　　一九六六年，她生下孩子后，被要求去一个从来没听说过的地方参加劳动改造。她彻底发疯了，在龙眼镇放火，歇斯底里地狂喊："只有烈火才能烧尽罪恶。"众人扑上去，想要按住她，她挣脱开，朝大火跑去，被烧死了。

爱国者哥从珠

　　脸蛋漂亮, 能说会道和没有头脑。她最早在龙眼镇出名, 是因为头发黑、长、直、亮, 人见人爱。哥武龄被抓后, 她剪掉头发, 换上男装, 跟自己的反动家庭决裂, 用幼稚的笔迹写下: 哥武龄, 我不再是你的女儿了。一九六六年, 她加入红卫兵, 去天安门见到了伟大领袖。尽管有这样显赫的经历, 但回到龙眼镇, 她还是因为家庭原因被组织抛弃了。

　　哥武龄出狱后, 她已经有了两个孩子, 一男一女, 生活相当窘迫。她的丈夫是龙眼煤矿的井下工人, 身材高大, 肤色惨白, 眉毛很浓, 侧面有点儿像哥武龄。两千年左右, 这个男人信上了艾宪法的宗教, 跟教团里的好几个老女人勾勾搭搭, 被哥从珠捉奸在床, 她气得破口大骂, "你狗日的能进我们哥家, 还敢在外面乱搞。"男人根本不在乎, 把她赶走了。让人不解的是, 哥从珠始终没有同这个男人离婚。艾宪法逃到国外后, 男人继续跟着二把手干了一阵子, 直到宗教团体彻底覆灭。晚年, 他玩不动了, 回到哥从珠身边, 过起了平淡的生活。

　　尽管生活并不如意, 哥从珠的漂亮脸蛋衰老得很慢, 哥白尼小时候, 一直说长大了要跟二姑结婚。她退休后热衷于参加廉价的旅行团, 组织全家人聚餐。哥白尼渐渐长大了, 在饭桌上胡说八道, 对国家政策指手画脚, 老是谈论国家、政府与党的关系。

　　她只要一听到就要发脾气, 说: "我真没想你竟然是这种人。"

　　哥白尼问: "我是哪种人?"

　　她说: "你连国家都不爱, 还能干什么。"

　　哥白尼说: "我什么时候说我不爱国了, 我说这些事, 跟我爱不爱国没有关系。"

　　她说: "那你到底爱不爱国?"

　　哥白尼说: "我不告诉你。"

　　她气得更凶, 转头对哥从德说, "看你教出来的好儿子。"

　　哥从德也不说话, 笑嘻嘻地看着她。

她气得更凶，大骂："我日你奶奶，你们姓哥的都他妈是一种人，都该枪毙。"

家族史的作者哥从文

　　哥武龄的五个孩子里，只有她愿意主动背诵古诗词与阅读文学作品。十五岁时，她看到大姐被烧焦的身体，受了惊吓，精神出现异常，时不时地犯病，症状具体表现为，不言不语，不吃不喝，拿尖锐的硬物往自己身上戳。早些年，朱均一总是把自己弟弟叫来想办法，后来朱博士死了，不得已，只能将哥从文锁在空荡荡的屋子里，任她歇斯底里地喊叫。

　　她遭遇虽然悲惨，但运气尚可，大革命末期，认识了一个很有耐心的男人。男人姓单，皮肤黑，毛孔粗大，头发总是油油乎乎，脸胖，笑起来左右嘴角边，各有一个酒窝。他真心实意地爱着哥从文，对她进行了全面细致地照顾。一九八三年，她怀孕了，精神也有所恢复，生下女儿后，她重新捡起书本，竟然考取省立大学的研究生。

　　哥武龄生前，她就在帮忙整理家族史。哥武龄死后，她拿走了哥武龄的回忆录。在此基础上，走访家里的长辈，亲自前往祖上打仗、做官的地方收集资料，最后写出了哥家完整的历史。全书大约二十万字，史料详实，趣味性略显不足。"表哥"跟她谈过好几次，想要出版，她都拒绝了。

　　本文即在此书的基础上整理而得。

不幸的哥从俪

同二姐截然相反，她头发不多，脑袋聪明。知道自己家庭出身不好，在学校里，她整日默不作声，低头走路，尽量让同学，老师感觉不到她的存在。对大革命，她感触不深，原因有四：

第一，当时龙眼镇人把所有注意力都放在教授谢傻子身上。

第二，哥家抓了一个，死了一个，疯了一个，还有一个与父母断绝了关系。只剩下两个小孩子和积极配合的中年女人，斗起来没有意思。

第三，哥家与朱家都有人做共产党的官。

第四，杨盛和的庇护。

学校里一帮不入流的红卫兵团伙在学校教导主任的暗示下，上门抄家。朱均一得到消息，立刻收拾屋子，带着哥从文、哥从俪、哥从德跪在门边。在革命小将们抄得兴起时，哥从俪偷偷起身，溜出家门，在路上碰到了造反派头目，拳师杨盛和。杨盛和问她一个人在路上干什么。她答，"一帮红卫兵正在抄我家。"杨盛和又问，"是谁？"她答说，"学校里的人。"杨盛和大怒，说，"要抄也是老子先抄，什么时候这帮兔崽子敢爬到我前头去。"说罢，他抱起哥从俪，放在自行车后座上，飞也似的蹬到朱均一家里。

革命结束后，她接班朱均一，在龙眼煤矿做财务工作，几年后，嫁给了龙眼煤矿的一位姓孟的矿长，过上了富裕的生活。人人都说她嫁得好，但实际并不幸福。

人幸福与否，由三点决定。

首先是天性，大概占50%。有些人天生性格开朗，容易满足，只是普通的生活，她就感到幸福。其次是生活的富足。这只占10%，也就是说，只要满足了基本物质欲望，富贵带来的幸福感很少，烦恼却多得多。最后是生活方式，也就是一个人如何思考，行动，处事。

哥从俪天性偏乐观，衣食无忧，生活却很烦恼。孟矿长工作很忙，常年应酬，到家基本已是后半夜。她独守空房，跟单位里的一个年轻人来往甚密。尽管没发生什么，还是被人捅到了孟矿长那里。于是，小伙子在路上被人群殴，死了，行凶者一直没抓到。此后，夫妻关系进一步恶化，孟矿长基本不再回家。他们有一个女儿，兼有他们二人的特点，但孟矿长偏偏要说，不知道这是谁的孩子。每年哥家聚会时，孟矿长都第一个到，忙前忙后，非常热心。二人表现出恩爱夫妻的样子。

女儿长大后，不爱读书，靠着矿长父亲的关系进入高级中学。她整天跟社会上的流氓们混在一起，先是爱上了没有血缘关系的表哥李思想，后来又有几次不成功的恋爱。高中三年级时，因为在郑家夜总会门外跟人打架被抓进派出所，贾副所长亲自开车把她送回家。家里只有哥从俪一个人，贾副所长跟她说，男孩子在外面打打架没什么，女孩子得盯紧点，可不是闹着玩。哥从俪看着女儿五颜六色的头发和七个耳洞，只是叹气。

为反对而反对的哥从德

两岁时，父亲被抓，跟着四个姐姐，一个母亲生活。家里面什么事都不用他做，因此，养成了只动口，不干活的毛病。这让他在日后的婚姻生活中，不停地跟妻子斗嘴，非常痛苦。另外，由于家庭出身问题，他的求学之路异常艰难，但也是那个时代的人共享的命运，无须赘述。

哥从德幼年，身体瘦弱，连一盆水都端不稳。他的心灵同样脆弱，为自己的姓氏感到羞耻，但又缺乏二姐那样的敢于跟家庭决裂的勇气。直到进入青春期，他的大脑跟身体同时开始发育，功课样样第一，体育能力令人侧目。他做了七门课的课代表，但是由于出身问题，无法担任任何职务。在龙眼镇中学生运动会上，他参加了所有的项目，投掷手榴弹时创下龙眼镇历史记录，直到这项运动被取消，没人能超过他。

正是在这次运动会上，以郑家兄弟为首的一伙人同他在体育场上较量，从百米冲刺到跳远，从五千米长跑到撑双杠。结束后，他们还不愿意放走哥从德，非要较量一下爬杆子的本事。郑家兄弟派出了年纪最小，最瘦的郑国泰。老三像猴子一样往上爬，非常灵活。而哥从德，身子悬空，只用胳膊的力量就把自己送了上去。两个人同时到达最高处。下来的时候，郑国泰放松腿和胳膊，呲溜一下就滑了下去，当郑家兄弟欢呼胜利时，哥从德依然身子悬空，像用手走路一样，缓缓降到地面。

"服。"郑国魁说，"操他妈，我们输了。"

随着时间的流逝，人们对批斗失去了兴趣，除几个积极分子外，大家都在渴望回到正常的生活轨道上。但总有人想要停留在原地，甚至回到过去，又一张大字报贴了出来，教导处主任在全校师生大会上批判哥从德。看到大家没有积极响应，主任觉得失了面子，在主席台上咆哮，把问题上升到了新的高度，不批斗哥从德，就是黑五类同伙，就是对党和国家的政策有意见。

当天傍晚，龙眼镇飘起大雪，主任骑车回家时，一伙看不清面目的人冲了出来，蹁翻了车子，把他推进了路边的水沟，然后把自行车丢了进去。

第二天一早，广播里传出主任声嘶力竭地的吼声，要全校师生立刻到操场集合。主任脸上带着伤，走路时，腿也有些别扭。他把哥从德揪上台，要他承认，是他偷袭了他。而哥从德一脸无辜，说自己昨天下课后，非常愧疚，一直在认真反省，他的妈妈朱均一为了让他加深印象，不再犯错，还脱了他的鞋子，命令他光脚站在门口的石板上。他没有说谎，这件事很多人都看见了，其中也包括主任身边的积极分子。

这一天，雪停了，路上结起了冰，主任再次被伏击，这一次，他的头被人抓住，狠狠地往冰上撞。最后，他被人提起来，看清楚了其中一个人的脸。

"郑国魁，你想干什么？"主任的声音很大，却在颤抖。

"不干什么，就让你看清楚，昨天也是我打得你。"

第三天，大字报贴满全校，指控哥从德是主任挨揍案的背后主谋。哥从德一言不发，低头迅速走过人群，全身颤抖。

这一次，主任没有遭到任何报复。一直要到大革命结束，他在龙眼山遭到几个从未见过的人挑衅，他刚要开口，立刻遭到殴打。拳头与鞋底落在他身体各处，话音传进耳朵。

陌生人："我们在打你吗？"

主任："是。"

陌生人："怎么？你还想去告我们？"

又一阵殴打后，陌生人问："我们在打你吗？"

主任："没有，没有，没打。"

陌生人说："什么？打这么狠，还说没打，你看不起我们吗？"

主任还没来得及回答，又挨了一顿。

陌生人："打你了吗？"

主任说："你们说打了就是打了，你说没打就是没打。"

陌生人："是我问你，还是你问我？"

就这样反复不停地打下去，直到五个陌生人累得坐下来喘气，抽烟，主任才又带着哭腔，问："你们到底是什么人？"

陌生人把烟头戳在他脸颊上，问："想干什么？要报复？"

主任嚎叫好一阵子，才平静下来，流着眼泪说："不敢，不敢，我就是说，你们打我总要有个原因吧。"

"还他妈问！"陌生人站起来，对着他脸踹了几脚。

尽管在某种程度上，哥从德恢复了几分自信，但骨子里，他依旧把自己定位成被人歧视，没有父亲的黑五类子弟。

一九七九年，他二十四岁，走到龙眼湖农场去接哥武龄，却没想到自己根本不知道父亲长什么样子。他们父子前后脚到家，才知道两人坐同车回来，还并排坐在一起。父子二人吃的第一顿饭，没人开口说话，朱均一还在为他们担心。可很快，不说话就变成了不停地吵架。两个人互相看不惯，哥武龄指责他狗屁不通，性格懦弱，相貌丑陋，不像哥家人。哥从德的反抗方式是，没完没了地跟自己的父亲抬杠。他的抬杠秘笈是，先激怒对方，然后从对方愤怒的话语中挑毛病。

举几个例子好了。

哥武龄喜欢谈远征缅甸对世界局势的重要意义。哥从德说，"你只是个普通士兵，最多不过是下级军官，只能了解到一点细节，绝不可能从整体上把握战争。"

哥武义到龙眼镇看哥哥，哥从德陪坐，听两个老人谈国共合作，抗战事迹。哥从德说，"我觉得打仗可能是白费力气，想想元朝与清朝吧。如果当时日本占领了中国，中国会不会……？"

提起被打成右派，哥从德这样对父亲说，"你知不知道究竟是谁在背后举报你，我来去找他。"哥武龄不疑有诈，回答说，"我怎么知道，算了吧，都是朋友。"哥从德说，"朋友？那个破学校里，有谁配做哥家的朋友。"

他还说，"中国全都是被你们这些所谓的知识分子搞坏了。"

哥武龄生下来是哥家的长子长孙，长大了自然是哥家的大家长，就算他受过新式教育，闹过革命，也不可能容忍儿子这样跟他抬杠。更何况，他当了二十多年劳改犯，脾气古怪，无法预测。从此，吃饭就成了家里面最头疼的事情，往往以大家围桌坐下开始，以哥武龄掀桌子，哥从德罚跪结束。

必须加以补充说明的是，哥从德用这种方式说话，只为激怒对方，并不代表其内心的真实想法。

高中毕业后，哥白尼花钱去省里读职业技术学校。他在班级足球队里踢前锋，进了不少球。放假回家，他大吹特吹，说自己在运动方面天赋过人，真该从小就去上足球学校。哥从德明知这是年轻人的胡言乱语，没必要当真，可还是忍不住嘿嘿冷笑，说，"技校里能有什么会踢球的人？"哥白尼脸色一变，说，"至少我跑得很快。"哥从德笑声更冷，用最轻蔑的口吻，说，"跑得快？还记得小时候我带你去操场跑步吧，跑不了三步，就要蹲下来喘气。我看，你除了吹牛，干什么都不行。"哥白尼当场就哭了。"哭，就知道哭，你有什么脸哭，一点出息没有。"说完，哥从德猛然想起，最后这句话，哥武龄说过。

同父亲的关系在哥武龄死的时候修复了，和哥白尼却一直没有和解，因为哥白尼死在了他的前头。哥从德忍住巨大的痛苦活下来，为的是照顾朱均一。他老了，越长越像哥武龄，也不再那么讨厌文人，他开始读诗，但品位不高，最喜欢的七个字，据说出自李鸿章的遗作：临事方知一死难。

极简朱家史

秀才朱孔德

咸丰三年，他率领家族内的青年男子，同龙眼山土匪头目哥天霖合作，大败太平军。次年，哥天霖下山筹粮筹物，也就是抢劫。朱孔德使诈降计，活捉了哥天霖。第二日，朱孔德率族人上山，给龙眼山群匪带去三条新规：

第一，不准无故杀人放火。

第二，不准抢劫掳掠。

第三，不准伤害老弱妇孺。

这三条规矩赢得了龙眼镇居民的好感，保护与被保护的关系正式形成。两年之后，哥天霖与朱孔德统一了龙眼群山十八峰，同官兵作战十余次，无一败绩。

六年后，清政府派遣在历史上赫赫有名的文、刀二位将军大军剿匪。哥、朱两位头领明白龙眼山必破，但对接下来该如何选择有分歧。哥天霖主张效法诸葛孔明，一边组织抵抗，一边有计划地后撤，投奔太平军。朱孔德则认为应当向政府投诚，但在下山前，必须表现出龙眼山好汉的胆识与战斗力。与此同时，文、刀二将也不能达成共识。文大帅认为真正的敌人乃是太平军，对龙眼山群匪，当以招降为主，大军恐吓即可。刀将军凶悍异常，发愿踏平龙眼山。

因双方在对方部队里均设有密探，后面的事情，便顺理成章地发生了。

哥天霖率军在后山同刀将军厮杀，朱孔德做书生打扮，只带三名随从下山迎接文大帅。一路上，他同文大帅称兄道弟，每到路口，必向他指点各处埋伏所在，对他讲龙眼山作战计划。文大帅则带着他参观了清军的新式武器，德国大炮以及洋人教习。此刻，后山消息传来，刀将军无法攻破匪人哥天霖的防线，请求文大帅增援。文、朱二人快马赶到战场，双方握手言和。

至此，龙眼山群匪正式加入政府军，随后，乘洋船来到上海。在太仓一役中，文将军中了太平军将领的诈降计。朱孔德不顾自身安危，率六名亲信渡河虚张声势，吸引敌军。文将军顺利逃脱，朱孔德被敌人围攻，未见尸身。

死里逃生的文将军痛哭数日，并亲自为其撰写悼文，其中有一句话是这样说的："勇敢聪敏，从未示弱。"

这句话只说出了一部分事实，从朱孔德同他的小儿子朱兆礼的信件中，我们可以得知，他积极结交洋枪队教官，习英文，居然达到了可以阅读原著的地步。他提到，西人比清国强大不仅仅在于武力，更在于思想的深度和广度。大清国若想要同列强平等对话，必须在武力上强大起来。可提升武力，不仅仅需要洋枪洋炮，最重要的是使用西式的操练手法，也就是仿行西法。可一旦西法推广开，大清国便不复存在。因此，他断言，此事无解。

除在他与小儿子的通信中，其他什么地方也没有看到他的这些观点。信件一直留在龙眼镇，由朱兆礼传给朱均一。哥武龄被捕的消息传来时，朱均一放火把它们烧了。

朱家三兄弟

大哥朱兆仁

智勇双全，但没有留下任何事迹。他个子头矮小，肚子很大，跟父亲一块儿战死在常州。

老二朱兆义

得到父兄战死的消息后，先是大哭，然后大笑。他整理衣衫，戴上礼帽，接过委任状后，赶赴战场。他对战功不感兴趣，专事寻找太平军首领所藏财宝，秘密运回龙眼镇。据传，仅仅是在无锡的一所庙里，他掘出金银就超过五百缸。

南京至龙眼镇原本无大路可走，朱家为了运送金银特地修了一条路，也就是建国后的南龙公路。

先知朱兆礼

三弟。

十五岁时，因为帮助父亲朱孔德的老师挑粪而获得好名声。同样也是十五岁，他率领族人去南京迎接二哥兆义送回来的金银。一路上，他镇定自若，指挥有方，靠着智谋与勇气，多次击退了盗匪的明抢与家人的暗夺。

这只是他波澜壮阔的一生的起点，回到龙眼镇，他大肆收购土地，田产多到无法用"亩"来计量，而这只占朱家产业的一小部分。为避免同哥家的竞争扩大，引起冲突，他率领朱家人走出龙眼镇，在长江沿岸的各大城市里，开钱庄、当铺、油坊、饭店，办酿酒厂、卷烟厂，在武汉建十里长街，在山东开煤矿，在上海成立公司。

哥立晋回龙眼镇做生意，向朱兆礼求助。他在朱家子侄辈中精心挑选了一位强悍能干的年轻人去哥家帮忙，但声明，必须先谈妥工资事宜。哥家人一致认为这是极大的冒犯，大为恼怒，赶走了朱家人。不久，哥家创业失败，决定在龙眼镇办一所西式学堂，朱兆礼为他们提供了资金，场地，校舍与老师。

　　一直为朱家后人津津乐道的是他的遗言：如果国共两党开战，朱家后人立刻出售所有产业，离开中国。内战如期而至，朱家子弟立刻把龙眼镇周边的田地折价卖给哥家，花了三年时间，把所有产业转移至美国。

　　他一生无儿无女，朱均一出生的时候，他在上海，看出了侄子朱志超对第四个孩子依然是女儿感到不满，主动提出要把朱均一带回龙眼镇。既然蝴蝶煽动翅膀，可能引起飓风，那么我们说，朱兆礼和朱均一回到龙眼镇改变了整个宇宙的命运就不算夸大其词。

　　九十岁时，朱兆礼死了，他留下遗嘱，公正地分配了财产，要求朱均一为他送行，并且再三叮咛，无需做男人装扮。但后人不听他的，硬是把朱均一的头发剪了，套上了男孩子的衣服。

朱志超

朱兆义的儿子，朱均一的生父，在上海管理煤矿总公司，结交黑帮分子，与文人厮混，资助科学家。

他有四个女儿，一个儿子。他和前三个女儿一直生活在上海，解放前去了台湾，随即又从台湾飞往美国。离开大陆之前，他派车去龙眼镇接自己的女儿女婿和外孙女。他叮嘱司机一定要去拜访哥立晋，如果哥家还有人想走，机票的事情，由来朱家来解决。或许是司机的口气过于傲慢，这一合情合理的建议遭到了哥立晋的严词拒绝。

大革命结束后，他回到龙眼镇，住在朱均一的家里，教哥从德和另外一个名叫艾宪法的小伙子调整气息的功夫。当时，他快要九十岁，胡子及胸，雪白飘逸，对自己的身体非常自信，在跳过一条大水沟时，没有计算好距离，摔死了。

朱家三姐妹

都嫁给了外国人，一生未回龙眼镇，略。

百年朱均一

朱均一瘦小干瘪，头发稀少，皮肤发黄发暗，即使在生命中最好的年月里也跟漂亮不沾边。这不能怪她，朱家人都不好看。

她年轻时做过两件事，哥从德常常讲给哥白尼听。

第一件事被称为识字革命。那时候，她不到十岁，正在朱家书院里面练毛笔字，背唐诗宋词，念四书五经。她跟哥家的大小姐哥武荃一起强迫朱、哥两家的下人们认字，并且一本正经地向朱兆礼提出，下人们的孩子也有进入朱家书院的权利。朱兆礼同样一本正经地答应了。这是龙眼镇历史上第一次强制推广义务教育。

第二件事发生在龙眼书院，她已经十五岁，知道自己将来会嫁给哥武龄。她没有反抗婚事，原因很简单。哥武龄是个非常漂亮的男孩子，字漂亮，文章也漂亮。于是，哥武龄写稿，她来演讲，抨击贫富悬殊，谈论剥削与压迫，号召人们起来争取天赋的自由，矛头直指死掉的朱兆礼与还活着的哥立晋。龙眼镇相当封闭，先进的思想没能传播，人们饶有趣味地看着朱家与哥家的继承人，嘻嘻哈哈地说，"你们岂不是自己革自己的命。"注定要结婚的年轻人大义凛然，说，"革命，就是要革自己的命，革别人的命，能叫革命吗？"

除哥武荃和哥武龄外，她在龙眼镇，还有两个好朋友，杨盛英与杨盛和。二人都是哥家武术老师的孩子，识字革命后，他们都在朱家书院里学习。

杨盛英求学意志坚定，没有多久，就可以给乡下的母亲写信。几年之后，老拳师不愿意再交学费让她进龙眼学堂。朱均一拿出自己的钱，借给她，让她继续念书。据说，杨盛英字写得极好，代数与几何也尚可。这件事使得杨盛英终生都真挚地热爱着朱均一。在闹饥荒的那几年，她宁死不让自己的丈夫去朱家要东西，最后竟然把男人活活饿死。大革命时期，她拼了命不要，死死守住朱家门，歇斯底里地喊，"我不管什么地主，资本家，反革命，我只知道他们家都是好人。"

弟弟杨盛和不是读书的材料，自尊心很强，始终觉得自己跟书院里的富家子弟们没法交流，尤其看不惯哥武龄趾高气昂的模样。哥武龄总是第一个背完书，然后来给他捣乱。在老师惩罚他的时候，哥武龄又在旁边笑话他，而老师根本不敢真的对哥家大少爷发脾气。这时候，总是朱均一过来赶走哥武龄，替他在老师面前求情，给他解释书里的意思。跟姐姐一样，他也对朱均一怀抱强烈的感情，只是表达方式不同。若干年后，哥武龄入狱，而杨盛和成为了龙眼镇最有权势的造反派。他为庇护朱均一，向她提出性要求，朱均一答应了。

十七岁时，朱均一跟哥武荃一块到上海读大学，很看不惯上海女学生喜欢化妆，爱出风头的做派。

上海沦陷后，她们随学校南迁。途经武汉时遇上了日军轰炸。当时正在江边行走的哥武荃受了重伤，下半身全没了，可还活着。众人惊惶无措，朱均一用一把匕首，结束了好友的性命。

她写信给哥武龄，支持他退学考黄埔军校参加缅甸远征军。

她在贵州参加了由叔叔朱志璋组织的革命活动，其政治主张同十五岁时在龙眼学院无甚分别。她因此被捕，短暂入狱，在监狱里依然宣传革命思想。最后，朱志超的政界朋友把她领出来。叔叔朱志璋一直在贵州从事革命活动，解放后还在闹革命，被枪毙了。

抗战结束后，她没有跟父亲回上海，而是回到了龙眼镇。朱志超离开大陆的时候，她已经有了两个孩子，正在准备生第三个孩子。她抱着哥从樱、哥从珠跟着司机去了机场，在最后时刻又下来了，回到龙眼镇。

后面的故事，断了，也乱了，非常不易理解，好似一场谁也看不懂的东欧小众电影。据推测，很可能是在过短时间内，生了太多的孩子，她体内的激素发生了紊乱，以至于影响到她的大脑。

她不停地去哥家，劝说哥立晋交出了房产与土地，最后哥立晋被她说服了。她烧掉了自家的字画、邮票、家谱与信件。她主动把父亲给她置办的嫁妆送到龙眼山朱家湾埋了。她不许大女儿哥从樱再跟安娜特学钢琴，也不解释原因。哥武龄在家里高谈阔论，写写画画，她脸色铁青，让他闭嘴，还把他的笔和没用过的纸全部扔到外面的水沟里，写过字的纸烧了。哥武龄莫名其妙，问她是不是疯了。她说，"你读这么多历史，读到哪去了？"哥武龄问她到底是什么意思，她便不再理会。有好几次，朱均一还趁他出门捡笔的当儿，把大铁门从里面锁了，让哥武龄在外面呆了一整夜。

一九五七年之后，她独自抚养四个女儿，一个儿子，后来又加上侄子朱有光。她把自己的头发剃了，常年在膝盖处粘着厚厚的，棉花做的沙包。哥从樱自杀时，她没有掉眼泪。她赶走要誓死保护她的杨盛英，用身体换取杨盛和的庇佑。

哥武龄入狱的第十一年，哥武义和神秘的大人物出现在龙眼镇，告诉她，哥武龄的案子已经调查清楚，右派的帽子暂时不能摘，但可以回家改造。他们让朱均一做好准备，文件马上就会发到龙眼农场。朱均一突然给小叔子和大人物跪下来，求他们拦截这个消息，坚决不能让哥武龄回家。

神秘人物在龙眼镇住了三天，临走的时候，留下没头没尾的两个字："总理。"

接下来就是一场接着一场的别离，朱志超死了，杨盛和死了，哥武龄死了，杨盛英死了，哥武义死了，神秘的大人物死了，每年都来看他们的老虎死了，做大夫的侄子死了，孙子哥白尼死了，到最后，猫也死了。猫是哥武龄死后养的。

九十九岁，她洗澡时摔断了腿，躺在床上等待死神的降临。死神没来，她的腿却痊愈了，没多久，她长出了新的牙齿和乌黑的头发。

二零一八年九月，红旗大酒店，朱均一整整一百岁。除了哥家与朱家的人外，龙眼镇有头有脸的人都到了，有人说，就连被全国通缉的飞天教教主艾宪法也闪了一面。切蛋糕前，大家让哥从德说话，哥从德说没什么好讲。大家又让哥从德的四姐来说。她推给她的老公，她老公是龙眼煤矿分矿的前矿长，常常公开发言。她说，还是让煤矿前矿长给老母亲说两句吧。于是，老得不像样子，有着两个硕大眼袋的前矿长，口齿不清地说了几句龙眼煤矿与朱家的关系，又让张红旗来讲话。

张红旗说："不行不行，怎么也轮不到我一个外姓人。"

大家说："说两句，说两句，无论如何，给师母说两句。"

"师母？师母？师母人呢？"

直到这个时候，大家才发现朱均一不见了。张红旗立刻下令封锁酒店，叫人调取录像，喊过来几十个孔武有力的保安，说，哪怕是把酒店拆了，也得把师母找到。在混乱中，细心的哥从德发现窗帘在抖动，他走过去，拉开，发现了躲在里面偷吃糖果的朱均一。她脸上皱纹堆垒，眼睛眯成细细的缝，笑得像个孩子。

博士朱思让

朱思让是朱志超的小儿子，是龙眼镇朱大夫的爸爸。他出生在上海，时值朱家黄金时代。他读不进四书五经，也没心思练武，更不像其他的朱家人那样，在社会上左右逢源。他数学、物理不好，只在需要记忆力的学科上表现相对突出。要等到他在学校里跟人打架，大家才看清楚朱志超非生不可的男孩究竟有什么本领。

当时的人们默认，朱家子弟必然有些与众不同。

他被人打中眉弓骨，上面的皮肤翻下来，盖住了眉毛，他竟然自己对着镜子，消毒、换药、缝针。从此，他多了一个外号，朱医生，开始朦朦胧胧地意识到自己的命运。二十三岁，他大学毕业，前往德国。

在德国，他有两件引以为傲的事：

第一，他通过了德国国家医学考试，成为博士，是可以在德国行医的医学博士，而不是当时流行的，考完后回中国做医生的医学博士。

第二，他娶了一位"雅利安"女人做老婆。

毕业后，他在德国做医生，给纳粹军官看病。德国战败后，他携妻子回到中国，在上海工作。朱志超离开大陆时，要他一起走。他拒绝了。新中国建立初期，教育部要求大城市高校帮助内地发展教育与科研事业，朱博士主动申请前往家乡建立医学院。医学院离龙眼山大约五十公里。

一九六九年，医学院全院师生下基层，他正式来到龙眼镇。

一九七零年，一辆摩托车把他拉到了 A 省省城，为神秘的病人开刀治疗十二指肠溃疡大出血。术后，又连夜把他送回龙眼镇。

一九七二年，造反派头目杨拳师的老婆生孩子时大出血，所有人都在闹革命，龙眼镇人民医院找不到一个医生。给女人开腹的人是个乡下人，只会扯住婴儿的腿往外拽。危急时刻，杨拳师猛然想起了一个故人，抬脚踢翻郎中，大踏步跑到茅厕里，把正在清洗地板的朱博士拎了出来。

凭借着高明的医术和"雅利安"女人的政治智慧，他坚持到了大革命末期。龙眼镇四周环山，相当封闭，革命消息来得晚，高潮到得晚，走得也晚。

1975 年，儿子朱有光加入了艾宪法的武斗队。"雅利安"女人在自己家里受到儿子的羞辱后，独自回国。朱博士从此疯了。直到两年后，哥武龄的母亲病危，已经被医院判了死刑，不知道是谁说了句，快去请朱博士。朱博士蓬头垢面地赶来，不知道做了什么治疗，哥武龄的母亲竟然从床上坐了起来，可是，就在这天以后，朱博士疯得更严重了，没多久便被火车碾成了三截。龙眼镇人都在传说，朱博士把自己的命换给了哥武龄的妈妈。

朱有光整理遗物时，在书桌最里面发现了父亲正在撰写的两本书，《解剖学》已经完成，《病理学》刚刚开头。他在医学院读书时，一直带着这两本书。

朱思让的德国老婆

她的德国名字是 Annett，大家都管她叫她"安娜"。

安娜在龙眼镇的所作所为，没什么稀奇之处，她所遭受的报应也很平常，不比其他人更残忍。但是，由于她是外国人，在她漫长的一生中，同龙眼镇相关的部分，颇有戏剧性，因此得以在本书中占有一席之地。

十八岁时，她高中毕业，报名参加希特勒的军队，没有被选中上前线，只留在国内做护理工作。在医院里，朱博士辅导她学习解剖学，在以撒河畔，她教朱博士欣赏德国古典音乐。一九四三年，他们的第一个孩子在德国出生，因为畸形，夭折了。二战结束后，她随朱博士回到中国，在新建成的 A 省医学院生下一个健康的男孩，即后来的龙眼镇朱大夫。

在龙眼镇，他们过得相当潇洒。住在龙眼镇国营百货商店后面的三层小楼里，有两套大房子。所交往的全是知识分子。他们饮酒作乐，谈论中国与德国的历史、文学、哲学、音乐。朱有光与哥从樱跟随安娜学钢琴。

哥武龄被捕后，朱均一对她说，现在还有很多人一家五六个人挤在一间房子里，而你们一家三口却要两套房子。两个有智慧的人之间不需要太多言语。安娜立刻回家，命令朱博士把东边户里的家具物什全部搬出来。

朱博士不解，"这是我自己挣来的房子，为什么让给别人住。"安娜说，"你自己有什么本事，一切都是国家给的。"朱博士还想再说什么，安娜便要他跟她回德国。回德国，那怎么行？最后，朱博士只能同意，搬出了家具与钢琴，找来收废品的人，两百块全部卖了。

从此，她便上了路，很快就学会了早上起床，向领袖请示，晚上睡前，向领袖汇报。她还中西结合，颇有创意。每顿饭前，她拉着朱博士与朱有光的手，一块儿向主席致谢，感谢主席赐予食物。她是外国人，造反派不会去招惹她，但她主动参与了这场全民狂欢。她给朱博士安排作息，上午在医院厕所劳动，下午自我审查与揭发他人，晚上在家写交代材料，交代朱家祖上对劳动人民的迫害。接下来，她学会了更为复杂，也更为残忍的，举报的本领。

造反派头目杨拳师的姐姐杨盛英在家里养鸡。傍晚时，她用毛主席的木牌把鸡往家里赶。安娜立刻走出去，大声呵斥她，"不尊重毛主席。"当晚，杨盛英便被打成了反革命。朱博士听说此事，大为光火，嚷嚷着要去把杨盛英救出来，安娜不让他去。

他说："你知不知道，杨大姐对朱家的恩情。"

安娜说："有恩也是对你姐姐有恩，你姐姐都不说，你为什么要去。"

"我当然要去。"朱博士说着就往外走。

安娜说："好，你去，你去了把她换回来。我和有光现在就回德国。"

朱博士无言以对，只得在屋子里坐了一夜，他不会抽烟，只不停地喝水，上厕所。

在医院里给朱博士分配劳动任务的清洁工任铁男是个二十多岁的小伙子，没有结婚。朱博士帮他看过外伤，也帮他的妈妈看过病。一日，安娜在医院里看到任铁男正在往自行车后座上捆刚买的毛主席雕像。她同他搭话。别说外国女人，就是中国女人任铁男也没怎么说过话。他脸涨得发紫，低着头，边结结巴巴地回答，边忙手里的活，用绳子在后座上缠了一圈又一圈。等到他固定好了雕像，安娜立刻抓住他，用带有龙眼镇与德国口音的中国说他居然把毛主席五花大绑，其心可诛。

国营百货商店外面的广场上，有一小股造反派队伍正在训练。安娜听到了小头目付春林高喊：稍息，立正，向右看齐！"什么？向右看齐？"她立刻从窗户伸出脑袋，义正言辞地发问，"付队长，向右看齐？你想做什么？"造反队立刻逮捕了他们的队长。

她立下了先加入中国国籍，再加入中国共产党的宏大愿望。没有实现。

一个晴朗的早晨，无风，静得令人窒息，安娜独自待在屋子里，斜眼看窗外，不知道这场梦什么时候才能结束。她认为自己有记忆以来，一直活在梦里，并没有什么证据能表明生活不是一场梦？

突然，外面的门响几声，朱大夫走了进来，没跟她说话，一头瘫倒在床上。梦醒了，安娜想，他一定是做了通宵的手术，累坏了。她温柔地蹲下来，帮他脱掉鞋子。这时候，门再次响起，随即传来的是坚定的、有力的、革命的脚步声。两个人立刻以立正姿势看着前方，朱有光的身影出现了。他们刚呼出一口气，却发现了朱有光胳膊上的红袖章。他以激昂的语气，向两个中年人宣布，从今天起，同自己的家庭划清界限。

安娜立刻明白了，还在梦里，她得继续配合梦境。她向自己的儿子表示祝贺。

朱有光消失了几天，再出现时，他带着一帮造反派进屋，发誓要找到朱思让这个反动学术权威里通外国的证据，要安娜交代到中国来，究竟藏着什么巨大的阴谋。

造反派们把家里翻了个底朝天，在床头的五斗柜里，找出了安娜从德国带过来的内衣，要她当众人的面脱光了穿上，大家要从源头，彻底研究、批判资本主义的罪恶。朱思让神情激动，全身颤抖，一言不发。

梦醒了。反复提起的回德国终于实现。尽管在大革命时期，一个德国人想要离开，总是找得到办法。

九十年代，朱大夫去德国，安娜拒绝见他。她在德国跟一个高大秃顶的男人同居，收养了一个男孩。男孩很聪明，大学毕业后，在慕尼黑做工程师，随着公司业务的发展，他被派到中国来做事。他娶了一个中国女人，是龙眼镇人。

安娜这才明白，梦还在继续。二零一零年，她快要九十岁，身体依然健康，可以做长途旅行。

她重回龙眼镇，找到为民诊所，朱大夫已经死了。

毒枭朱大夫

被龙眼镇人称作大夫的朱有光是玩刀子的高手，是外科医生，是有神奇魔法的人。他个头很高，身子很瘦，从远处看弱不禁风。头发从中间分开，总是油光发亮，呈淡淡的黄色，眉弓骨和鼻子都比一般黄种人生得要大。

龙眼镇的文学天才鲁雯雯在一篇小说里提到，陈宝宝一生无法无天只尊重两个人，一个是谢傻子，另外一个就是朱大夫。这话并非空穴来风。朱大夫的确在八十年代末受贾副所长的暗示，给动起手来没有分寸的乞丐们讲使用刀子的技巧以及如何避开要害。

最能体现他玩刀子本领的事情发生在大革命末期。他的亲戚，同时也是好朋友哥从德因为家庭出身问题受了杨拳师的羞辱，来找他帮忙。朱大夫没有多问，把刀片夹在指间转动。晚饭后，两个年轻人埋伏在老五狗肉馆斜对面的巷道里，等到脚下踉跄的杨拳师走出来时，扑了上去。杨拳师年近五十，又喝了酒，可依然动作敏捷，出手有力。没等两个年轻人近身，他先是一脚踢在哥从德的肋部，然后轻而易举地从背后勒住了朱大夫的脖子。

狗肉馆外面悬着的，昏黄的小灯莫名其妙地晃了晃，杨拳师感觉到冰冷的风似乎透过了皮肤吹进了右边胳膊的肌肉里，吹到了骨头里。他还没来得及想明白发生了什么，左边胳膊又是一凉。低头看时，左臂从肱二头肌的末端，一直到脉搏稍上一点的位置被划开了，不怎么痛，伤口也不深，只是失去了皮肤拉扯的肱桡肌和肱侧腕屈肌马上抽动着向两边分开。杨拳师立刻松开朱大夫，用右手去捏左边小臂内侧两条想要分开的肌肉。接下来，他又中了七八刀，大腿外侧，屁股和脑袋顶，每一下子都恰到好处，无可挑剔。

这事引起了另外一个武斗队的头目艾宪法的注意，他找到朱大夫，问他愿不愿意入队。出生于资产阶级家庭的朱大夫受宠若惊，回家后就写下了第一篇批斗自己父亲的大字报，文笔出色，有理由据，博得众人好评。很快，他再接再厉，率领小伙伴们进入自己家门，声称彻底与反动家庭决裂。抄家持续了三个钟头，革命小将们把两个小时花在对他母亲内衣内裤的批判上，众人表情严肃，神情猥亵，动作下流。抄家事件之后，朱大夫母亲就离开了龙眼镇再也没有出现。他的父亲去找自己的姑妈，请他帮忙照看下朱大夫。临走时，姑妈对他说，是我们出身不好，别怪孩子。朱大夫的父亲点了点头。

姑妈说话算话，省吃俭用，抚养朱大夫以及她自己的五个孩子。革命结束后，她把朱大夫送到了距龙眼镇五十公里的 A 省医学院。再次出现时，朱大夫已经成为了龙眼镇人民医院的外科医生。

前文所述的阶段被读书人李思想称作自我意识的觉醒。他说，在革命时期耍刀子是朱大夫的本能，他拥有天分，不能不施展。而加入武斗队，同家庭决裂同样也是本能反应，是在特殊社会环境下的自保行为，是求生欲的体现。这些事同他后来考入医学院做外科医生有本质的区别。后者是有意识的朝某个目标努力，用理性处理现实事物。这或许有点道理。可后面他把抄家时发生的龌龊事情与俄狄浦斯情结联系在一起，我们不能接受。所谓弑父娶母更像是李思想自己的审美偏好。

言归正传，龙眼镇居民公认朱大夫是这片土地上出现过的最优秀的外科医生，这范围或许可以扩大到 A 省，因为省立医院也常常来请他帮忙。他永远彬彬有礼，冷静理智，精力充沛，握刀的手干燥稳定，一丝不苟。他每周工作超过 80 个小时，无论寒暑，从不休息。陪在他身边的是一位姓王的女护士，同样不知疲倦。她短发，脸上有明显的婴儿肥，笑起来眼睛眯成一条细缝。两人长期同居，一直没有结婚。

为具体说明朱大夫的医术，我们去找了几个曾经接受过他治疗的居民。可惜，不论是本人还是家属，都更愿意赞美朱大夫，而不是回忆自己病中的惨状。不过我们还是收集到了一些资料，现列举如下：

一，住在子弟中学筒子楼里的龙眼煤矿商店营业员黄阿姨，一九八四年年怀上双胞胎，未满二十四周，子宫破裂，必须立刻接受剖腹产手术。当时的朱大夫并非主治医师，割开子宫取出孩子的也不是他，只是在最后参与了缝针。我们不知道是什么原因让黄阿姨对朱大夫赞不绝口，以至于掀开衣服给我们看肚子上的伤疤。我们再三推辞，可黄阿姨热情无比，我们只得认真端详，一条几乎将她拦腰斩断的疤痕，看不出有何特殊。

二，龙眼镇东侧廖家湾廖宝亮大爷在大革命末期由做过肠道手术，在左下腹遗留一个人工肛门。他找到朱大夫，希望可以从原有肛门排便。朱大夫检查后，发现他直肠萎缩，决定为他重建肠道。手术成功，朱大夫垫付医药费。这笔钱在多年以后，由廖宝亮的儿子廖小亮送至为民诊所，朱大夫郑重其事地收下了。

三，陈宝宝在街头斗殴，被人用石块砸伤头部，颅骨粉碎。此事有两种说法。第一，据朱大夫说，送至医院时，陈宝宝颅骨粉碎，流血很多，有少许脑组织溢出，我们为他进行了扩创手术。第二，据陈宝宝说，当时他全身是血，脑浆子流了一地，失去了意识，不能移动身子，朱大夫跪在地上把他的脑子装了回去。

四，此事由高级中学小团体里的成员神童讲述。他八岁那年，母亲病危，刚送医院就停止了呼吸。朱大夫当机立断叫来麻醉师，王护士，三个人奋力抢救了四十五分钟，硬生生把神童的母亲从死神那里拽了回来，第二天才断气。

五，八十年代末，煤矿引进德国设备，随机器一起来到龙眼镇的还有一名德国专家。在指导工作时，专家突然发生胸痛，众人把他送至人民医院，可德国人并不愿意相信中国的乡镇医生，闹着要立刻回国。朱大夫凭着深眼窝和蓝色瞳孔赢得了日耳曼人的信任，成功地为他实施了结扎下腔静脉术。何谓"结扎下腔静脉"，我们使用谷歌搜索，没有弄明白。

最后这次手术为他赢得去德国的机会，专家用德语跟朱大夫沟通，说可以推荐他去德国医学院留学，相信他可以取得在德国行医的资格。朱大夫用德语表示了感谢。后来，朱大夫的确去了德国，但不是为了留学。回龙眼镇之后，他辞掉了人民医院的工作，在子弟学校后面租套房子，同谢傻子做邻居，跟王护士一同创办了为民诊所。

为民诊所呈长条形，有三间屋子。外面是药房和问诊台，由王护士记录病人状况和拿药。中间屋子的东北角上挂着一台十二寸的彩电，打吊水的人挤在长条木凳上看符合朱大夫品位的德国影片。最里间，只有一张床。

千禧年之后，龙眼镇第一右派哥武龄被诊断为肺癌晚期，放弃治疗，在家里输液。最后时刻，朱大夫借了辆救护车，赶到哥家，把老右派拉到了为民诊所最里面的房间。他跟儿时的玩伴哥从德提出自己的想法，抓癞蛤蟆在老爷子身上。哥从德完全不相信。可哥武龄的四个女儿已经开始让自家的男人和孩子去田里抓癞蛤蟆。上百只癞蛤蟆从哥武龄赤裸，瘦骨嶙峋的身体上跳下来，呱呱叫着跳出了为民诊所，然后被隔壁的乞丐们抓去吃了。当天晚上，老右派突然从床上坐起，开始剧烈咳嗽。浓痰扁扁的，像一条布带。哥从德立刻用手去接，布带在他胳膊上缠了一圈又一圈，仿佛无穷无尽。咳完痰，老右派喝了一碗粥，还吃了半块蛋白。然后，他又在为民诊所里走了一圈，不要儿子扶。然后，他坐下来跟哥从德说心里话，直到深夜才重新躺下，没有再起来。

从此之后，为民诊所的第三病室成为了龙眼镇最神奇的屋子。

二零一零年，快要退休的贾副所长亲自带着四个民警来到为民诊所，朱大夫正在给吃烧烤时跟邻桌发生矛盾，脑袋中刀的未成年流氓胡力扬缝合头皮。贾副所长有些犹豫，站在他身后，轻咳一声，说，"恩，那个，朱，朱大夫，你弄好了，跟我们来一下，只是聊聊，艾宪法的事。"朱大夫手上的动作没停，嘴巴里说，"稍等。"一开始，贾副所长站在门口，跟四个民警抽烟。不多久，小流氓走了出来，想躲，可还是让贾副所长在头上扇了一个巴掌，有血渗了出来。半个小时后，朱大夫还是没有出现。贾副所长走进诊所，王护士正在书桌前写东西，贾副所问她，朱大夫在哪。王护士头也没抬，指了指里屋。中间的屋子里只有几个打吊水的人，电视里正在播放一部由小孩子主演的电影，主角歌声动听。贾副所长继续往里走，他在第三病室外面住了脚，叫了声，朱大夫。里面没有声音，他又叫了声，朱大夫，别开玩笑。里面还是没有声音。他从腰间拔出手枪，另外一只手去掀门帘，门帘很沉。他感觉到厚塑料里面裹着的好像是铁链。朱大夫合衣躺在床上，已经死了，身边整整齐齐地摆着三本书《病理学》、《解剖学》和《龙眼镇家庭医学全书》，另外还有一封信，上面写着：贾副所长亲启。

摇滚团体简史

好嗓子刘星

龙哥曾经风光无限，养了一条龙眼镇最大最凶的狗；杀人在逃犯赵大路，靠着两条膀子就掰开了狗的头骨；捧着自己的肠子走进朱大夫家的体育老师范是钢；龙眼煤矿十三太保之首，被人挑断脚筋后，进入龙眼煤矿子弟学校做政治老师的单治国；在菜市场卖肉的沙姐，一言不合就举刀砍人。此外还有，疯子老凯，教授谢傻子，老虎李昆，空有力气找不到方向的郑家老大国魁，刚刚靠着父母的死弄到启动资金的张红旗。

九十年代的龙眼镇群星璀璨，但杨有力无疑是其中最耀眼的一颗。他的父亲杨盛和是当年头号造反派，也是龙眼镇最厉害的拳师，亲传弟子超过百人，徒子徒孙多得数不清，一句话就能决定人的命运。可杨有力获得尊重，并不依赖父亲。他孔武有力，心狠手辣，单打独斗的本事龙眼镇无人能比。在爱情方面，他同样春风得意。他的女朋友是无可争议的龙眼镇第一美女：楚美美。

楚美美，短发过耳，五官立体，胸脯饱满，腰肢纤细，双腿修长，在矿区电影院门口卖饮料，摆台球桌，擅长使用匕首，没有音乐细胞。

先说擅长匕首。她使用匕首极有分寸：划，而不是捅。有经验的人，会明白这句话的分量。也有传闻，说她曾经捅死过杨有力的前女友，但没有证据证明这一说法。再说没有音乐细胞。楚美美热爱香港流行音乐，最喜欢的歌星是陈百强。可惜的是，她无论怎么练，也找不到正确的音调。偏偏她又喜欢在台球厅用录音机大声播放磁带，跟在后面唱，所有的人都摇头皱眉，可谁也不敢上前让她闭嘴，人们怕她的匕首，更怕她的男朋友杨有力。

只有刘星。

那天，刘星在跟子弟学校的一名数学老师打球。他已经连输了七局，可还不服气，认为是楚美美的歌声——如果那能称得上歌声的话——干扰了他的出球。他抓着台球杆，走到楚美美面前，大声说："你能别唱了吗？"

楚美美说："关你什么事？"

刘星说："吵得我打不好球。"

楚美美说："放你妈的屁。"

话音未落，寒光一闪，匕首已经朝着刘星的脸蛋划了过去。刘星想躲已然来不及，只得拿台球杆去挡，只听到"当"的一声，匕首重重地斩了上来。台球杆一阵颤抖，楚美美的匕首也有些握不稳，刘星借此机会，夺下匕首，扔到旁边，左手按在她右肩，右胳膊弯曲抵住她的喉咙，抬起膝盖，压住她乱蹬的双腿。

刘星说："我不想打架，只求你别再唱了。"

楚美美摇着头，说："你死定了，我告诉你，你已经死了。"

刘星说："你冷静一点，听我讲。"

楚美美说："不听不听，死人是不会说话的。"

刘星说："算我求求你，别唱歌了。"

楚美美说："你死了，我告诉你，你已经死了。"

这时候，跟刘星打球的瘦高个走过来，捡起地上的匕首，笑嘻嘻地对楚美美说："他会唱，你让他唱。"

楚美美眼波流转，说："好，你唱，唱得好，就不给你死。"

1970 年出生的刘星，身材瘦削，长发披肩，相貌俊美如同女人。他总穿着领子干净的白衬衫，皮鞋发亮。头发七天修一次，每个月月初烫头。打架的时候，头发扎在脑后，弹吉他的时候，带着发箍。不管他在哪里，都出尽风头。女人们把他当梦中情人，男人们尊敬他，连狗都绕着他走。那些年，如果有孩子不想念书，回家闹。父亲们会说："你有本事混得像刘星一样好，再来跟老子讲这些话。"

不止于此，他十指细长，会弹吉他，声音动听，模仿香港明星陈百强唱《一生何求》达到了可以乱真的地步。因此，当有人向他介绍乞丐谢傻子家里出了一个吉他天才，他破口大骂，放下酒杯就跟着来人去了谢傻子家大院。许愿正在弹吉他，他呆呆地听，音乐消失好半天，他还不动，人们走近才听到他嘴巴里喃喃地说："我输了，我输了。"

一支原本可以在新中国摇滚乐历史上留下名字的乐队就此诞生。

主唱：刘星。

吉他：许愿。

贝斯：表哥

键盘：许诺

鼓手：崔莉莉

所有人都认为，刘星应该生在香港，而不是龙眼镇。他自己也这样认为，梦想着有朝一日，星探会从天而降。星探没有来，伴随着他成长的除了英国摇滚与粤语流行歌，还有父亲永不休止的抱怨。父亲总是愤愤不平而又小心翼翼地谈论自己因大革命而戛然而止的留学生涯，所有现在的不得志都指向了当年的造反派头目，拳师杨盛和。刘星用尽了想象力，遍历所有的可能性，认为是姓杨的毁了自己一生。

父债必须子偿。

因此，在杨有力发现他和楚美美的事情之前，刘星在龙眼山屁股坡上找到正在练拳的杨有力，直截了当地说，父辈的恩怨必须在我们这里终结。为了这句话，他断了三根肋骨，其中一根差点戳进他的肺里。

从那天起，刘星锲而不舍地追踪袭击杨有力，撒石灰泼粪水使闷棍挖陷阱，所有下流的，为人所不齿的招数全都用上。不仅如此，他同好友"表哥"一块制造舆论，把杨有力塑造成了粗鲁，愚蠢，想要摧毁一切美好事物的野蛮人。龙眼镇的人佩服刘星的毅力，喜欢他漂亮的脸蛋和动听的嗓音，同时也厌倦了杨家的蛮横。于是，刘星得以扬名，用音乐凝聚起了一股势力，足以同杨拳师父子，以及他们的徒子徒孙抗衡。

楚美美的选择标志着刘星的彻底胜利。谈判发生在龙眼山屁股坡，两个男人，其中一个高大威猛，另外一个修长纤细。女人穿着露腰的短衫，腹部侧面的纹身，图案复杂。她抽了三支烟，挽着长发的男人下山，留下杨有力疯狂地捶打一颗无辜的杉树。

命运的确存在。龙眼山屁股坡上打死过右派，枪毙过流氓，有被遗弃的婴儿，也有被奸杀的女人。龙眼镇的人们似乎永远无法摆脱诅咒。刘星同他前面和后面的恶棍们一样，前仆后继地涌向龙眼山，倒在龙眼山。

　　堪称革命结束后最大规模的斗殴，两个情敌：刘星 VS 杨有力；两个组织：音乐爱好者 VS 功夫迷。双方纠缠在一起，搞不清楚哪方占了优势。死伤均超过十人，棍棒器械散落一地。杨有力倒是运气好，在斗殴开始的第八分钟，还没来得及伤害任何人，便被不知从哪儿飞来的石块击中后脑晕了过去，逃过一劫。

　　警察们赶到时，刘星直着腰，昂着头，自行车链条丢在脚边，嘴里叼着香烟，双手在整理头发，一副慷慨赴死的模样。许愿发足狂奔，被抓获后，疯狂反抗，歇斯底里地嚎叫，最后跪地求饶，用哭腔哼唱出一首谁也没听过的歌。歌刚唱到一半，刘星嘴巴里的香烟掉了下来，脸色惨白，眼泪冲开脸上的半干血渍，顺着轮廓分明的下颌骨，流至胸口。他跪下来，搂住许愿，喃喃不住地说："我对不起你。"

　　关于此次斗殴，还有件事需要记录。参与者中有正处于事业上升期的郑家兄弟，追踪者里有后来的贾副所长，当时的民警小贾。他独自追赶郑国魁、郑国本、郑国泰，四人横穿整个龙眼镇。这条路线在二十多年后，被规划成龙眼马拉松的路线，正好是 21.095 公里。刚跨出龙眼镇地界一步，民警小贾便收住脚，吐了口痰，说："差点忘了，所里没给出差费。"

　　在监狱里，刘星遵纪守法，热爱劳动，配合狱警，积极参与文艺表演，获得了提前释放的待遇。他出来后，混乱的时代已经终结。龙眼镇的流氓们分成两派，要么跟着张红旗做煤炭生意，要么追随郑家四兄弟从事黄赌毒事业，任何第三方的势力都不可能再兴起。不可一世的杨盛和拳师死于肺癌，他的儿子杨有力在红旗集团做司机，楚美美管理着红旗大酒店。两人在刘星入狱后的第三年结婚，生下一个女儿，名叫杨笑。

　　刘星的头发逐渐长了起来，肌肉发达，嗓音依然悦耳。他找到许诺和崔莉莉，请求帮助：如果有可能，自己还想要做点事。几天后，许诺把他叫到郑家夜总会，包厢里面的豪华程度超乎他的想象，许诺在社交场合的自如也超乎他的想象。许诺给众人介绍，这是星哥，还让一个黄色头发的女孩子坐在他腿上，嘴对嘴喂酒给他喝。

　　最开始他感到惶恐，不停地把女孩从自己身上搬下去，不知道该把手放在哪里，眼睛往哪儿看，喝了几瓶啤酒后，更是不停地起身尿尿。当年乐队里的键盘许诺看出场面的尴尬，点了《一生何求》，把麦克风交到刘星手上。一曲唱罢，鸦雀无声，直到女孩细声细气地问："是不是没有关原声。"众人才哄堂大笑，疯狂鼓掌。接下来，一首接一首，成为了八十年代香港金曲回顾与刘星的个人演唱会。

那晚的第二个高潮随着郑家老四郑爱人一起到来。所有人都从沙发上站起来，恭恭敬敬地对着门口并不算高大的声音喊了声："四爷。"四爷叫刘星和许诺跟他上楼，刘星走出门，回头又看了一眼。四爷笑了，体贴地对一直坐在刘星身边的女孩说："你也来吧。"

在看得到龙眼镇夜景的顶楼酒吧里，音乐从八十年代的劲歌金曲换成了让人迷醉的 BossaNova。香气袭人的女郎送来加冰威士忌，四爷说起当年刘星的风光，讲自己从小到大没喜欢过哪个明星，就是因为龙眼镇有刘星。许诺看到时机成熟，向四爷提起，刘星出来后，正在找事做。四爷郑爱人挥手，说："我这边倒是有点小事，想请星哥帮忙。"

龙眼镇高级中学门口的店铺全部是郑家的产业，刘星大排档在其中位置最好的地方开张了。修长的手指不仅可以拨动吉他琴弦，拿起锅铲同样出色。不到一年时间，他就摸透了烹饪的诀窍，油焖茄子远近闻名，不仅学生们爱吃，更有人从很远的地方开车来排队，就为了吃一盘刘叔家的茄子。

首先在厚重的铁锅中加入大量食用油烧至温热，然后把腌制后的茄子全部没入其中，待油锅冒泡后，整个端起来倒进旁边的巨大漏勺里。在这个过程中，刘婶在旁边边剁葱、切姜、拍蒜，加生抽、黄酒、白糖、精盐，配置调味料。刘婶便是当年在夜总会里坐在刘星腿上的女孩子。接下来，放少许油，倒入配置好的调味料，加清水，将滤过油的茄子摆好，烧开后，转小火，待汤汁减少时，转移到旁边的猛火炉上翻炒。这最后一步是关键，刘婶会从围裙口袋里摸出小袋，将白色粉末洒入其中。香味立刻在高级中学门口飘散开来。

刘星依旧长发披肩，只不过没有定期打理，长期的油烟如发蜡般固定住了头发，从侧面看去，坚挺的鼻子露在外面，左手端锅时，眉头微皱，轻咬下唇，胳膊上肌肉隆起，盘根错节。女生们为之倾倒，而男孩子则为他小臂内侧的纹身疯狂。纹身是八个字：金盆洗手，从此不干。

这个八字并不能代表他的真实心理。刘星注定不可能以小饭店老板的身份了此一生。他充满心机地观察着龙眼镇高级中学里的小团体，认定了龚力虎和他的朋友们前途无量。于是，刘星动用自己最后的能量，组织聚会，把有身份有地位的朋友介绍给龚力虎，提供力所能及的帮助，期待着不远的，未来的收获。

音乐梦也在继续。他，许诺还有一位在高级中学教音乐的男老师，三人组成了新的乐队，参加了 A 省的一些选秀节目。尽管他们的表现完美，评委也给予了很高评价，但始终没有办法压倒年轻人晋级。

同时，他也没有放弃复仇。高级中学的女学生，杨有力的女儿杨笑长得跟年轻时的楚美美一模一样。刘星，是父亲，是哥哥，是历经沧桑的中年人。杨笑是女儿，是妹妹，是情窦初开的女高中生。恋情就这样充满阴谋而又自然而然地开始了。被学生们称作刘婶的夜总会女郎表面上一言不发，却在背地里把这件事告诉了杨笑的父亲，杨有力。

一天，晚自习后的忙碌结束了，刘星正准备收摊。杨有力开着张红旗的红旗牌轿车来到高级中学门口，走进刘星大排档。刘星早就等待着这一刻的到来，他把杨笑叫出来，搂着她的肩膀，眼睛死死地盯住杨有力，想知道这个多年前的仇人，看见自己的女儿竟然跟刘星搞在了一起，会是什么表情。杨有力什么也没说，找了张桌子坐下，说起自己父亲的事情。

杨盛和老拳师晚年身体出了问题，送进医院，可由于没有医保，手术迟迟不能开始。杨有力想要让父亲用自己的医保动手术。那年头人人都这么做，可偏偏到杨拳师这里，竟然处处碰壁。他东奔西走，托各种关系，直到最后，经人指点，才知道原来是哥家背后使坏。他硬着头皮，去哥家道歉，被人赶了出来。

"你爸最后怎么样了？"刘星问。

"死在家里。"杨有力答。

"也算不错。"刘星说。

"是他活该。"杨有力说。

连续好几天，杨有力都在这个时间点来到大排档，絮絮叨叨不停地说着刘星入狱后，自己这些年的经历。一个礼拜后，他终于说完了，问刘星有没有兴趣重上龙眼山。龙眼山屁股坡，当年被杨有力疯狂捶打的杉树枝叶依旧茂密。杨有力向他透露了一个骇人听闻，却又合情合理的秘密。杨笑是张红旗的女儿。

秘密并没有得以流传。杨有力下山后，刘星独自一人，看到山谷中的点点星光，陷入沉思。四个喝醉了酒的陌生人突然出现，向他发难。刘星百般忍让，他们不依不饶。几天之后，龙眼山上臭味弥漫，野狗狂欢，人们发现了山沟里刘星的尸体。

高级中学的一些学生为他举行了简单的追悼仪式，时隔多日，还有人往大排档门口献花。杨笑很快有了新男友，他的名字叫做哥白尼。

吉他手许愿

张红旗发迹后，红旗集团的二把手"表哥"在龙眼镇体育场举办了声势浩大的地下音乐会，邀请了当时华人地区所有的原创乐队。表演开始前一天，"表哥"同众人吃饭。在杯盘狼藉中，他走到资格最老，名气最大的响尾蛇乐队面前，问他们还记不记得《把我的骨灰撒在龙眼镇》。上了年纪，剪掉长发，眼角皱纹深刻的主音吉他手取下眼镜，看着他说："我认得你，许愿在哪？"

在龙眼镇有不少人热爱音乐，然而许愿与众不同，他打架殴斗，入室行窃，拦路抢劫，同时又创作出了打动人心的音乐。至于这些旋律如何进入他的大脑，则是一个无法解释的谜。我们知道许愿没有父亲，母亲是个相貌丑陋，皮肤粗糙的女人。她在朱大夫的为民诊所里生下许愿，没有留下名字，也没有支付诊疗费就消失了。朱大夫在开药单写下"许愿"两个字，把他送给谢傻子。有理由相信，许愿在谢傻子家里接受了系统性的音乐教育。因为，一向有传言，谢傻子给乞丐们讲授深奥的乐理知识。除了许愿，后来的弯刀陈宝宝拥有不俗的音乐品位，似乎也证明了这一点。

最初有旋律从乞丐团体里面流传出来，很快就辐射给了龙眼镇的未成年人。家长们感到头疼，纷纷用皮带抽禁止他们哼唱这些歌曲。但这种情况并没有持续，因为不久之后，他们也会迷上许愿的歌曲。最后，向来视流行音乐为靡靡之音，龙眼镇第一大右派，哥白尼的祖父也被深深地震撼了。

许愿早期的作品，曲调简单明快，朗朗上口。歌词只是句子的不停重复。其中有一首，歌词是这样："我是一个叫花子，我的爸爸是一个疯子，他有数不清的孩子，哦，我是一个住在龙眼镇的叫花子。"

离开谢傻子家之后，也有另外的说法是乞丐团体把他扫地出门。原因是他无意中管谢傻子叫了一声老师，刺激得谢傻子再度犯病。这种说法被文学少女鲁雯雯采用，写在了小说中。总之，许愿离开谢傻子家，在社会上混迹了一段时间后，他接受许诺的邀请加入乐队，成员还有好嗓子刘星、贝斯手"表哥"、鼓手崔莉莉。

乐队靠在葬礼上表演维持生计。前半夜，他们按照老人家的口味，演唱民歌，他们在大家都没有注意到的时候，更改歌词。到了后半夜，乐队开始演唱年轻人喜欢的，由许愿作曲，"表哥"写词的歌曲。

这个时期，许愿、"表哥"的创造力极为旺盛，甚至在表演当中的休息时间里也在写歌。这些歌曲题材繁杂，无法归类，如同上百万吨炸药投在了龙眼镇居民的心里。刚刚还在歌颂煤矿工，控诉资本家，跟着竟然是一首性爱歌曲，讲述穷小子和富家女孩疯狂做爱，而富家女孩的正牌男友坐在门外偷看。音乐短暂停止后，再次响起，很可能是一首儿歌，用最最单纯的目光观察世界，用心交朋友。

随着歌曲的流传，大批年轻人在午夜出门观看许愿表演，其中甚至包括了隔壁几个城市的小伙子们。人群很自然地分成本地人与外地人，刘星帮与许愿派，场面逐渐失控，随后发生肢体冲突。许愿被这种气氛感染，兴奋异常，丢下吉他，跳下舞台，不分敌我一味狂砸乱踹。突然之间，不知从何而来的水管打在了他右边胳膊上，肾上腺素快速分泌的他竟然只是觉得微微有些痛，继续狂欢。

第二天一早，他捂着抬不起来的胳膊，去为民诊所，惊讶地发现朱大夫竟然在关注着他的音乐。朱大夫说："工人，流氓，孩子们喜欢你，可是有社会地位的人并不听你的音乐。"许愿说："我不需要这些假模假式的人。"可是到了下次换药的时候，许愿主动向朱大夫提起此事，他问："我该怎么做？"朱大夫哼唱出一段由许愿创作的旋律后，说："叫花子应该去找疯子爸爸。"

于是，《流星》被创作了出来。

故事以刘星为原型，讲述了一个美男子的奋斗，以悲剧结尾，预言了即将到来的重大变革，旧日信仰完全破碎，新的信仰正在形成。美男子将是时代最后的英雄，从此迎来没有精英发声，只剩庸众狂欢的时代。

此外，还有件事，最好还是提一句，许愿和"表哥"在这次创作中，发生了性关系。

一天傍晚，刘星、许愿、"表哥"三个人正在从子弟学校后门的大坑街往私立学校走。当路过机械厂旁边的杨家时，刘星对"表哥"说："我听说，杨家跟哥家有仇。"

"表哥"说："我不姓哥，他们两家恩怨跟我没关系。"

刘星说："那你也……"

"表哥"说："也什么。"

刘星往地下吐痰，说："算了，抽烟吧。"

私立学校的大门关着，供行人通行的门外有人拦住了他们。这是一个女人，说话带有北京口音。在龙眼镇人人都晓得，这是为了爱情留下来的女物理老师。

"你们要去哪里？"物理老师的口气严厉极了。

刘星说："去找崔莉莉。"

物理老师问："找她干什么？"

刘星说："我们常常来玩的。"

物理老师说："我听说你们用我们学校的琴房练歌，是不是？"

刘星说："恩，这个……，崔莉莉说可以……"

物理老师说："你们以后打算怎么办？"

刘星说："以后？什么以后？"

物理老师："你就打算一辈子在葬礼上唱歌吗？"

这时候，许愿突然明白了，物理老师是在对他一个人说话。他急切地开口，用带有龙眼镇口音的普通话，问："您一定有什么事要对我们讲吧。"

女物理学家带着三人走进琴房，找到崔莉莉，把吉他弹唱大奖赛将在北京举行的消息告诉了他们，崔莉莉已经知道了，她脸上带着微笑，看着三个年轻的男人先是发呆，接着互相看了看，最后疯狂地叫着跳着，唱起没有意义的歌曲，就好像他们已经成为大奖赛的冠军。不知什么时候，琴房的门突然开了，又瘦又高的许诺冲进来，他表情激动，大声说话，可是没人搭理他。他走到鼓前，猛敲几下，待到众人安静下来，用疑惑的眼神看着他。他深吸了一口气，用颤抖的声音宣布了，吉他弹唱大奖赛将在北京举行的消息。

比赛的过程简单说说。

还没有开始比赛，他们随便哼唱的龙眼镇叫花子就引起了全国各地地下乐队的围观。初赛时，他们演唱了《把我的骨灰撒在龙眼镇》。到了复赛，乐队弹唱《流星》，毫无悬念地进入了决赛。

比赛结束后，一个留着长发，手拿吉他的年轻人走到许愿面前，用北京话对他说："太他妈牛逼了，哥们。"两人互相留下地址，约定决赛再见。这就是响尾蛇乐队的主音吉他手。

在北京住宿的钱是许诺跟崔莉莉出的。他们订了三个房间。许愿跟"表哥"住，许诺跟崔莉莉住，刘星跟楚美美住。确定进入决赛后，六个人在路边的烧烤摊喝酒庆祝，夜里"表哥"听到奇怪的声响，睁开眼，看到许愿站在床边，身前是一个赤裸的女人，两条腿高高地翘起，乳房在晃动。女人手里抓着枕头盖在自己脸上。许愿看见"表哥"醒来，冲他微笑，做了个"嘘"的动作，招手让他过来。"表哥"拒绝了。他口干舌燥，头痛欲裂，从厕所回来后，喝了一大杯水。许愿似乎在炫耀着什么，拼命地耸动身体，女人从枕头下发出压抑的声音。"表哥"心念一动，他悄无声息地走到女人面前，突然伸手，拽掉了女人脸上的枕头。

崔莉莉。

众所周知，龙眼山的混战将导致杨有力销声匿迹，刘星和许愿同时入狱，错过决赛。此事暂且不提，我们按照时间顺序，先讲讲乐队的事情，从北京回来后，"表哥"宣布退出乐队。许诺找到他，严肃地说："许愿是天才，天才总需要别人为他付出。我们有幸出现在天才身边，应该为他付出。""表哥"瞪大了眼睛看着他，过了很久才说："那你去付出吧。"

尽管许诺缺乏音乐才能，但洞察力一流，他看出了许愿陷入了巨大的精神危机，需要帮助。对于获得评委称赞的《流星》，许愿并不满意。这是一首严肃的歌曲，曲子从谢傻子那里得到，歌词来自"表哥"的外公哥武龄，也就是说，它本质上隶属于精英阶层，并不符合许愿给自己的定位。他练琴，他写歌，他思考，他走在正确的道路上，可是沿着这条路，他最多也就只能做到谢傻子那么好。他要寻找自己的路，用自己的眼睛观察，用自己的声音歌唱。

在这个过程中，许诺始终陪在他身边。终于，在决赛前，一首关于夏天，富家女、孤儿、邪教信仰和手枪的歌曲诞生了。

响尾蛇乐队在决赛上弹唱了一首献给初恋的爱情歌曲，中规中矩，但获得了冠军。成为专业歌手之后，主音吉他手多次给许愿写信，问他为什么没有来参加决赛，还有几次是邀请他一同参加表演。信件每次都是以查无此人的理由退了回来。而这时候的许愿正在监狱里服刑。刘星被判十五年，而许愿却因为拒捕袭警，被判二十年。逮捕他的警察回忆，许愿一开始表现得像个疯子，被制服后，痛哭流涕，嘴巴里始终在哼唱着某种旋律。

龙眼镇的张红旗用了十年时间就建立起了自己的资本帝国，"表哥"随着他一起成为龙眼镇最有权势的人。在监狱里配合狱警，参与文艺表演，获得假释的刘星找到"表哥"，希望他念及旧情，能够为许愿做点事情。"表哥"一个电话打到贾副所长那里，贾副所长安排了体检，医院方面证明许愿精神出了问题，把他从监狱里接出来，送到了景色优美的龙眼山精神疗养院，同谢傻子住在一起[1]。随后，"表哥"又送去了大量乐器。

现在让我们回到龙眼镇地下音乐节的前夜，与故人重逢，"表哥"激动万分，立刻安排了车子，带着刘星跟响尾蛇乐队一起来到龙眼山疗养院。院长站在门口迎接，表情有些不自然，他边带路边说，许愿在我办公室里弹琴，我不懂音乐，你们进去吧。用钥匙打开门，屋里却没有人。大家急匆匆赶到许愿平时住的房间，同样没有人，地上乱七八糟，除了表哥送来的乐器，其他全是手写的曲谱与歌词。众人尝试着演奏，歌曲完全脱离了乐曲结构，剩下的只是一段狂乱的和弦，几段不成调的乐曲，或者是一次次长不可测的独奏，又或者是不可思议的混合，低音后面接着歌剧唱腔，转下来又是尖锐的高音。歌词无一例外，则全是龙眼镇最粗野最下流的脏话。这时候，有工作人员来通知院长，说一辆车子开出了院门。院长问是什么车？工作人员大致描述了一下，"表哥"突然说，"是许诺和崔莉莉。"

第二天演唱会上，响尾蛇乐队最后出场，他们邀请刘星与"表哥"上台，共同演唱《把我的骨灰撒在龙眼镇》，舞台上大雨倾盆。

---

1 此时，张红旗已经办起龙眼镇孤儿院，谢傻子再也捡不到孩子。而乞丐团体里一大部分人都去了煤矿，另外的人跟着郑家做修路盖楼的活。政府把谢傻子送进疗养院。

词人表哥

"表哥"是他的外号。

他是龙眼镇最大右派哥武龄的大女儿哥从樱被人强奸后生下的孩子，他出生后，母亲就跳进大火里，自杀了。由于他是哥家第三代人里最大的那一个，所以他的外婆朱均一管他叫"大表哥"，龙眼镇人把大字去了，直接管他叫"表哥"。哥家祖上靠战功发家，尚武的基因也进入了"表哥"的身体。他身材瘦削，细眉弯目，嘴唇很薄，极少说话，但眼神凶恶，做事毫无留情，招招致人死命，就连刘星都有点怕他。

表哥擅长的是独自一人用口琴吹奏出忧伤的乐曲，可是许诺说服了他。加入乐队后，他弹起贝斯。刘星是主唱，相貌俊美；许愿拿起吉他时，光芒四射；许诺是乐队的发起者；只有崔莉莉一个人懂得打鼓的技术。表哥声音有些沙哑，不怎么动听，那年头，龙眼镇还没有学会欣赏鲍勃迪伦的歌喉，人们也普遍分不清贝斯和吉他的区别，都认定了表哥在乐队里是可有可无的角色。

不过事实反驳了人们的偏见，在表哥加盟以前，乐队只能创作出一些颠三倒四，毫无意义的歌词，翻来覆去地唱。从小在哥家受到的教育，让表哥给乐队注入了严肃的气质，他们开始创作类似长篇叙事诗一样的歌曲。其中最广为流传的是《把我的骨灰撒在龙眼镇》，讲述的是年轻人在龙眼镇可能会有的死法，每一小节最后都以"把我的骨灰撒在龙眼镇"结尾。从低音部开始，后面用假嗓子尖叫，一直唱到破音。他甚至创作出了一种句型，一种格式，后来者可以不停地往里面塞自己喜欢的词。

在弹唱大赛中受到评委高度评价的《流星》也是他的作品。为写词，他多次来到外公家，查资料，也跟哥武龄长谈，其内容有尼采与马克思、奥勃洛莫夫与罗冈丹、后极权时代的犬儒倾向。

全歌分为四个小节，每段的开头如下：

1 混乱就是美好

2 过去即是现在

3 瞬间便是永恒

4 流星最明亮

从北京回来后，他退出了乐队，绝口不提许愿与崔莉莉之间的事情。刘星找他帮忙对付杨有力，他再次拒绝，还建议刘星，这事就算了，好好准备决赛，离开龙眼镇。但是，刘星没有听他的话，再次请求他，希望可以跟郑家兄弟认识一下。

关于郑家兄弟，稍微多说两句。那时候的郑家老大国魁刚在省城闯出名声，龙眼镇有很多关于他的传说。郑国魁最好的朋友是哥从德，而哥从德正是"表哥"的舅舅。

这一次，表哥答应了，他带着刘星来到郑家，成功地把郑家三兄弟拖入战局。群殴的结局证明了"表哥"选择的正确，随后，他再次做出英明的决定，跟张红旗一起，对抗当时势力庞大的煤贩子老虎李昆。在张红旗成为龙眼镇首富的过程中，他的功劳最大。

他喜欢男人，也喜欢女人，在许愿之后，结过两次婚。第一个老婆黄头发大眼睛高鼻梁白皮肤，最喜欢穿牛仔短裤和小白鞋，两条腿白皙、细长、笔直。杀了老虎后，"表哥"跟张红旗一块做事的头几年，生活很艰难，她抛弃了他。后面这个老婆是外地人，相貌平平，但是能干家务，会算账，在社会上也应付得来，被红旗集团的兄弟们称作"二嫂"。

新世纪到来，杨有力上门求助，张红旗在雇佣杨有力做司机之前，征求"表哥"的意见。"表哥"还是那句话说："我不姓哥，他们两家恩怨跟我没关系。"

队长许诺

　　谈到龙眼镇的乐队，人们往往只能回忆起美男子主唱刘星，天才吉他手许愿，但乐队真正的领袖是许诺。

　　许诺是龙眼煤矿子弟学校的数学老师，重度近视眼，龙眼镇台球界的绝世高手。在楚美美的台球厅里，打得刘星恼羞成怒的就是他。在刘星当着楚美美的面唱完歌之后，他提出建议，他可以不戴眼镜再打一场。这一场他又赢了。直到刘星答应加入乐队，他才透露秘密，他还有一副隐形眼镜。

　　许诺声音厚重，有磁性，像乞丐版猫王；会好几种乐器，尤其擅长电子琴，不过缺乏真正的才能。他常常在校文艺汇演中登台，也去市里面参加过比赛，从没拿过名次。在遇到刘星和许愿之前，他已经认识了"表哥"，加上崔莉莉，三个人组成了乐队。但这一时期，只能算是业余爱好者的玩票，不成气候。他第一次听到刘星唱歌，就被震惊了。紧接着，许愿拨动吉他的手指更让他全身上下冷汗直流。他意识到，一直在追求的东西出现了。

　　他找到刘星、许愿，没有多余的寒暄，直接说："乐队我已经有了，如果你们不喜欢，一切都可以重来。"最开始，刘星、许愿把他当作神经病，骂他，也打他，但他没有放弃。许诺利用自己老师的身份，大肆为这两人创造好名声。刘星从一个普通的小混混变成龙眼镇的大歌星，许愿的歌曲能够流传，全都要感谢他。

　　乐队成立于楚美美的台球厅，由于"表哥"在中间干预，刘星和许愿没有动手，许诺向他们发出挑战，只要他们在台球上能胜得了他，他立刻便走，再也不纠缠。如果他们赢不了他，那就得听他的，跟他去搞乐队。

　　他赢了刘星十四局，赢了许愿二十一局。

　　在北京的宾馆里，他由于理想将要实现，激动得睡不着，清清楚楚地看见了自己老婆从床上爬起来，走了出去。他躲在许愿房间的斜对面的转角阴影里，感觉到地板把光溜溜的脚底板刺得有些痒。不知过了多久，门向内打开，"表哥"走了出来，站在许诺和崔莉莉的房间门前，手举起来又放下，刚放下，又举起来。许诺在心里祈祷，不要敲门，不要敲门，不要敲门。

当"表哥"真的没有敲门，走向楼梯时，他又痛恨起自己的软弱，在心里狂吼，去他妈的音乐，我要杀了他们。就在这个时候，刘星房间的门开了，美男子拢着长发，进入厕所，嘴巴里吹着口哨，正是那首《把我的骨灰撒在龙眼镇》。许诺不由自主地跟着哼唱，回到了自己房间，躺在床上，很快就睡着了。第二天一早，他还帮崔莉莉盖被子。

回到龙眼镇，他没有能劝得了"表哥"回心转意，异想天开，竟然去劝说崔莉莉的爸爸加入乐队，更让人不可思议的是，崔莉莉的爸爸竟然答应了。龙眼山屁股坡上混战开始时，他和崔莉莉父女正在赶往火车站的路上，刘星和许愿只告诉他们，有些事情要处理。最后，他们只等到了"表哥"。许诺冲上去，握住"表哥"的手，激动地说："你回来了。""表哥"抽回手，态度冷淡说："我来告诉你们，不用等了。"

刘星能够提前出狱，是因为他在外面活动。许诺能够从监狱转进精神病院，然后又从精神病院逃跑，也是出于许诺的策划。他始终没有放弃乐队的梦，有案底的主唱刘星，精神异常的吉他手许愿，开始发福的鼓手崔莉莉，"表哥"的贝斯交给了秃顶的高级中学音乐老师，只有许诺，还像十多年前一样，高高瘦瘦，如少年般对未来充满幻想，唯一不同的是，他做了近视眼手术，不再戴眼镜。

春夏之交，无风，他们的乐队正在准备去省城参加一个选秀节目。刚练完琴，众人来到刘星的大排档里喝冰啤酒，谁也没在意隔壁桌射过来的恶毒眼神。眼神的主人是常常混迹在高级中学门外的流氓陈宝宝，他和许愿一样由朱大夫接生，成长在谢傻子的家。许愿进屋的时候，陈宝宝一伙人正在喝酒，他看见许愿，站起来叫了一声：刘叔。许哥。两人正在讨论究竟是唱自己的原创歌曲还选择一首所有人都熟悉的流行音乐，因此只是"嗯"了一声，或许嗯也没嗯，谁也没有停下来跟陈宝宝说话。

一个长相阴柔的男孩子得到暗示，偷摸站起来，溜到许愿身边，悄悄取出吉他，跳到桌子上，模仿电视上的动作耍起来，制造出可怕的噪音。众人愕然，刘星按住正要站起来的许愿，走过去，说："小宝，这是你朋友吗？"

陈宝宝笑着，说："真是不好意思，喝多了，还他妈不快给我下来。"

说着，他突然抬脚踹在桌腿上，长相阴柔的男孩子猝不及防，直摔下来，吉他压在身下，木头碎了，弦也断了。陈宝宝挡在他身前，张开双臂，说："没事，没事，我让他赔。"

刘星紧皱双眉，看着眼前这个比自己小了将近二十岁的男人，不知是该动手，还是就这么算了。就在这个时候，他觉得有道黑影从自己的侧面掠过，耳朵里听到许诺的声音："不要。"与此同时，狂骂声，尖叫声，哀嚎声同时响起。许愿举起斩骨刀劈了下去，年轻人脑袋一歪，刀斩进锁骨里，黑色的血立刻飞溅出来。

许诺的梦，又碎了。

赞助人崔莉莉

由许愿创作，"表哥"填词的许多歌曲里都出现过富家女，这一形象来源于崔莉莉。崔莉莉的确家境富裕。她的父亲年轻时在龙眼煤矿做技术员，革命时期，负责盯住教授谢新来，他把任务完成得很好，可也同时不可救药地爱上了音乐。他极其理智地没有自己从事音乐，而是把希望寄托在女儿身上。

睡前故事是音乐家的故事，无论何时，总有古典唱片伴随于周围，三岁开始系统性地学钢琴和小提琴，中学时期崔莉莉被送到省城学习声乐，随后理所当然地考入由谢教授一手创办的 A 省音乐学院。

崔莉莉身形高大，体态丰满，脑袋和父亲一样清醒，她早早地认清了自己没有任何特殊才能，只能靠音乐混口饭吃，绝对没有创作的可能性。毕业后，她回到龙眼镇，在煤矿子弟学校弹电子琴，教小朋友们唱《小燕子》，排练舞蹈《我们的祖国是花园》。由郑家投资的私立学校建立后，魏校长亲自上门邀请，保证她可以施展手脚。崔莉莉立刻辞掉了在子弟学校的工作。在私立学校，她掌握着琴房和舞蹈教室的钥匙。不久之后，她遇到了许诺，两个人一见钟情，很快就结婚了。

在婚后生活中，她始终处于主导地位。只有一次例外，那就是许诺要把许愿拉入乐队的时候。

她说："不要跟他搅在一起。"

许诺说："他是天才。"

她说："我知道。"

许诺问："那为什么？"

她说："你记得《月亮与六便士》里的勃朗士吗？"

许诺愣了好久，才搞清楚崔莉莉的意思，他说："有这么严重吗？"

崔莉莉说："我说的是可能。"

过了几天，许诺说："我还是想试试，这可能是我生命中唯一的机会。"

崔莉莉说："你想清楚。"

许诺说："我相信你，也相信自己。"

尽管在北京，她在情绪激动之下，也是由于酒精的刺激，她跟许愿发生了性关系，但事情并没有朝着思特里克兰德、施特略夫和勃朗士的方向发展。她在私下里跟"表哥"谈过一次，两人达成了某种约定，之后她再也没有跟许愿单独相处过。许诺第二次搞乐队的时候，她没有反对，默默地配合，心里面却认定了不可能成功。音乐是年轻人的玩意。果然，如她所料，或许应该说，由她一手造成。因为，陈宝宝一行人来偷吉他的时候，她看到了，却没有出声阻止。许愿冲上去之前，也是她给他递了斩骨刀。

许愿再次入狱被判死刑后，刘星也死了。许诺终于放弃了梦想，开始踏踏实实过日子。他们俩收集整理了许愿留下来的作品，响尾蛇乐队的主音吉他手拜托"表哥"前来说情，想买下几首许愿的歌。她极其精明地跟来人谈判，赚了不少钱。钱一分不少地存进她的账户，资助了不少想要学音乐，而又家境贫寒的孩子。

哥武龄四弟子传

英年早逝的老虎

七十年代末，右派哥武龄出狱，他拒绝重回煤炭学院做校长，而是来到矿区子弟学校教语文和历史。他一生无所建树，对龙眼镇的最大贡献是带出了四个学生，校长赵瘸子、逆徒魏老师、教父张红旗，还有一个就是本文要说的，为张红旗的霸业打下基础的老虎。

老虎不聪明，缺乏对知识的渴望和对美的感受力，却最用功，最上进，死得也最早。哥武龄还没有退休的时候，老虎就开始帮他做一些辅助性的工作。等到哥武龄离开后，他接班，正式开始做教师。几年之后，国家从教师队伍里提干，老虎被调到龙眼镇镇政府，在综合治理办公室做事。

这段时间里，他最大的成绩是在龙眼镇当地的报纸上发表了一篇怀念老师哥武龄的文章，感动了很多人。其中有一个细节是这样：哥老师用自己准备的粉笔在黑板上写字，写错了就用手去蹭，蹭掉之后又拍手，手拍不干净就在自己身上打，打来打去，藏青色的中山装上便留下了一个个白白的印子，有的深，有的浅。

红旗集团的发展可以分为四个阶段：第一创业，第二疯狂扩张，第三无所不能，第四轰然倒塌。就连张红旗本人也承认，第一个阶段体现的是老虎的意志。从前期策划到具体实施全依仗老虎一个人，张红旗所做的只不过是提供资金和陪老虎喝酒，给他加油，说些空洞的废话。老虎从最初的贩煤生意干起，接着开了一家石料厂，很快，他把石料厂抵押出去，承包了第一个煤矿。到他被张红旗打死的时候，红旗集团拥有了四个煤矿和一家商场。

这一切尽管说起来容易做起来难，但并非什么不可复制的成功。老虎的创举在于他对煤矿保安队的改造。保安队在龙眼镇的私人煤矿中并不稀奇，长大了的流氓总需要养活自己，煤矿保安队几乎是他们唯一的去处。在老虎改革之前，保安工作被认为没有技术含量，他们需要的只不过是打架时不要命，犯了事可以顶罪的人。由于缺乏组织性、纪律性，煤炭保安队非常混乱，常常出现关键时刻不能一致对外，无事可做时内斗频繁发生的情况。

老虎的改革正是针对这点。首先，他把整个保安队分成三个层级，决策层、管理层与执行层。其中决策层只有他一人。在管理层中有五个等级，每个等级设正副二职。这五级看似复杂，其实老虎不过是把政府机构里的国、部、司、处、科完全移植过来而已。再往下来是执行层，执行层细分为一名小队长与十一名保安。

接下来，老虎利用自己在综治办工作时编织起来的关系网，大量雇佣社会上有头有脸的流氓与退伍军人。前者进入管理层，根据影响力的大小分别担任不同职位；后者则成为小队长，平时除维持秩序外，还要带领底下的保安们进行体育锻炼与组织文艺活动。

做完这一切，老虎还不满意。他精心设计了考核制度，为底层保安们提供上升通道，为上层领导制造工作压力。除他自己以外，每个岗位的人都有可能被下级所取代。最基层的保安们只要高效地完成工作，并且在体育运动与文艺汇演中表现突出，就有机会被提拔成小队长。小队长在组织活动、沟通了解保安心理活动与协调众人关系上展现出能力，则可以进入管理层。每一层的管理者，都由其上一级主管来考察，下层管理者的主要工作是维持煤矿秩序与避免出现人才流失，而高层管理者最重要的能力是能够预见与其他煤矿可能发生的冲突，并且能在冲突出现时，立刻拿出应对计划。管理者中的最高级由老虎直接约谈。

龙眼镇的流氓们都承认，在红旗集团做保安比其他地方辛苦得多，但收入高，有盼头，是个体面的工作。如果有人在工作中受伤或者是坐牢，在此期间，工资一分不少。伤愈或者出狱后，可以选择回到红旗集团继续工作或者领到应得的奖金自行离去。要是不幸身亡，集团则会给他家人一大笔赔偿金。让大伙儿颇有微词的只有一点，每个人，不管是基层保安还是管理者，入职时都会被扣四个月的薪水，如果主动离职，这笔钱就再也拿不到了。

即使是在改革保安队最紧要的关头，老虎也坚持每年的年三十中午到哥武龄家里陪老师喝两杯。就在他认为制度已经完全建立，并且可以顺利运转的那年，他请管理层所有人员喝酒。第二天是年三十，他从饭店醒来，匆匆赶往哥武龄家。他敲门前，吐过一次，进屋后，头痛得像是要从中间裂开。师母朱均一给他倒酒，他摆手示弱，老师哥武龄大笑，说，"喝，再喝一点就好了。"

一开始，他皱着眉头，不停地用手挤压太阳穴。没多久，果然好了，他再次兴奋起来，嘴巴里的"哥老师"变成了"哥老"。再喝两杯，居然变成了"老哥"，喊着喊着，就称兄道弟了。他谈论着自己的功绩，得意忘形，大声说，"就是今年，我，我他妈的，非得带你们全家来个环球旅行。"哥武龄面带微笑，靠在椅背上摇头。孙子哥白尼兴奋得大叫，说他要去里斯本，因为他正在玩一款叫做《大航海时代》的游戏。儿子哥从德脸上没有任何表情，极其冷淡地说，"我要上班，没有空。"老虎皱起眉头，显得非常急躁，伸出胳膊搂住哥从德的肩膀说，"怎么可能，老弟，你怎么能这样说。你告诉我，你现在每年能挣多少钱？到我集团里来干，一百万不够，两百万，怎么样？"哥从德脸上依旧没有表情，轻轻拨开老虎搭在他肩膀上的右手，刚要说话，老虎便从椅子上滑下去，桌底很快传来呼噜声。里斯本没去成，老虎死了，还不到五十岁。

他的死跟张红旗有关系，这部分后面再说，现在介绍下起因与内情。

对老虎来说，保安队不过是试验场，他的最终目标是要把这种管理制度推广到整个集团。他在老师的床上醒来，喝掉了师母朱均一端来的冰糖银耳羹，翻身下床，给两位老人家以及哥从德道歉。年后，他开展了改革红旗集团的行动，不停地有利益被损害的人去跟张红旗抱怨。制度改革毫不出人意料地转变成了集团所有权之争。底下的人分裂成两派，常常发生大规模斗殴事件，不管是老虎还是张红旗都受到过死亡威胁。可以想象，在开始阶段，老虎的优势比较大，因为他掌握着保安队。不过，张红旗运气比较好，似乎能够未卜先知，屡次在关键时刻逃脱。

气氛空前紧张，龙眼镇所有从事煤炭生意的人都在关注着这场斗争的结果。就在这样敏感的时期，外号叫做"表哥"的龙眼镇流氓头目邀请老虎喝酒，老虎欣然赴约。老虎并非鲁莽之辈，底下也有人劝他不要前去，可"表哥"乃是老师哥武龄的外孙，有何防备的必要？

　　没有人把老虎的死讯告诉哥武龄，他以为是儿子哥从德还在为老虎的酒后失言而生气，不让他来。为此，他不分青红皂白地骂过儿子几次，还常常问赵瘸子，老虎去哪了？

教父张红旗

　　大人物的故事总要有点神秘色彩，张红旗也不例外。

　　革命初期，他的父母看着身边的人一个个地被带走，心中惶恐，把小红旗和几个装满了字画古书的大箱子一起送到了乡下亲戚家，然后主动去向组织自首。领导态度和蔼，告诉他们，上头还在研究，不要有压力，先回去，耐心等待。这对夫妻回到家中，收拾了房间，在地板上铺棉被，上吊死了。

　　而这时候，右派哥武龄正好在乡下做学校的敲钟人，就是小红旗亲戚居住的村子。最开始，一个年纪轻轻，操着北京口音的女老师来动员小红旗去学校念书，他看不起乡下学校，认为自己自幼熟读诗书，这里没人能教他。几天之后，女老师再次出现，她的身边站着满脸笑容的哥武龄。哥武龄用渊博的学识，宽广的胸怀，乐观的性格，强壮的身体，浓密的头发打动了小红旗。

　　张红旗常常用饱含感情的声音回忆哥武龄捡起石块敲击铁轨时隆起的肌肉，回忆哥武龄把黑板挂在树上，用左手扶住一角，粉笔与黑板碰撞发出噔噔噔的声响。他们名为师生，其实更像忘年交。小红旗没有去乡村学校念过书，哥武龄也只是个敲钟人，不算真正的教师。俩人常常结伴去山里读书。他们在半山腰发现一块大石，长约一米，宽约两米，比哥武龄稍高一点，顶部如镜面般光滑、平整，底部缺了一角。每次，哥武龄总是先将小红旗举上去，然后再轻松跃于其上。他们在这里待了一年多，读过的书有《三国演义》、巴尔扎克的一本没有封皮的小说和半本《资本论》。如果有人路过，哥武龄便会拿出早就准备好的英文版"毛选"，一字一句地讲给小红旗听。每到鸟儿归巢，虫鸣声渐起，他们便跳下来，把书藏在大石的缺角处。

　　他说得如此真切，不由得人们不信。只是，对此哥武龄却说自己一点儿印象也没有。张红旗毫不介意，他在私底下说："嘿嘿，男人都怕老婆，哥老师也是男人，嘿嘿，我懂，嘿嘿。"

　　现在，让我们把日历翻到一九八九年，一辆闪闪发光的黑色桑塔纳牌轿车在龙眼大道上飞驰，撞死了做建材生意，刚刚进货回来的，张红旗的父母。轮胎与地面摩擦产生的焦味，刺耳的刹车声，满地的开关面板与门把手。父亲当场断气，母亲坚持到了见儿子最后一面。

他的父母究竟是在荒唐年代悬梁自尽的旧时代知识分子，还是随着改革开放勇于闯荡的新社会建材商人？真相不重要，重要的是张红旗的出现深刻地改变了龙眼镇流氓的生存状态。在那之前，流氓们英俊潇洒，勇敢果断。他们堂堂正正地同对手决斗，在拳头上分高低。会演奏乐器和能够有力地挥动水管同样被看做美德。为朋友而死，是最高荣誉。在那之后，流氓们依旧穿最时髦的衣服，听最流行的音乐，但他们只相信一样东西：金钱。千禧年之后，高级中学小团体的真正领袖龚力虎看到当年的头号美男子刘星与第一打手杨有力坐在大排档门口的马路牙子上面吃炒面喝啤酒，呐喊出真理："除了钱，全他妈是假的！"

张红旗满足了后刘星时代龙眼镇人对成功的所有想象，也就是有钱。鲁雯雯在一篇小说里装模作样地写道：鹦鹉离开表哥，进入了张红旗的身体。这是对村上春树的模仿，但反映出了自诩精英的龙眼镇知识阶层对张红旗感到的不可思议。

三十岁之前，张红旗已经是龙眼镇家喻户晓的人物了。他什么也不做，每天只在街上溜达，到处找人喝酒，从来不醉。他毫无嫌贫爱富之心，可以坐在菜市场最深处给谢傻子倒酒，讨论音乐，让谢傻子高呼，红旗懂我，红旗懂我；他也能够干净体面地出席龙眼镇国营煤矿矿长的家宴，对经济学原理发表意见，众人皆侧耳聆听。这个时期，他给人留下的印象有四：一，超过一米九的身高；二，不可思议的酒量；三，对钱的毫不在意；四，他把龙眼镇国营煤矿矿长的女儿肚子搞大了，生下儿子张和平。

三十岁生日，也就是传闻中，他的父亲在半空中划出抛物线，他的母亲沿着引擎盖和前挡风玻璃滚上又滚下的那一天，张红旗正在矿区子弟中学外面请几个朋友喝酒。他已经从起床喝到了中午，同座的人们早就言语不清，困顿萎靡，只有他脸色如常，毫无醉意。得到消息后，他不慌不忙地喝掉瓶子里剩下的酒，没有吃菜，站起来往外走。

也正是这一年，张红旗变卖所有家产，做起煤炭生意，很快便成为龙眼镇众多私人煤老板中的一员，在这期间，给他出力最多的是老虎。老虎千真万确是哥武龄的学生，聪明能干有野心，曾经在政府里面做事，读过马克思，深谙剩余价值理论，自学了经营管理。他大张旗鼓地对红旗集团进行改革，同时也排除异己。他认为尽管张红旗待自己不薄，但是张红旗拥有生产资料，无需付出劳动，就占有了他老虎的劳动成果。这不是私人恩怨，乃是阶级矛盾，不可调和，唯有使用暴力消灭张红旗的肉体。

老虎之死，最大的原因是他小看了张红旗。他自以为保安队全在他的掌握之中，可没想到里面到处都是张红旗的眼线。老虎屡次派人追杀张红旗不成，并非由于张红旗运气特别好，而是因为他的命令还没有传达到具体执行者耳朵里，就已经被张红旗知道了。对张红旗来说，消灭老虎轻而易举，但在这之前，他需要给老虎到找一个更加忠心，更加有能力的替代者。

"表哥"，男，眉毛细，下巴尖，牙齿整齐，心狠手辣。他的妈妈是哥武龄的大女儿，没有父亲。他曾经是刘星许愿乐队里的写词人，能用口琴吹出悲伤的曲子，养了一只会说话的白色鹦鹉。在刘星许愿被捕后，龙眼镇的流氓们把他当作领袖，都尊敬他。可"表哥"绝不只是普通的流氓，多年来，他一直在国营煤矿里做财务工作，业绩卓著。

早在老虎决定动手之前，张红旗就已经把"表哥"当作了老虎的替代品。他看中了"表哥"在流氓中的声望，在财务方面的专业能力，更重要的是，他看出"表哥"足够聪明，有自知之明，绝不会想要取他而代之。前面说过，张红旗在音乐方面的造诣，得到过谢傻子的肯定。这便是他同"表哥"成为朋友的主要原因，两人常常在夜里见面，共同欣赏音乐。花前月下，肖邦作伴，张红旗承诺以后把龙眼镇最大的私人煤矿交给他管理。尽管如此，"表哥"还是没有下定决心，直到那个没有月亮的夜晚。

农历六月十六，云很多，四个拿着砍刀，穿黑色衣服的年轻人正在追赶一个身高超过一米九的男人。大个子凭着两条长腿，一口气从矿区跑到"表哥"家，拍门求助。"表哥"没法坐视不理，正式卷入了争斗。复仇行动随之展开，"表哥"以哥武龄外孙的身份给老虎打电话，说他抓住了张红旗，有事想和老虎谈谈。老虎不疑有诈，欣然前往，酒过三巡，老虎刚把话题引向张红旗，张红旗竟然从窗帘后现身，不给他反应的机会，一枪打中了老虎眉心。暗红色的脑浆溅到酒里。张红旗视若无睹，故作惊人地把老虎的尸体推到一边，坐下来朝"表哥"举杯，给他夹菜。

这件事在龙眼镇有很多版本，其中最出名的是女作家鲁雯雯的小说。她把张红旗写成同性恋，把白色鹦鹉处理成非现实的存在。她在小说里声称性是最强大的力量，张红旗用庞大的身躯和尺寸惊人的阳物征服了"表哥"。张红旗在"表哥"直肠里射精的那一刻，白色鹦鹉离开了表哥，进入了张红旗的身体，帮助他完成伟业。写作时，她观看以阳物巨大而闻名的色情明星詹姆斯·怀特的影片，在故事结尾，她还虚构了"表哥"的酒后被呕吐物堵住气管，窒息而死，暗示张红旗灭口。小说很露骨，但同事实无关。

接到报案后，贾姓民警迅速逮捕了张红旗，同时，他也得到了张红旗的承诺。一个月后，他把张红旗送出来，亲自帮他打开停在派出所门口的，"表哥"的车门。落满煤灰的黑色轿车没有回矿里，而是去了龙眼镇第一百货。张红旗买进口西装，在桑拿浴里洗澡理发刮须，找了三个女孩子美美地睡了一夜。最后，他精神抖擞地回到煤矿，用粗鄙不堪的龙眼镇土话，激情四射地演讲，堂而皇之地撒谎。他当着众人的面流泪，深情地回忆起他和老虎共同创业的时光情景，有好几次，因为过于痛苦，而不能继续。紧接着，他擦干眼泪，举起右手，握紧拳头，声嘶力竭地大喊，"在未来，红旗集团有两件事最重要，第一，为老虎报仇；第二，为老虎养家。不。"张红旗抬起胳膊擦去眼角的泪，嚎叫至破音。他说，"不仅是老虎，以后集团里的任何人遇到任何意外，你们的父母、老婆、孩子全由矿里负责。"

龙眼镇的亡命之徒们第一次体验到了安全感。

在张红旗取得巨大成功之后，有好事者在背后非议，张红旗的财富是从老虎那里偷来的。这种说法颇有市场，我们尝试反驳一下。首先，需要承认，张红旗的确继承了老虎的保安队，但这是一种发扬的继承，或者说，扬弃。在"表哥"正式接手保安队以后，改革再次开始。保安们除了要定期进行体育锻炼外，还要学习集团内部的小册子。小册子由"表哥"编纂，基层保安只需要熟读背诵，越往高层，所需学的理论越复杂，对学习能力要求也越高，但其核心内容只有两点，热爱集团，忠于张红旗。如果说，洗脑工作无甚稀奇，老虎也能够做到，那么下面的事，在龙眼镇只有张红旗做得出来。

首先，先贩煤再采煤的路线由张红旗制定。

80 年代的龙眼镇，私人煤矿开始涌现。胆识过人的煤老板们腰缠万贯，在龙眼镇各大娱乐场所里，把成捆的钞票摔在纹理魔幻的大理石茶几上，发出沉闷悦耳的声响。在相当长一段时间里，周围几个城市的居民都对满嘴龙眼镇土话的人侧目而视。而这一切在张红旗的眼里，完全是落败的景象，混乱的矿井，简陋的设备，所谓的胆识过人无非是鲁莽与不要命。而这种毫无理智可言的疯狂采煤行为，必将导致煤价暴跌，然后是政府干预，到那时，才是进入煤炭市场的最好时机。在此之前，他需要尽可能多的积累财富。

其次，他是龙眼镇众多煤老板中，第一个具有资本意识的人。

正式购买煤矿之后，之前的运输公司并没有解散，而是继续加大投入，运输贩卖全由红旗集团自己负责。除此之外，他还聘请大型煤矿的专业技术人员与管理者，成立属于红旗集团的研究机构，通过这一系列举措节约下来的成本则全部用于购买新的矿井。

扩张，再扩张，一切为了扩张。老虎死后，张红旗全面接管集团事物，制定出了低价倾销的策略，不惜成本地与人竞争。市场上的煤越多，煤价便越低，其他矿主们唯有更加卖力的开采，如此就造成了煤价的进一步下滑。小型煤矿无力抵抗，只得申请破产。这时候，张红旗挺身而出，将破产的矿买下，转身，立刻将煤矿抵押给银行，贷出更多的款子，不停地重复上述过程。这种做生意的方法，龙眼镇的煤老板们不能理解，也不想理解，他们认定了，张红旗的成功来自于其岳父。张红旗的岳父是龙眼镇国营煤矿矿长，而矿长弟弟是龙眼镇人民银行负责贷款业务的副行长。

煤老板们没有经济学知识，却不乏杀人的胆量，他们在通往张红旗矿井的必经之路上埋下雷管。巨响中，黑色的别克牌轿车跌落山崖，火光冲天。贾副所长得到消息后亲自赶到现场进行调查，张红旗站在他身边，脸色铁青，一言不发。煤老板们没有放弃，他们从省城请来职业杀手，据说曾在美军服役。"表哥"挺身而出，从保安队里挑出五个小伙子，把杀手丢入矿井。失败让更多的敌人联合起来，第三次行动被命名为"烧旗"。

一切还在策划中，"表哥"已经从内部得到消息，准备应战。而此时，张红旗却独自去了九华山。等到他再次露面时，他示意"表哥"停止战斗，并且不顾危险，邀请一直以来企图杀死他的煤老板们喝酒。在席间，他说，最近想明白了一个道理，经济学的目标不仅是要自己发财，更要帮助他人提高生活水平。商业上追求的不应该是你死我活，而是共同创造新的财富。面对大家不解、疑惑的表情，张红旗进一步解释，红旗集团愿意向有需要的煤老板们提供贷款。

接下来便是大张旗鼓地贷款资格审核，煤老板们认真地准备个人资料、公司资料、未来计划书与还款计划，负责收集整理工作的"表哥"态度暧昧，让每个人都觉得自己有望获得来自红旗集团的贷款。事实也的确如此，答案揭晓的日子到了，在场的所有煤老板都接到了张红旗的祝贺。

既以与人，己愈多。或者说，命运选择了张红旗。

贷款发放后没多久，全国煤价突然上涨。赚钱要紧，私人恩怨先放到一边。原本已经具有相当规模的老板跟红旗集团借钱扩大生产，在破产边缘的煤矿在红旗集团的帮助下活了过来，还有更多的人，来到红旗集团，想要申请贷款，投身于煤炭行业。

在这里，顺便说个插曲，贷款部门有个名叫戴艳艳的女人。从红旗集团出来后，她跟郑家老三一起成立了讨债公司，她的儿子便是后来在高级中学里赫赫有名的小团体领袖龚力虎。

所有人都发了，张红旗成为龙眼镇最有钱的人。他因精准地预见了行情结束的时间，赢得了众人的尊敬。煤价大跌时，龙眼镇煤老板已经收缩战线，损失非常有限。张红旗再次邀请大家喝酒，倡议煤老板们成立类似于某种联盟性质的东西，他说，自己已经拿下了市中心的一块地，准备修个大楼，搞煤炭交易市场，建议大家入股，把定价权掌握在……他的宏伟计划还没有说完，警察就闯了进来带走了他，罪名是非法借贷。但在私底下，人们都说，他岳父退休，副行长因贪腐问题入狱，更重要的是，他不知天高地厚，竟然指导新任行长如何放贷，指导政府如何发展私营经济。

这或许能说明，他的确是哥武龄的学生。

　　只有第一流的人物，才能同命运抗争，理解苦难的重要意义。在接下来时间，张红旗每日对铁窗，连"表哥"也不见。可外面的人从没有忘记他，煤老板们拿出真金白银，为这个曾经的敌人，如今的恩人四处奔走。上游有权有势的钢厂和电厂得到了好处，纷纷表示他们更愿意同拥有垄断地位的民营煤企业打交道，政府应当保护优秀民营企业家。负责逮捕张红旗的贾副所长也提出自己的意见，从社会治安角度考虑，一个容易监管的大型煤矿，远远优于几十个安全得不到保障的小煤井。

　　三年后，张红旗出狱，"表哥"在外面等他，向他汇报红旗集团的近况。他默默听着，最后摆了摆手，说，"是兑现承诺的时候，所有的煤矿都交给你。"又过两年，煤炭交易市场没有建成，在原有位置上，红旗大酒店盛大开业，酒店不对外开放，只招待达官贵人，是公子哥们最爱去的地方。

　　龙眼镇不缺人才，能走出去的人，拥有胆量，见识与实干精神。在北京发展的梁双双便是典型代表。大学毕业后，在北京做记者的他去深圳采访时，看到上百万的人排队购买新股认购凭证，意识到时代即将发生的变化。回到北京，他立刻联系做记者时结识的一些有钱人，由他在媒体上摇旗呐喊，在背后操纵股价。其间起伏，同张红旗无关，不必细说。直到最后，政策突然发生变化，股票暴跌，梁双双遭到追杀，路过信访办时，从上访群众那里换来军大衣，挤绿皮火车，回到龙眼镇，跑到矿里，寻求张红旗的庇护。

　　煤矿收留落难之人的传统由来已久，龙眼镇国营煤矿建立之初就收留过以赵大路为代表的大批在逃犯。张红旗在"表哥"的家里见到了梁双双，白色鹦鹉停在屋顶横梁上。他早就听说了事情的原委，心里已然打定主意。但是，他抽着雪茄，把自己的半张脸藏在大型观叶植物后面，刻意保持沉默。直到白色鹦鹉发出"干，干，干"的声音后，他才开口，说他要再登九华山。

　　这一回，佛祖给了他八个字：阿弥陀佛，普度众生。

　　张红旗召集所有煤老板，梁双双深入浅出地给煤老板解释股票坐庄方法。说起来难以置信，龙眼镇的煤老板在张红旗的带领下竟然在股票市场上九十年代初掀起一轮行情，在《新中国牛市大记事》一书中，此次行情被称为"龙眼红"。

千禧年，在股票市场挣了大钱的张红旗去九华山还愿，佛祖再次给他提示：阿弥陀佛，普度众生。他自我流放，在庙里住了三天三夜，不见外人，终于参透玄机，普度众生者不应与众生争利。大笔资金撤出，股市继续疯狂了一阵子，紧接着是国有股减持与各项造假案曝光，全国股民哀鸿遍野。这时候的张红旗做起了更加稳妥，更加安全，收益也更大的生意，他开始在全国各大城市拿地。

张红旗是第一个让煤矿工人们拥有体面生活的私营煤老板。

因为他，龙眼镇无数有才能的人得以施展平生抱负，其中不仅包括老虎、"表哥"、梁双双，从某种意义上说，后来兴起的郑家也是红旗集团的一个产物。

张红旗建立了龙眼镇第一所孤儿院，不动声色地瓦解了谢傻子的乞丐团体。

流氓们聚众斗殴的窝点龙眼山屁股坡被他改造为著名旅游景点，龙眼山99号监狱也成了爱国主义教育基地。

他重回儿时呆过的乡村，铺路搭桥挖隧道，重修学校，免费为孩子们提供水电煤。

张红旗功业太神奇了，用不着在这一一列举。如果谁有兴趣，可以前往龙眼镇任何一家酒店，从五星级宾馆到路边大排档，无论什么时候，都有张红旗的故事在喝酒人的口中流传，我们还是讲一讲他的轰然倒塌与东山再起吧。

从龙眼镇高级中学毕业，去英国留学的张和平在澳门被待为上宾。他的最高记录是连赢九天，收入过亿。在接下来的时间里，他输光了所有的钱，开始向老板借钱。澳门人在龙眼镇有眼线，比张和平还要了解他父亲的资产。在经过精密计算后，赌场老板让他输掉了近六十亿后，宣布不再借钱，并且向他追债。

张和平逃回龙眼镇，不敢跟父亲要钱，找到了贾副所长。贾副所长带人捣毁了赌场在龙眼镇的办事处，逮捕了几个头目。澳门方面大哗，赌场老板在省领导的陪同下，亲自来到龙眼镇。贾副所长不敢再承担责任，亲自开着警车进入煤矿。

年过七十的张红旗满头黑发，依旧高大。他平静地听完赌场老板的叙述，不顾贾副所长的阻拦，把站在一边瑟瑟发抖，不敢开口的儿子从二楼的窗户里扔了出去。在张和平的哀嚎声中，他开始同赌场老板谈判，头脑清醒，冷静理智。

一年之后，占地将近千亩的新红旗大酒店在他资助过的数个乡村中间开业。门口的新红旗大道同老红旗大道相连。路在玻璃钢厂处一分为三，一条通往市政府，一条通往国营煤矿矿务局，另外一条同高速公路相连。毕业后进入省政府做省长秘书的龚力虎曾经陪同前来视察的中央领导进去过。他说，里面景色优美，吃饭时甚至看得见从非洲运来的野生动物。

红旗大酒店的老板是瘸了一条腿的张和平，但人人都知道，他的背后永远站着高大的张红旗。

校长赵瘸子

　　煤炭子弟学校校长赵瘸子用磨了半辈子的菜刀斩向自己的脖子，随着力量的消失，他瘫倒在雪地里，往儿子所在的方向爬了爬。儿子好像还没死透，身体在无意识地抽动。这时候，赵瘸子的耳边突然响起了一个男人浑厚的声音："放空，就当你的身体不存在。"

　　赵瘸子是哥武龄做敲钟人时所在村子的人，他小时候得过小儿麻痹症，痊愈后，腿瘸了。哥武龄来家里动员他去上学，赵瘸子的母亲说，"读书有什么用，更何况，他还是个残疾人。"哥武龄说，"正是因为残疾了，才更要读书。"母亲还想说什么，哥武龄在她开口前表示，钱的问题由他负责。不久之后，革命扩大，哥武龄被迫离开村子，赵瘸子再次辍学。

　　他始终没有忘记哥武龄的话，瘸了，只有读书这一条路。革命结束后，他打听到当年的敲钟人在龙眼镇子弟学校教书，他步行近百里，在学校门口等到哥武龄，说自己还想继续上学。当年哥武龄资助过的学生很多，早就记不清眼前这人是谁。但就像所有老师一样，哥武龄做出热络的模样，同赵瘸子说："我认得你，你名字里面的字怎么写，我都记着。"

　　本文的目的是解释开头那句话，因此，不相干的事情，我尽量一笔带过。

　　他和老虎是同班同学，两个人在刻苦程度上不分伯仲，但赵瘸子受到哥武龄的影响更深，立志从事教育工作。毕业后，他留校任教，当提干的机会到来时，他依旧选择了留在学校。赵瘸子最终能够成为校长，主要原因是，经过大革命，国家缺乏人才。还有一小部分原因是哥武龄的大力推荐。由此之故，哥武龄死时，他过于悲痛，竟至于晕死过去。

　　成为校长后，他同学校里一位教英语的女老师结婚，生下儿子，起名赵鑫。最开始，夫妻二人对儿子抱有极大希望，为赵鑫规划了在私立学校接受义务教务，考高级中学，去北京念大学，出国留学的道路。可是，不久之后，生活便偏离了原有轨道。赵鑫已经两岁，还不会走路，年轻健康、精力旺盛的英语老师跟学校里新来的王姓物理老师勾搭在了一起。

　　赵瘸子确定妻子出轨后，不声不响，决定给对方一次机会。他把家里面的菜刀带到校长室，在市场里面买了块磨刀石摆在窗台。每天，他都会站在窗前，看着操场的孩子，磨刀。他想，只要英语老师给他做饭时，发现了家里少了菜刀，那么他就原谅她。可是，被爱情冲昏了头脑的女人早就忘记了丈夫还要吃饭这件事。

决定行动那天没有一丝风，太阳早早地升起，光从窗口射进来。赵瘸子举起刀，眯起眼睛，脑袋里闪出哥武龄曾经教他背过的一句古文：神之于形，犹利之于刀。他回忆了一阵子，没想出这句话的出处，摇摇头，把菜刀藏在袖子里，回到家里。

细皮嫩肉的物理老师吓得缩在屋角，女人却大大方方地从床上跳下来，一丝不挂，指着赵瘸子的鼻子说，"我到现在才知道，你根本就不能算男人。"赵瘸子涨得满脸通红，如恶狗般在喉咙里发出轰隆轰隆的声音，肩膀一缩，持刀在手，高高举起，刚想剁下。没想到女人的动作更快，当胸给了他一掌，赵瘸子重心不稳，向后倒去。女人抓住机会，一脚踢开菜刀，扶起物理老师，迅速离开房间，再没出现。

赵瘸子就这样躺在地上，回忆起自己的前半生，苦苦思索，究竟是哪里出了问题。这时候，传来响动，他扭头去看。不知什么时候，儿子赵鑫醒了，白嫩的小腿已经跨到床边，马上就要掉下来。他想扑过去接住，可是瘸了的腿拖住了他。儿子一脚踏空，正好摔在菜刀上。

赵鑫的脸上被划出一道又长又深的口子。为民诊所的朱大夫成功地缝合了伤口，把赵瘸子叫到里间，问，"你有没有发现"，说着，他迟疑了一下，指了指自己的脑袋。赵瘸子说，"什么意思？"朱大夫说，"最好去检查一下。"

为了这句话，赵瘸子带着赵鑫跑遍了中国各大城市，花光了所有的积蓄，可所有人都告诉他，没有希望。四岁了，赵鑫还不能把眼神聚焦于一点；六岁，依然讲不出完整的句子。终于，他走投无路了，开始转向寻找神鬼的帮忙。他尝试了气功，扎过针灸，烧掉写满符号的黄纸符，拌在水里给儿子喝下，他见庙就进，见佛就拜，不管认得不认得。

飞天教教主艾宪法的神迹在龙眼镇越传越邪门，甚至连师母朱均一多年的高血压都在他的掌下恢复了正常。有消息称，艾宪法将于周日早上十点钟，在龙眼镇电影院发功，解救所有受苦受难的人，现场售票，先到先得，售完为止。九点半钟，他一手抱着赵鑫，一手拄拐，艰难地来到电影院。人已经空了，到处都是塑料袋，烟头与瓜子壳。门口的老阿姨问他，"你怎么现在才来。"他说，"不是十点才开始卖票吗？"老阿姨说，"阿弥陀佛，人太多，教主慈悲，提前了两个小时。"赵瘸子往里面看一看，有几个年轻人正在打台球，他没再说什么，把赵鑫放下来，牵着他的手，一梯一顿地走下台阶，来到哥武龄家。他坐在书房里，陪老师说了会话，直到哥从德回来，他站起身打了招呼。两个有孩子的男人，走到院子里面的桧树下抽烟。赵瘸子东拉西扯了半天，最后才说明来意，他知道哥从德与艾宪法从小就是好朋友。哥从德没有开口，盯着他看了半天，很久之后，才点了点头。赵瘸子从口袋里摸出门票钱，递了过去，哥从德还是像之前一样沉默，看着钞票，很久之后，摇摇头，把赵瘸子的手推了回去。

万事都要托关系，求神也得找熟人。就拿这件事来说，即使赵瘸子连夜排队，买到了票，也未必有机会能被艾宪法选中，上台接受治疗。而哥从德带着他从小路登上龙眼山，直接来到艾宪法的小木屋。屋内弥漫着奇特的香味，却不见哪里有点香。艾宪法坐在木板床上，脚搁在头顶，手做拈花状，双眼圆睁，怒视前方。赵瘸子的儿子赵鑫一开始被吓得大哭，接着又笑了起来，还要趴在地上模仿这个怪动作。赵瘸子本想把儿子拉出去，但艾宪法用眼睛示意他不要乱动。

几分钟以后，或许是十几分钟，也可能是几十分钟、几百分钟，小木屋内没什么任何东西在变化，因此无从判断时间的流逝。终于，艾宪法修炼完毕，直起上半身，坐在床板上，赵瘸子揪着儿子的胳膊，走上前，刚想说话。艾宪法开口了，他的声音浑厚，极动听，让人不由自主地想要跪拜。他说："我都知道，你去外面，让孩子一个人站在那里。放空，就当你的身体不存在。"

神奇出现了。回到家里，赵鑫睡了一觉，醒过来之后，便开始整句整句的说话了。赵瘸子欣喜若狂，把所有的钱都送给艾宪法，求他一定要救救自己的孩子。艾宪法把钱原封不动地退了回来，说，"普度众生，怎能收钱。"从此，赵瘸子就拜倒在艾宪法的脚下，每周带儿子前往龙眼山的小木屋，直至艾宪法消失不见。

　　哥武龄听说了这事，把他叫到书房里大骂，"你信这种玩意，以后就不要到我家来了。"赵瘸子扶着书桌，痛哭流涕："老师，我该怎么办？我还能怎么办？我到底做错了什么？我是这样，我儿子又这样。"哥武龄看着学生，表情从盛怒转变成了怜悯，他长叹一声，站起来走到书架前，抽出一本黑色的小册子递给赵瘸子。他看着赵瘸子，说，"如果你非要信点什么……"停了一会，他又说，"灾难降临于你，有时候并不因为你做错了什么，而是神要展示他的力量。"痛哭流涕只是学生在老师面前耍的小聪明，他早就全身心地信仰了艾宪法，《圣经》一直摆在窗台上。他每日对着太阳磨刀，这是自英语老师出轨后养成的习惯。他磨刀时，偶尔会随便翻开一页，有时候看，有时候不看。

　　随着艾宪法的宗教不停壮大，赵鑫也在极速地成长。他个子变大了，全身上下肌肉结实，说话没有问题，唯有智力始终不见发育。哥武龄的孙子，与赵鑫同龄的哥白尼已经进入高级中学，而他还在读四年级，常常在黑板上写"屎"、"尿"、"屁"、"奶头"、"鸡巴"、"逼"、"屁眼"，这些字。

　　赵鑫成了魔鬼。

　　一日，上了年纪，戴假发的数学老师走进教室，若无其事地擦掉黑板上的字，让赵鑫去操场转转，在教室里闷着多不舒服呀。可没过多久，外面就传来惊呼声，老师们让学生不许动，自己跑到走廊上看。赵鑫脱掉了裤子，挺着尺寸惊人的鸡巴，在操场上抓住了一个刚从师范学院毕业的年轻女老师，对着她的裆部乱戳。赵瘸子拄着杖，用有史以来最快的速度赶到。他叫儿子，儿子充耳不闻；他拉儿子，儿子纹丝不动。他举起拐杖，赵鑫一把夺过，照着自己父亲的脸上挥去，打得校长赵瘸子翻倒在地，满脸是血。最终，体育老师范是钢从器材室跑出来，一个抱摔，制服了赵鑫。

　　这事儿让赵鑫被拘留十五天，也成就了语文老师与体育老师的姻缘。数日后，赵瘸子请语文老师到校长室来，向她正式道歉，语文老师一直没有说话，眼睛直勾勾地盯着窗台上的《圣经》，提出要借去看。赵瘸子犹豫了一下，拿开磨刀石，递了过去。语文老师信了主，在课堂上宣教，影响到了班里一个名叫杨笑的女孩。若干年后，杨笑靠着信仰拯救了无恶不作的郑家，这是题外话，不再多讲。此外，赵鑫企图强奸语文老师一事另有隐情，我们会在《子弟学校诸事》当中详细介绍。

几年后，赵鑫因强奸妇女被抓，出狱后跟赵瘸子生活在一起。他变得更加强壮野蛮，经常在家里打骂赵瘸子，问他为什么要生他。二零一六年的大年夜，雪下得很猛，他跟赵瘸子要钱，赵瘸子不给，他在家里乱砸一通，只找到些零钱，便拿了下楼走出小区。再晚些时候，雪更大了。赵瘸子听到外面有吵闹声，知道是儿子。他长叹一声，从床板的夹缝中抽出钱包，拄着拐杖走下楼，叫儿子过来，要给他钱。赵鑫不疑有诈，快速奔来。赵瘸子似乎受到了惊吓，手上哆嗦，钱包落在地上，花花绿绿的钞票从敞开的拉链处飞出来。赵鑫骂了一句："老东西，怎么还不死。"赵瘸子再次叹息，雪花在温热的白气里融化沉水滴，他抽出藏在袖筒里的菜刀，对准儿子的后脖颈砍了下去。

改革者魏老师

　　九十年代初，哥从德去省城出差，哥武龄让他有空时去看看魏老师。哥从德办完了事，在科技大学找到魏老师，带他一起去跟恶棍郑国魁喝酒。郑国魁老早就听说过魏老师的名字，魏老师是龙眼镇第一个被科技大学少年班录取的人。他很激动，一只手抓着魏老师，另外一只手拉着哥从德，带他们去白马大酒店对面的地下，吃全省最出名的蒜泥猪蹄。

　　一瓶酒还没有喝完，魏老师就垂下了头，眼神涣散，说话结巴，站起来要去上厕所。几分钟之后，他回到饭店，脸洗过了，眼睛很亮，一幅神采奕奕的模样。第二瓶酒刚喝完，魏老师用手撑着额头，脑袋不停地上下晃动，猛然间惊醒，他再次出去尿尿。几分钟之后，他走进屋，头发上沾了点水，步伐稳健。三个人喝掉了四瓶酒，这期间，魏老师出去了五次，每次回来，都清醒无比。

　　郑国魁斜眼看着魏老师，问哥从德，"还喝吗？"哥从德反问他，"你醉了？"于是，又打开了第五瓶白酒。这一回，魏老师刚走出饭店，郑国魁立刻站起来跟在后面。魏老师摇摇晃晃地走到不远处垃圾堆边上，从口袋里拿出个细细长长的东西往嘴巴里捅，很快，他就开始呕吐。接着，他走到水龙头边，漱口，洗脸，拢拢头发，开始往饭店走。郑国魁走到魏老师呕吐的地方，浓重的酒味刺激得他也开始反胃。他干呕了几声，挺直身子，撒了泡尿，回到座位上，说出了刚才看到的事情。哥从德面带惯常的神秘笑容，魏老师也不隐瞒，从口袋里掏出一根鹅毛，摆在桌上，说，"这也不稀奇，古罗马人当年就这样干。"

　　这天夜里，郑国魁经过反复练习，终于把喝到肚子里面的酒全部吐了出来。他洗过了脸，眼泪汪汪，头有点痛，但还可以忍受。他紧紧地握着魏老师的手，说，"你帮我的大忙，我一定要报答你。"魏老师说，"那太好了，我正想要回龙眼镇办一所私立学校，现在就缺钱。"

　　龙眼山私立学校的事情，我们其他地方中提到过几回，现在正式地做些介绍。

　　私立学校搞的是精英教育，学生入学前，需要经过两轮考试，第一轮是笔试，第二轮由魏老师亲自面试。魏老师认为，人的智力差别很大，而公立教育则是平均教育，对早慧的人群不公平。聪明的孩子可以在五年之内学完九年义务教育里的所有课程，把他们困在教室里，让他们不停地重复学习已经掌握的知识，非常残忍，也不利于养成优秀的学习习惯。

　　老师入职前，也要经过同样的两轮考试。第一轮是专业知识测试，第二轮是职业心理测试，测试他们是否真的适合做教师。题目由魏老师和他在科技大学的同学共同设计。私立学校的老师不允许使用教学参考资料，必须独立研究教材，同时，老师们也不允许使用分数来议论学生的优劣，但必须鼓励学生之间展开竞争。为保证教学的延续性，老师们不允许随意辞职。

　　据说，这是投资人郑国魁的弟弟郑国本给他出的主意，入职前六个月的工资由校方保存，有利息。如果在合同期满前辞职，将拿不到这笔钱。如果我们因此认为在私立学校做老师是件痛苦的事情，那就错了。老师在教学方面有极大的自由，同时私生活也完全属于他们自己，老师们像明星一样经营自己，很多都成为了学生的偶像。另外，学校里不禁止体罚，不讨好家长。魏老师公开宣称，教师行业不是服务行业，如果不满，可以把学生领走，不退还学费。

　　在这里，体育课和文化课的地位相当，每个学生必须参加体育锻炼，不听任何理由，如果某个学生只有聪明的脑袋，而没有强壮的身体，会被认为不够优秀，不适合在私立学校接受教育。随后不久，从北京来的物理学家加盟，给私立学校带来了新的变化。学生们必须学会欣赏优秀的音乐、艺术与诗歌，还被要求组建社团，定期出作品。

　　有人说，私立学校的办学理念来自哥武龄。子弟学校的赵瘸子便是这种观点坚决的支持者，他出于糊涂，或者说出于妒忌（因为哥武龄说过，魏老师是他最优秀的学生），极力否认魏老师的功绩。这可以理解，但不是事实。尽管哥武龄出身名门，自视甚高，但可以肯定，他并不赞同精英教育。不过，说魏老师这个人是哥武龄的产物，千真万确。

　　哥武龄很早就发现了魏老师的与众不同，他观察了一段时间，又叫自己的儿子哥从德来看。在确定了自己的看法无误后，他来到魏老师的家，简明扼要地表明来意，问魏老师的父母，有什么打算。魏老师的父亲是普通的煤矿工人，母亲是厂门口商店的售货员，两个人做梦也没有想到能生出天才儿童。他们看着哥武龄，嗫嚅了半天，只问出一句，要不要花钱。哥武龄想也没想，就说，"不用，钱由学校出。"二人松了口气，说，"那就麻烦哥老师了。"

回到家里，哥武龄立刻给身在北京的弟弟哥武义写信，说自己发现了一名天才。哥武义没把他的话放在心上，回信里对此话题避而不谈，只简单说了自己家庭的状况，并问候五哥五嫂。哥武龄再去一封信，信里面没说其他事，直接要求弟弟帮忙想办法，孩子的时间耽误不起。哥武义回信，说了几句空洞的话，让孩子好好学习，长大以后报效国家。哥武龄大为光火，不再写信，带着魏老师，去了北京。

哥武义见到哥哥竟然亲自前来，万分吃惊，但还是不能相信眼前这个因第一次来到大城市，而显得有些紧张，把手背在后头的男孩子是什么天才。他带着哥武龄和魏老师在北京城里转了两天，从侧面观察魏老师，并没能看出特殊之处。他断定所谓的天才，只是哥武龄的臆想。五哥蹲了将近三十年监狱，出来后跟儿子也处不好，人生已然无望。因此，他把自己当年的抱负，投射在这个孩子身上。他决定接下来的几天里，不管哥哥说什么，他都附和应承，好好招待，然后客客气气地把他们送上回龙眼镇的火车。哥武龄看出了弟弟的心思，他不动声色，想出了一个办法。

他跟哥武义说，想去拜访一下同祖父哥春魁有交情的，姓杨的"大人物"，这是合理要求。说来也巧，当时"大人物"刚好在京，听说哥武龄来了，很高兴，叫他们晚上到家里来。哥武龄把魏老师交给哥武义的儿子，跟着弟弟一块去了"大人物"的家。三个人用了晚餐，聊了聊祖上的交情，又谈论国家未来的发展。哥武龄突然开口，说他这次来北京，提到了自己带来的孩子是个罕见的神童，值得国家重视，他还说弟弟哥武义也可以作证。只是他们兄弟俩见不多，识不广，需要"大人物"来帮忙鉴定一下。"大人物"颇感兴趣，转头看向哥武义。哥武义没想到一向耿直暴躁的哥哥竟能想出这样的主意，只得点头，说，"孩子的确在家，聪明是聪明，只是……"。哥武龄立刻打断他，说，"现在就让孩子来吧。"

"大人物"是军人，文化程度不高，但喜欢象棋，相当自信，魏老师一共跟他下了两局半。第一局打了个平手。第二局，魏老师赢了。第三局下到一半，"大人物"拿着圆形的"马"在指尖转来转去，始终没有落下。他说，有点累，要休息一下。说完，便径自走出了房间。哥武龄有点吃惊，哥武义说孩子不懂事，又埋怨哥哥不该出这种主意。就在这时候，"大人物"又转了回来，说，"他已经跟科技大学的校长通过电话，孩子可以去报考少年班。"哥武龄还不知足，他坚持要"大人物"给写个条子。

从考场出来，魏老师对哥武龄说，题目很简单。随后，他又问，"老师，你这样有本事，又认识那么多人，为什么还要留在龙眼镇。"哥武龄愣住了，伸手不停地在魏老师的大脑袋上来回抚摸，最后才说，"你还小，很多事都不知道。"

他的确还小，有很多事情不知道，但他足够聪明，也愿意学习，很快就对历史有了足够多的了解。他并没有因此改变自己的看法，如同其他学生一样，他只要有空，就会去看望哥武龄，每次都劝哥武龄出来做些事，说，"小小的子弟中学，有什么好留恋。"哥武龄如同最初一样回答他，"你还小，不懂事。"他没有反驳，但心里清楚，自己已经不小了，而哥老师也没有那样了不起。

一天，他接到哥武龄的电话，要他第二天来家里吃饭。哥武龄说自己刚收到了国外寄来的一千美元。魏老师到得很早，他决定在其他同学到来之前跟哥武龄谈一谈，怎么使用这笔钱。他在省城里了解到国家即将进行大开发，应当提前进入这些领域。他刚到门口，就听见哥武龄在里面说话，说要四个孩子，一人一百，第三代人，一人五十，剩下来的钱全部花掉。朱均一说了什么，听不清楚。

魏老师立刻举起手，门突然开了，师母朱均一胳膊上挎着菜篮子，嘴巴里嘀咕着，钱还是存起来的好。哥武龄极其豪迈地说，"你这就不懂了，每个人都要花钱，多多地花钱，大家都能过上好日子。都把钱存起来，社会还怎么进步。"朱均一说，"我不懂，但我知道钱刚拿到手就花光光，是不对的。"哥武龄哈哈大笑，说，"经济学就是这样反直觉，你不看书，哪里知道。"魏老师终于忍不住了，他脱口而出，"你怎么能这样乱说，储蓄是把钱存入银行，银行拿你的钱去投资，这和你消费同样能够促进经济的发展，但存钱不会让你破产，消费却可以。"哥武龄瞪着他，一直没有说话。

几天后，他再次登门，吃饭时犀利地指出，哥武龄的确受到了不公正的对待，但他一生没有成就，怪不得别人，只怪他做事习惯半途而废。比如，他读川大，没有读完就去读黄埔军校，军校没有毕业，又去参加了远征军。还有，要写的《红楼梦》在哪里？这一番话，气得哥武龄掀翻了桌子，叫他滚出去。

数月之后，他驱车来到哥武龄家，请他去科技大学逛逛。魏老师陪着哥武龄在校园里转了几圈，指着文学院的大楼，说，"文学院在招人，以您的水平，完全可以来试试。"哥武龄说自己老了，不想再动。魏老师说，"不限年龄，我可以去打个招呼，而且哥老师您身体健康，难道就想一辈子呆在龙眼镇吗？"哥武龄叹了口气，说，"你还小。"魏老师终于说出了多年前就埋藏于心里的话：

"哥老师您之所以不愿意离开龙眼镇，完全是因为怯懦。您已经习惯了作为一个家世显赫者，一个被冤屈的受害者，在龙眼镇获得尊敬。只要您不出来做事，您就有无限可能，您就可以在脑子里幻想，您可以达到的一切成就。而一旦来到现实中，您就有可能失败，或者说必然失败。"

他激愤地说完这些话，等待着哥武龄的巴掌扇下来。他决定不管遭到怎样的对待，都直视哥武龄，绝不低头，因为他没有错。可暴风骤雨并没有来，哥武龄瞪着他，全身上下不停地颤抖，过了很长很长时间，才终于平静下来。他最后看了魏老师一眼，转身离开，只留下了一句话，"你说的对。"魏老师突然全身冰冷，他想追过去，但不知道为什么，两条腿固执地钉在地上，不愿意听从来自大脑的指令。文学院沉默着，有几个女孩子走了进去。没有风，天上的云静静地悬在那里。魏老师看着哥武龄的身影逐渐变小，越来越小，终于消失不见。

同哥家的联系并没有就此中断。完全出乎意料，他收获了来自哥从德的友谊。早在魏老师还是中学生时，就见过了哥从德，哥从德曾经考验过他的数学水平。两个人都给对方留下了深刻的印象。对哥武龄的反抗，又让两个人走到了一起，相比之下，哥从德更加激烈，也更加彻底。他用朱家做例子指出，哥家整个家族的败落怨不得时代，完全是因为目光短浅，每一代人都在关键时刻做出错误决定。至于他自己，他更愿意承认自己是朱家人。这份友谊没能维持太久，哥白尼到了读书的年纪，哥从德领着他去私立学校，魏老师面试后，竟然说哥白尼记忆力很好，但缺乏思考能力，不建议来这里读书。除此之外，他还发现了哥从德的若干秘密。这秘密是什么，以后再说。

由于入学要求高，学费昂贵，私立学校的招生情况一向不佳，而老师的工资又过高，造成了入不敷出的情况。在相当长的时间里，学校靠着郑国魁不求回报的投资，才得以生存。这种情况要到神童华清晨出现才有所改观，那时候，郑国魁的四弟郑爱人从美国回来，买通了媒体，疯狂宣传私立学校，同时大规模招生。他宣称，聪明的孩子都在龙眼山私立学校。谁愿意承认自己的孩子不聪明呢？一时之间，人满为患，扩建扩招势在必行。可作为校长的魏老师，依然坚持之前的招生原则，不肯妥协，于是和被称作四爷的郑爱人发生冲突。在数次激烈地争吵后，魏老师被解除了校长职务，只负责数学方面的教学工作。

不久，他和北京来的物理老师发生恋情，事情快速败露。魏老师的老婆去学校里面闹，闯进了物理老师的课堂，大骂其为骚货、贱人、丑狐狸。物理老师的确不漂亮。魏老师得到消息，匆匆赶到，拦腰抱起自己的老婆，从二楼走廊上丢了下去。郑爱人听到这件事，如愿以偿地开除了魏老师。私立学校终于实现了盈利，同时也变得越来越不像龙眼山私立学校了。

魏老师离了婚，和从北京来的物理老师住在一起，在家里办补习班，教数学和物理，由于他们坚持按照自己的理念做事，吃了很多苦头，但龙眼镇有见识的人都愿意把孩子送到那里去。

外乡人传

教授谢傻子

被人称作"教授"的谢傻子从龙眼山 99 号监狱里出来时，路过玻璃钢厂，听到运煤的铁路边上有哭声。他循声而往，把地上的婴儿捡起来抱在了怀里。第二次捡孩子是在龙眼镇菜市场门口的烂菜叶子堆里。这孩子天生瘫痪，除了脑子，其他部位始终没有发育。十四岁时，拼命从二楼滚落，摔死在垃圾堆里。第三次是雨夜，有人把刚出生的孩子放在朱大夫的为民诊所外面，谢傻子感应到又一个弃婴出现，他冒雨走出家门，拾起孩子。在这之后，顺序与数量都乱了，没有人能说清楚他到底收养过多少孩子。

教授奇特的善心导致了龙眼镇乞丐团体的出现。他们人多势众，无恶不作，垄断了龙眼镇的垃圾产业。垃圾产业不引人注意，可是运输、挑拣、租用堆放场地，每一个环节都利润丰厚。后来成为有名的商人、慈善家、教育投资者的郑家老大郑国魁此时刚刚从省城坐牢回到龙眼镇，组织了以城市流氓为主力的暴力拆迁队，内部消化建筑垃圾，因此同乞丐团体发生利益冲突。

最开始的时候，两边只是寻常的打架斗殴，偶有流血事件，并未引起重视。转折点发生在一个宁静的午后，几个相貌凶恶的乞丐守在谢傻子家门前，不让他人通过。某个现在已经无法考证其姓名的混混跟母亲一起路过此地。母亲拉着儿子想要从旁边的小路绕行，而年轻人却出言不逊，大声叫骂。两个认出了他的乞丐不发一言，分从左右，将两把匕首插入年轻流氓的太阳穴。一个流氓因斗殴而死只是寻常事件，可是乞丐们毫无底线，竟然杀死了大声呼救的母亲，对尸体做出猥亵行为。

此事不可容忍，大规模冲突已成定局，双方约在龙眼山一决胜负。决战当天，乞丐团体完全不见踪迹。当天夜间，所有参与决战的城市流氓的家里窗户被砸破，屋子里被投入大量垃圾，门上全是大便。流氓们有家人，家人们有亲戚，一时之间，龙眼镇人人自危。警方干预，毫无效果。龙眼镇的贾副所长没有去找谢傻子和郑国魁，而是请来了谢傻子的邻居朱大夫和当时还是大学生的郑家老四郑爱人。

三伏里最热的一天，郑爱人在朱大夫的帮助下，走入谢傻子家的大院。几名魁梧、肮脏、凶恶的乞丐站在里屋门外，隔着垂下来的纱帘，教授谢傻子端坐于长条形饭桌前，两手悬空，上下左右交叉移动，脑袋微晃。郑爱人一开始感到困惑，他抬起手，随着屋里的黑影，也上下左右交叉移动胳膊。随着动作越来越快，他干脆闭上眼睛不再朝屋内张望，脸上的表情也由皱眉沉思变成了轻松微笑。站在阴影中的朱大夫惊讶地发现，屋内屋外，一老一少的动作竟然完全一样。十几分钟后，郑爱人突然睁开眼睛，大声说："我知道了，这是歌德……"他的话还没有说完，几名乞丐就扑了上来，把他按倒在地，有人掐脖子，有人捂嘴巴。谢傻子的动作没有停，一个女人的声音从屋里传出来："让他进来。"

乞丐团体和城市流氓从此握手言和。若干年后，郑家老二郑国本组织保安队，从乞丐团体里挑选了大量人员。这是后话，暂且不提。

谢新来，北京人，从小热爱音乐，两岁学琴，三岁识谱，五岁作曲，八岁时可分辨蝉鸣鸟叫的音调，1961 年毕业于音乐学院并留校任教，第二年因质疑全民炼钢被人记录在案。当时的谢新来，自己并不知晓。不久，龙眼镇所在的 A 省省立大学要建立音乐学院，请求北京方面支援人才，谢新来与新婚妻子带领一名学生应邀前往。

里通外国完全是莫须有的罪名，起因是他当年在音乐学院的乌克兰同学到 A 省省城来看他。两人在咖啡馆里神采飞扬地交谈。这事被有心人举报。安全部门万分重视，进行了全面细致但完全失真的调查。在调查期间，在北京时的"问题言论"被翻了出来。最开始是 A 省大学里的熟人揭发，接下来是毫无交情的路人以及素未蒙面的陌生人检举。再往后，学生抵抗不住压力，开始向上级汇报。真正让他遭受打击的是妻子，当时已生下儿子的女人拿出一本有罪言论记录，上面写满了这些年谢新来在家里说过的所有牢骚话，公开表明与他划清界限。

自杀未遂的谢新来被安排到龙眼镇。

《笑面人》里有句话，大概意思是说，人遭遇了一件倒霉事，就要做好准备，因为倒霉的事会一件接着一件地涌来。谢新来读过雨果，但显然没把这句话放在心里。在龙眼镇煤矿，因为能演奏乐器，会唱歌，他受到了一定程度的礼遇，常常策划，组织文艺表演，其间还同一位相貌堂堂，艺术品位不俗的副矿长建立了交情。他异想天开，竟然向副矿长申请，想去北京，联系当年的老师与同学，开具自己是好人的证明。另外，他也想再去一次省城，看看自己的儿子。副矿长先是小心翼翼地锁上办公室的门，然后破口大骂，让他搞清楚自己的身份。谢新来从这一系列动作中，感受到了副矿长的善意。几天后，他再次前往副矿长的办公室，企图继续游说。这次，没有人再骂他，副矿长的身子挂在办公室上面，脸色发紫，舌头伸出来的长度惊人。

大革命正式爆发。

北京人，音乐家，反动言论发表者，里通外国，出卖国家机密，还认识被官媒点名的黑帮分子。龙眼镇人哪里见过这号人物？于是这个单位斗完，那个单位斗，有时候几个单位为了抢他，打得头破血流。周围几个市有需要，也到这里来借他。

"批斗"两个字很难表达出当时真正的情形。试举两例说明：一，让受审者在人流量最大的路口跪一整天，所有路过的人都要对他吐口水或者擤鼻涕，不准擦拭；二，"一吊，二弯，三不准"，即在脖子上吊着几十斤重，写有罪名的石膏牌子，弯腰九十度，面对观众，不准喝水，不准抬头，不准移动身体。

音乐家毕竟与众不同，谢新来在批斗中练成了精神与肉体分离的本领。他把自己的感觉系统关闭起来，让意识只在大脑的很小一块地方活动。他在那里演奏巴赫的《哥德堡变奏曲》。原本这个技能完全可以让他坚持到革命结束，回到北京。可命运不愿意放过他。最了解他本事的学生也被送到了龙眼镇，跪在他身边，一块接受龙眼镇群众的斗争。

痛苦万分的学生看到老师表情平静，嘴角微颤，如同狂风骇浪中一叶扁舟，又看到他手指在有节奏地微微抖动，恍然大悟。他立刻从跪着的状态跳起来。由于跪得太久，他摔了一跤。他以手撑地，爬到台边，撕心裂肺地呼喊："我举报，我举报，他在弹琴。我举报，他在弹琴。"话音还没落，他提起立在一旁的斧子，转身对准老师的指头砍下去，嘴里的话改成了："我让你弹琴，我让你弹琴。"

人民群众再三确认了谢新来已疯，把他丢进龙眼山 99 号监狱。龙眼山 99 号监狱因短期关押过国家领导人而赫赫有名，据活着从里面出来的右派哥武龄说，在不计其数的酷刑中，最难以忍受的是吃屎与死刑陪绑。所有的人一致同意，谢新来精神失常，是运气。

70 年代中期，谢新来获得平反。北京方面曾派人到龙眼镇，来人发现谢新来精神失常，当即离开，没再回来。不久，龙眼镇政府启动赔偿措施，给他安排了住处。房子在龙眼煤矿子弟学校后面，为民诊所的隔壁。

谢傻子的家里有《判断力批判》、《马克思博士论文》和一台可以播放 CD 的便携式 VCD 机以及一张《哥德堡变奏曲》与数张色情影片。他右手没有手指，左手只有拇指与食指。

每天清晨，他打开院门，挂着一根长竹竿，往龙眼镇菜市场走。在路上，他表情严肃地翻动遇到的每一个垃圾堆。在菜市场里，他在摊位前伸手，并高声背诵结构复杂，带有古典韵味的英文句子。如果摊主不给钱，他绝不停口，拿到钱后，则鞠躬道谢。如果对方给的钱超过预期，他会把钱退还回去。

乞讨完毕后，是卖艺。谢傻子走到龙眼菜市场最深处的空地上，开始演唱世界著名歌剧中的选段。家庭主妇们的讨价还价、鸡鸭鹅临死前的惨叫和机器转动的声音给他伴奏。听众是孩子们与野狗。谢傻子的声音高亢中带有沙哑，激昂中饱含凄惨。

表演完毕，他汇集一上午收到的钱，开始买菜，去杂货店买奶粉。回到家，几个年纪稍长的男孩子在院子里做饭，女孩子们同他一起给还不能说话的婴儿喂奶。

吃过午饭，稍事休息后，他端坐于长条形饭桌前，屁股坐于板凳的三分之一处，腰部挺直，上身前倾，大臂自然下垂，小臂与地面平行，大腿略成下坡，小腿垂直于地面，双脚间距一拳左右，他开始无声地演奏《哥德堡变奏曲》。在这将近八十分钟的时间里，乞丐们，无论寒暑，都端坐于院中，一言不发。其中相貌最凶恶，行事最残忍的几个家伙守在大门外，瞪视来往的人们，迫使他们保持安静，绕道而行。

　　等到残阳笼罩全镇，谢傻子拿着竹竿，后面跟着乞丐团体。众人一起来到龙眼镇垃圾站，仔细检查所有垃圾，直到天色完全暗下来。曾经在乞丐团体里做过领袖的弯刀陈宝宝透露过谢傻子的秘密。

　　他在找手指头。

物理老师二舅妈

　　九十年代初，龙眼镇发现不明飞行物。北京派来外星人调查小组，在龙眼山修建了大片禁区，调查无果后离去。这件事给龙眼镇带来了一系列的变化。首先，教主艾宪法异常兴奋，声称不明飞行物乃是恶魔的化身，他们（或者应该说它们）将抓走不信教的罪人，丢入永不熄灭的火山里，接受永不停止的惩罚，唯有信教，唯有忏悔，方得平安。一时之间，新入教者甚众。第二，外星人调查小组里的一位爱好历史的天体物理学家在龙眼山附近的农家发现瓷器碎片与动物骨骼，他继续收集碎片，竟然拼出了一个宋朝尿壶。龙眼镇立刻组织了考古队进行挖掘，出土文物超过千件。第三，也是最重要的事情，女物理学家爱上马丽的二舅，留在了龙眼镇。

　　春夏之交的清晨，瘦脸、小眼睛、上嘴唇包不住牙龈的早餐摊子的老板娘正在干活。她先将鸡蛋敲入碗中搅碎，加少许冰糖粉末，浇上烧沸的鸡汤，同时迅速搅拌，待鸡蛋碎成蛋花后，撒入少量胡椒粉。接着，她又用大筷子用油锅上面的架子上夹出一根油条，折断后放入已经抹好辣椒的素百叶里，圈了一圈后，她扭头看着从刚刚用普通话点餐的女人，用带有浓重龙眼口音的普通话问，"可要咸菜？"女人没有回答，她咳嗽一声，又问，"要不要咸菜？"

　　驼背、说话结巴、膝盖内翻，同时也高大、英俊、头发茂密，无药可救的美男子、赌徒，马丽的二舅正忧心忡忡地去找他的姐姐借钱。他沿着子弟中学前的大坑街快步往北走，接近菜市场时往西转入巷道，在第三个路口进去，站在东头第三户人家前面，举起手，犹豫了一下，又放了下来，后退两步，站在奔腾不息的水沟前抽烟。

　　接近四十岁，身穿真丝睡衣，身材凹凸，相貌妖媚、动人、勾魂的女人早就在窗户缝里看见了自己的弟弟，她把门打开一半，肌肉发达，身材健美的狼狗悄无声息地挤出去，立起身子，把两个前爪搭在了男人的后背上。

　　龙眼山的禁区里养了约莫三十条警犬，这次下山来吃早点的女物理学家知道七种让狗平静下来的方法。她蹲下来，使到第四个时，狼狗平静了，歪过脖子，把头靠在女人肩膀上，如孩童般，蹭了两下。

她转头对身后的高大的男人说："没事了，没事了，你摸摸它。"

"不！"

女物理学家替马丽的二舅还清了赌债，两个人的婚礼在半年后举行。

既然二舅漂亮，二舅妈理所当然地负担起了养家的责任。她的第一份工作是在龙眼镇高级中学教授物理。她的课旁征博引，不局限于物理，学科的界限与课本的进度仿佛不存在，至今还为一些学生津津乐道。在他们眼里，二舅妈头发式样简单，衣着朴素，貌不惊人，但讲起课来，神采飞扬，自带光芒，可以把最困难的内容用最通俗的语言表达出来，让所有的学生如痴如醉。"所有的学生"显然过于夸张了，因为另外一部分学生并不这么认为。他们热衷于考试，认为除高考内容外，其他一切都是不是知识，无须花费精力。这群认真的学生往校长办公室塞请愿信。高老头极其重视，亲自到班级里听课。他在课后同二舅妈说，龙眼镇的年轻人最需要的不是素质教育，而是通过应试教育去往更大的城市。二舅妈不同意。向来独断专行地高老头容不得别人反对，指着二舅妈的鼻子说："不要以为你是物理学家，就有资格对龙眼镇的教育问题指手画脚。"

龙眼镇第一大右派哥武龄出狱后被分配到学校教书。他的学生里有极其宽容的子弟学校校长赵瘸子；帮助张红旗赚到第一桶金的老虎；还有早年在高级中学教数学，后来跑到私立学校一边教数学一边当校长，志在推行教育改革的魏老师。魏老师与二舅妈一拍即合。

在私立学校，二舅妈获得了极大的权力，展现出了超乎常人的精力，耐心与才华。她面试每一个学生，带领他们阅读人文经典，启发哲学思考，把理科课程同实验相结合，极其注重体育训练，每个周末要求孩子们必须参加两次户外运动。周末徒步登龙眼山，在路上探索自然，登顶后，是休息时间，可以写生，也可以什么都不做，躺着看云。二舅妈会一点口风琴，但主角是在私立学校兼任音乐老师的崔莉莉。崔莉莉带来了自己的老公，会吹奏长笛的许诺。许诺邀请过真正的天才许愿，但许愿始终没有到场。

"一群人坐在山顶，假模假式地开心，是我能想到的，最虚伪的事情。"

他说。

二舅妈在龙眼镇呆了十二年，其间，她生下畸形儿，出生后没多久便死了。

朱大夫在其未完成的医学科普书里面写道，女人怀孕是件神秘的事情，目前我们只知道孕期产生的激素会促使女性呕吐，乳头颜色加深，分泌乳汁，韧带与骨关节松开等等现象，同时还有大量实例表明，这些激素会刺激人的大脑，至于使一些孕妇性情大变。对大脑的刺激，时间跨度极大，有些人刚一怀孕便产生反应，而另外有些人，要在几年之后，突然发生变化。因此，确定究竟是哪些激素刺激了大脑的哪个部位极其困难。书里，朱大夫列举了两个例子。一是龙眼煤矿子弟学校的尖子生孙晓宁。她在跟男朋友偷尝禁果后意外怀孕，从精子着床的那一刻起，她突然就失去了学习的能力，即使打胎，也没能恢复，最后竟发展到无节制吃喝与阅读障碍。她能够用言语交流，就是不再能够使用文字，只得退学。另外一个例子就是物理老师二舅妈。

产下畸形儿后的第三年，二舅妈像是突然从梦中苏醒。

"我要回北京。"

"去……，去，北，诶京，做，做做什么？"

"我要回去工作。"二舅妈说。

"你一，一在，在这，老，老，老师，不雾好，吗？"二舅问。

二舅妈摇了摇头，说："你去不去？你可以在这边呆着，我会回来看你。你也可以跟我一起去北京，你想做什么，或者什么都不做也行。"

最终，比二舅妈小了近十岁，身材没有走样，头发如十年前般茂密的美男子也去了北京。由于他声音浑厚，唱歌时候不结巴，所以他认为自己在这方面有才能。一开始，他参加了几场比赛，在酒吧里表演，没有引起任何人的注意。很快，他就改变了主意，认为演员更适合自己。二舅妈支持他，带他去开刀治疗膝内翻，去北京体育学院锻炼形体，请老师帮他纠正口吃。凭借着自己的关系，二舅妈帮他联系录制了几档综艺节目，也参与了电视剧的拍摄，都是不重要的角色。可是在二舅妈能力范围之外，他无法再前进一步，漂亮的脸蛋已经不再年轻，生出的皱纹中又缺乏智慧。很快，电话就通到了二舅妈那里，语气和善，内容无情。

"我要回龙眼镇。"不再结巴的二舅说。

"放弃有无数个理由，而坚持的理由只有一个，不想放弃。"

"我用不着你教我做人。"

"要不你就在家呆着吧，反正不缺钱，没事就在北京城逛逛。"

"龙眼镇有什么不好？"二舅温柔地搂住二舅妈。

"没有什么不好，我不属于那里。"

"那我自己走。"

说完这句话，美男子并没有立刻走。他五官扭曲，愤怒地把二舅妈摔倒在床上，吐了点口水，强奸了她。整个过程中，二舅妈死死地咬住下唇，一声不吭。

等到彻底结束，二舅妈站起来用纸巾擦拭下身，说："回龙眼镇。离婚。"

二舅没有穿裤子，站在床边，灯光从背后照过来，庞大的影子把二舅妈完全笼罩，两腿之间悬着刚刚完成射精，正在极速收缩的阳物。

龙眼镇有一个叫做飞天教的邪教，教主艾宪法正在寻找一位相貌堂堂，说话有分量的发言人。美男子，上过电视，从北京回来的大明星完全符合教主艾宪法的要求。一夜之间，马丽的二舅从被人指手画脚，吃软饭的男人，变成了飞天教的二把手。纠正了口吃的他，说起话来有一种特别的节奏，非常神秘。他用在演员培训班里学来的本领表演神奇的魔术，效果好得空前。

婚没有离成。在民政局，二舅指控二舅妈至少有三个情人，第一个是私立学校校长魏老师，第二个是弹吉他的许愿，第三个是从来就没有断了联系的天体物理学家。他还说，当年孩子的爸爸不是自己，是谁不知道。

二舅妈对情人的事情不承认也不否认，她只是轻蔑地说："这些人里只有你才能制造出劣质的精子。"

二舅脸色铁青，毫无表情，突然一拳砸向二舅妈，二舅妈惨叫一声，向后倒去，立刻昏厥。高大的二舅拖着她走在路上，年长的人立刻想到了十几年前恶霸龙哥在大马路上恐吓姓李的外地女人。那时候，是刑满释放的右派哥武龄挺身而出，替女人解围，而如今，龙眼镇第一右派已经躺进了医院，路人避之不及，出手相助的只有二舅妈在私立学校教出的得意学生华清晨和青年足球队队长严大雨。两个青春期的男孩被教众围殴，险些丧命。

飞天教发言人。这是二舅人生中最辉煌的时刻。

教物理的疯女人，这是二舅妈人生中最黑暗的时刻。

艾宪法从为民诊所的朱大夫那里弄来了控制人精神的药物，二舅把这药物用于二舅妈。整整一年时间里，二舅妈手里拿着不知道从那里捡来的假发，见人就说，这是外星人同母舰联系的信号发射器。她的肚子在第二年春天隆起，到秋天瘪了下去。很快，二舅便对折磨她失去了兴趣，也不再向她提供毒品。

一个组织发展到足够大时，便拥有了自己的意志，不受创始人的控制。当十二名虔诚的教徒要求自焚时，艾宪法无力阻止。自知大祸临头的他把教主的位置交给马丽的二舅，再无音讯。头脑简单的美男子自鸣得意了一阵子，直到教团被彻底捣毁。

私立学校的魏老师把二舅妈送至戒毒所。二舅妈戒掉了毒瘾，脑子却受到了永久性的伤害，无法再进行科研工作。她在魏老师的赞助下去了几次北京的医院，最终还是回到了龙眼镇，依然在私立中学教书。她和魏老师同居，没有结婚。一次物理课上，魏老师的妻子推开教室的门，指着正在上课的物理老师破口大骂。魏老师闻讯赶来，把她从二楼走廊上丢了下去。

五英烈传

真假贾副所长

一、武力值排名第一的女人

龙眼镇有很多力大无穷的女人，她们像男人一样战斗，用拳头说话，其中排名第一的是金秀东。

一九八零年，金秀东的丈夫死了，但她还有性需求，因此，跟丈夫生前的好友郑世杰发生了关系，两人买了套小房子，常常幽会。郑世杰无甚事迹可言，只是个油嘴滑舌的老家伙。金秀东不仅力气大，做事也磊落。她来到郑世杰的家里，跟那个可怜的女人坦白："我是金秀东，住在大坑街，我想你应该听说过我的名字，我叫金秀东。我跟你丈夫有了关系，但是我并不想拆散你的家庭，你不要跟我闹，我也不来找你麻烦。"女人没有答话，只是哀伤地看着金秀东。她不怕龙眼镇的无赖汉，却抵挡不住这道目光，从郑家逃了出来。

没过多久，金秀东就发现了郑世杰另外还有一个情人，更年轻也更漂亮。她不甘给她做挡箭牌，立刻来到二人的销魂屋，找到郑世杰，要他解释，要他，他妈的立刻做出选择。当时，小情人正半躺在床上，满不在乎地看了她一眼。郑世杰展现出自己的男子气概，在被窝里窸窸窣窣了一阵子，然后跳下床，指着金秀东的鼻子说："我老婆都不管我，你是什么人，敢问我的事。"这话把金秀东噎住了，既然没有话好说，那就只能动手。她提拳便打，不两下，郑世杰就摔在地下，她还不解气，搬起电视机朝他脑袋砸下去，砸出一个大窟窿。

靠着天生的神力，她在监狱里成为一霸，受到众人尊敬。偶然间，她想起郑世杰老婆看她的眼神，突然意识到，不是哀伤，而是洞穿未来的同情。

二、从民警小贾到贾副所长

张红旗改变了很多人的命运，贾光明就是其中之一。

其实，改变命运这个词有问题。因为，如果要改变某样东西，我们必须得先知道它原来是什么样子，然后我们才能改变它。但是，我们不可能知道命运原本的样子，因此也就谈不上改变。从前往后看，一无所知。从后往前看，命中注定。

还是回到贾光明这里。爸爸死后，他接班进入了龙眼镇派出所，当一名普通民警。他聪明，证据是，他只在哥家看过几次老爷子写字，回来就能有模有样地写上几笔，练了几年，过年时，所里就不用去找哥武龄求字。他能干，这也有证据。他抓嫖，抓赌，抓毒，还能在地上敲敲打打，确定埋尸的位置。尽管如此，他的事业并不顺利，始终没有得到提拔，要到逮捕张红旗之后，才顺风顺水，成为鼎鼎大名的贾副所长。

逮捕张红旗没费他什么力气，换了谁都能抓到，因为张红旗根本没有跑，就呆在龙眼镇，等着警察抓。他的心里一清二楚，只要跑，就等于承认自己杀了人。他还有远大理想，不能成为在逃犯。同时，他还明白，想要躲开老虎保安队的复仇，龙眼山 99 号是最好的选择。警察们当然知道他的心思，他们恨不得赶紧再出现一条好汉，枪杀张红旗，然后他们一锅端。因此，警察们天天在街上混日子，张红旗就在他们眼皮子底下，他们也装没看见。就在这个微妙的时刻，贾光明挺身而出，破门而入，在"表哥"家里面，按住了正在看书的张红旗。

第二天，"表哥"探望贾妈妈，留下了一份口信，说想要跟贾警官聊聊，留下了聚餐时间与饭店地址。

第三天，贾光明如约而至。两人相见恨晚，相谈甚欢。

一个月后，民警小贾亲自开车把张红旗送到矿上，当着众人的面，宣布了真凶落网的消息。谢傻子乞丐团体里的一个家伙喝醉了酒，有眼不识泰山，竟然敢跟老虎动手。他挨了揍，怀恨在心，伺机报复，终于找到机会，开枪打死了老虎。

这个案件漏洞百出。首先，老虎是煤老板，是在报纸上发表过文章的知识分子，是煤矿保安队的头子，怎么会跟一个乞丐动手。第二，不管哪里的乞丐都是乞丐，受欺负是常有之事，怎么可能动不动就报复。第三，枪从哪里来。

对于这三个问题，贾光明一一做了答复。首先，在龙眼镇，拳头面前人人平等，刘星可以跟杨有力组织大规模群殴，老虎也能够跟乞丐单挑。其次，乞丐也是人，人格受到了侮辱，就会反抗。最后，枪可能是捡的，也可能是偷的，现在还在调查，只要有了结果，会立刻向大家说明。

再差劲的答案，也是答案，既然真凶已经落网，就没有继续复仇的理由。老虎手下的保安们大多有家有业，都盼望这事赶紧过去，继续生活。只剩下不多的几个人，拥有可贵的忠诚之情，不依不饶，继续谋划为老虎报仇。

贾光明说话算话，他的调查没有停止。在对乞丐嫌犯进行了几次万分严格但绝对守法的审讯后，他从混乱繁杂的口供中找到蛛丝马迹。沿着线索继续前行，他竟然挖出了一个相当具有规模的地下制枪的组织，其头目隐隐指向已死的老虎。贾光明带人突袭张红旗的煤矿，和张红旗、"表哥"发生激烈争吵，铁面无私地抓走了保安队里的几个头目。他对这些人继续进行周密的调查，继续深挖，一个贩毒团伙浮出水面。

至此，龙眼镇的大毒瘤，老虎的保安队被清除干净，民警小贾因功被提拔成副所长。

三、同郑家的恩怨

龙眼群山间有一块大大的平地，晚上站在山顶向下看，里面星星点点，恍惚之间，让人觉得那有一片湖，倒映出了天上的星星。

当然不是星空。

当年朱孔德，哥天霖二人在龙眼山做土匪，发现了这块平地。每当遇到太平军或者捻子军杀来，他们大开山门，把龙眼镇居民迎到山中来避难。解放战争时期，一小撮国民党的军队藏在里面，被人民解放军消灭了。新中国建立后，一直荒废着。九零年，郑家老大从省城回来，不知用了什么手段，拿下了这块地，在里面建起了赌场。据传，里面跟澳门一样无所不包，甚至还有身穿比基尼的发牌女郎和头上戴兔子耳朵的服务员。

派出所组织了几次行动，都无功而返。原因很简单，郑家老大很有门路，所里还没行动，消息就通到了他那里。此外，他还组织起一帮地痞流氓，在各个路口放哨。恶棍们做事没有底线，忠诚度却高，所里收买过他们好几次，都失败了。

既然不能智取，那就强攻，大大方方地进去抓人，贾副所长身先士卒，带着兄弟们往里面冲。在进山必经之路上，也就是一百多年前，文将军进山走过的路上，贾副所长接到所长的消息，让他回去，从长计议。贾副所长说了句，"将在外，君命有所不受。"

此事可想而知的失败了，在空地上，双方正面对峙。

郑家老大说："你知道吗，我爸操过你妈。"

贾副所长说："知道，我还知道你和你妈生下了你弟。"

手下的兄弟义愤填膺，两个带头人却眯着眼睛抿着嘴，等待对方先动手。在一触即发的紧急时刻，所长亲自赶到，化解了一场危机。回去的路上，所长大骂，"你怎么不端着冲锋枪进去扫射。"贾副所长恨恨地说，"你以为我不想。"

事情没有就此结束，当天，站在贾副所长旁边，一言不发的年轻人，是省报社的头牌笔杆子。他回到省城后，立刻把自己随贾副所长抄赌档的见闻写下来，起了一个耸人听闻的名字，放在报纸上。赌场一夜之间，销声匿迹。

这还不够，他紧接着又组织了大规模的扫黄行动。他先控制住了几个名头很大的皮条客，经过周密部署后，在一个人皆入梦的深夜，突袭了受郑家控制的卡塔西斯街，上百家洗头房遭到重创，逮捕嫖客，不计其数。在接下来了日子里，他们巡逻不止，在街头与街尾建起了两座值班岗亭，终日无休。

四、白粉妹情人

贾副所长的儿子贾子天生异象，体格大得超乎寻常，出生的时候，撑破了妈妈的子宫。尽管朱大夫尽了自己最大的努力，也没能挽回女人的性命。在这之后，贾光明没有再结婚，直到扫黄时，认识了妓女小沫。

小沫是卡塔西斯街最漂亮的妓女。

扫黄结束后的某日，贾副所长在公交车上，跟司机抽烟说话，突然看见了小沫横穿马路，往站台后面走。站台后面有家药店。他让司机停车开门，下车的时候，他回过头来解释，说，"这是个白粉妹。"司机心领神会，表情严肃地说，"贾所，一定注意安全。"

隔着透明的玻璃，贾副所长看着小沫走进药店，等她拿着针管出来时，他上前拦住了她。

"你最近在做什么。"

"没做什么。"

"是不是在吸毒。"

"没有。"

"那你买针管干什么？"

女人低头看了针管一眼，又抬头看看贾副所长。从本质上讲，做任何事情，都是不停地重复。但重复和重复不同。有些妓女接了一辈子客，从没真正了解男人，而小沫是个聪明人，她在重复中，刻意练习。尽管年纪轻轻，她已经能从男人的眼神中、语气中，读出他们的想法。于是，她对着贾副所长妩媚地笑了，学着香港电影中的口音说，"阿 sir，我身上痛，回去给自己打点止疼药也不行吗？"

贾副所长说："注射止疼药对身体有害，你跟我来，我学过按摩手法。"

畸形的恋情从这一天正式开始。贾副所长给她买了房子，离哥武龄和朱均一的家不远，目的是希望她能够和两位老人家来往，多读读书，明白一些道理。小沫的确吸毒，总是生病，瘦得不像样子，手按在皮肤上，稍微一用力，就会凹下去个坑，很久才能恢复，只有一张脸漂亮得耀眼。所里几个关系好的兄弟，都跟他说，"老大，你怎么有兴趣跟白粉妹上床，哪天稍微一个不小心，还不把她的腿给卸下来。"贾副所长说，"你们懂个屁。"

贾副所长的确明白他们不了解的事情。吸毒者分两种，一种性欲全无，另外一种，欲望强烈，毫无羞耻之心，可以配合你做任何事情。

五、贾子之死

龙眼镇高级中学里带有黑社会性质的小团体正谋划着跟校外流氓团伙的头头陈宝宝进行一场群殴，始作俑者是哥家唯一的男孩：哥白尼。贾副所长早就得到了消息，虽然他没上过哥武龄一天课，但也跟着张红旗去看过老爷子，从老爷子那里拿过几幅字，因此，他也跟着叫老师。

了解情况后，他有了主意，先按兵不动，在双方找来助拳的流氓中，安插了自己的人。只要双方开始行动，他就会立刻出手，逮捕哥白尼。当然，他不会真的把哥白尼带回所里审讯，而是把他送回家。他连路上说什么话都想好了，他会和蔼但是严肃地同哥白尼说，"男孩子打架是成长的一部分，但是拳打脚踢，飞飞砖头也就够了，千万别真拿自己当黑社会。"

让他头疼的是自己的儿子也是小团体里的核心成员，几个人好得像亲兄弟，抓哥白尼容易，逮自己儿子难。贾子脑袋简单，跟他奶奶一样力大无穷。

贾副所长为这事愁了好几天，解决办法自己来了。贾子在网上的女朋友正跟他约了见面，女孩是湖南人，贾副所长了解过一些情况，对方也是个重点中学的学生。开始的时候，他在心里笑话儿子，现在感激起互联网。多年父子成兄弟，他买了烟、酒、花生米和卤猪头肉，同儿子面对面坐了，掏心窝子。

他拿自己和小沫说事，讲，"爱情可遇不可求，错过了真爱，一生都会后悔。"

贾子说，"可是……"

贾副所长打断他的话，说，"我知道你们一伙人的名堂，龙眼镇有我在，你担心什么。"

第二天，贾子带着父亲给他准备的钱和避孕套坐上了火车。

高材生和小流氓的混战没有发生。在湖南，贾子没有见到女朋友，回到龙眼镇之后，再也联系不上，他心痛欲绝，夜夜饮酒，无法入眠。一日午夜，在电影院里，他遇见了跟哥白尼约架的陈宝宝。两个人没有多说，立刻扭打成一团，从屋里打到外面的五星广场。陈宝宝抽出刀，杀了贾子。

六、大爆料

因为离得近，小沫的哀嚎得以传至朱均一的耳边。老人家叫来哥从德，让他去看看那边出了什么事。哥从德知道，因为贾子的死，贾副所长精神出现异常，整天在屋子里折磨小沫。他不愿掺和进去，劝自己的母亲别管。朱均一不听，要自己去。哥从德没有办法，他联系了郑家老大，趁贾副所长不在家，开锁，把小沫救了出来，带到朱均一面前。于是，贾副所长的事彻底曝光。

首先，贾副所长是个有暴力倾向的人，这一看小沫身上的伤痕即可了然。

其次，贾副所长和她一起吸毒，毒品都是他从所里面弄出来的。

第三，贾副所长完全没有勃起能力，喜欢穿女装，让小沫用器械捅他。

爆完了这些料，小沫又说，"自己是朱均一和杨盛和的私生女，理应受到哥家的庇护。"哥从德大怒，想要赶走她，朱均一不让他这么做，让小沫跟自己住在一块。没多久，小沫毒瘾爆发，跑了出去，没再回来。

小沫的话被人当做吸毒者的呓语，可贾副所长的料还在继续往外曝光。龙眼群山间的赌场从未消失，只不过实际控制人换成了贾副所长。妓女们依旧存在，只不过换一种方式。她们不再到各大娱乐场，桑拿会所工作，而是隶属于一个皮条组织。嫖客们通过皮条客联系到妓女，皮条客将时间、地点、人物汇报给贾副所长。

七、真假副所长

一九六零年，金秀东生下的是双胞胎，家里养不活两个儿子，只得送了一个去乡下姨妈家。留在龙眼镇的是哥哥，弟弟在哥哥当上副所长之后，回来投奔自己的哥哥。

终于真相大白了。有暴力倾向的是弟弟，吸毒者是弟弟，性无能是弟弟，赌场幕后老板是弟弟，皮条客的首领还是弟弟。一切骇人听闻的违法事情全是弟弟打着贾副所长的旗号做的，跟贾副所长无关。

事发后，弟弟自杀，贾副所长的精神彻底崩溃，离开了龙眼镇派出所。

至始至终，龙眼镇从没有人真正见过所谓的弟弟。

八、结局

曾经在贾光明手上吃过大亏的几个小流氓联合起来，摸进他的家，结结实实地打了他一顿。他们用铁管敲他小腿，抓住脑袋往墙上撞。第二天早上，上班的人发现贾光明坐在楼梯口傻笑，晚上下班回来，人们发现他没有移动位置，脸上表情一如早晨。又过了一天，人们终于意识到，这个呼风唤雨的贾副所长可能傻了。大家七手八脚地把他送到医院。

从医院出来，他腋下撑着拐杖，失去了所有的记忆。人们把他送回家，人一走，他立刻跑出来，就要睡在龙眼镇新盖的小区大门口。所里的几个弟兄，带他回自己家，他表面上温顺，一有机会就逃走。兄弟们找到医院，问这是怎么回事，医生说，"脑子坏掉，没救了，只能顺着他。"几个人商量一阵子，在他睡觉的地方搭起了一个铁棚子，贾光明开心得像个孩子。

他晚上在里面睡觉，白天做起了修鞋生意。不管修什么，都只收五毛钱。没人能想到，他竟然有一手修鞋手艺，断了跟的鞋子经过他的手，比新买来的鞋子还要结实，稳定。此外，更为出名的是他捡石头砸鸟的本事，他手劲奇大，百发百中。

七个龙眼子弟学校的孩子看他打鸟，对他产生兴趣，学着武侠片里的样子，给他磕头，正正经经地拜他为师，自称"龙眼七子"。老师教得认真，弟子学得带劲，倒霉的是龙眼镇的鸟，猫和狗。

一年冬天，下了大雪，连续三天，修鞋的棚子没有开门。龙眼七子觉得不对劲，撬开了铁门，发现师傅已经死了。大师兄已读到初二，相当有主见，他决定要为师傅举行一场隆重的葬礼，安排师弟们回家筹钱。家长们听说这帮兔崽子是要去给贾光明火化、买棺材、选墓地、开追悼会，纷纷赶走了孩子。没有钱，葬礼便无从举行。大师兄又心生一计，他们把贾光明抬到一辆手推车上，七个人冒着大雪爬上龙眼山。

多年以前，龙眼镇屡次出现不明飞行物，前来调查的天体物理学家没有找到外星人，反而在农家发现了一大堆宋、元、明时代的瓷器，推测此处有古运河的遗址。上头派人下来看过几次，挖了大坑，用铁丝网拦住。后来，开采没再继续，人们逐渐把这事忘了。

到了车子推不过去的地方，七个孩子抱起师傅的身体，踏过倒掉的铁丝网，把贾光明丢进据说有宋代沉船大坑里，跪下来磕头。

第一恶棍郑国魁

郑家四兄弟的父亲郑世杰身高超过一米八，眉弓骨突出，眼神深邃，好像充满智慧。凭着这幅皮囊，他娶到了龙眼镇流氓头子白羽的女儿：白素素。白羽活着的时候，他们夫妻恩爱，生下三个儿子，令人惊叹。白羽死后，郑世杰立刻开始拈花惹草。白素素不像爸爸那样霸道，无力阻止丈夫寻欢，只能在家里叹气。不久之后，郑世杰被金秀东打死，白素素忧郁成疾，也跟着去了。

郑国魁处理完父母的丧事，正在考虑未来的路，一个年轻女人找上门来。她说自己是郑世杰的情妇，肚子里有郑家的骨肉。她是外地人，在龙眼镇没有亲戚，无处可去，只能到这里来。

郑国魁早就见过她，但却装作第一次看到的样子，认真地注视她。女人头发湿漉漉的，散发出洗发香波的味道。她脸上微微有些红，嘴巴修饰得恰到好处，一滴眼泪在她左眼里打转，泛出令人心碎的波光。郑国魁做了几次深呼吸，终于下定决心，掌心准确地贴住她的肚脐，问："真的吗？"

女人身子颤抖着，但是没有躲避，也没有拍掉郑国魁的手，她说："现在摸不出来，过一阵子，就看得到了。"

郑国魁的手在她肚子上转了几圈，收回来说："我是不是该叫你小妈。"

女人说："生完孩子，我就回老家。"

第二年，生下来一个男孩，郑国魁没有按照辈分给他请名字，而是叫他郑爱人。女人也没有回老家。

一九八八年，万人迷刘星跟"表哥"一起来到郑家。他从口袋里摸出未拆封的香烟，扯掉箔纸，左手拿烟盒，右指在底部轻弹两下，三根香烟跳了出来，从左向右，长短有序。他先将烟盒举向郑国魁，然后是郑国本与郑国泰。接着，他收起烟，摸出打火机，点燃之后，左手紧贴右手，缓步朝三人走过去。等到香烟都点燃，他才熄掉火，重新从口袋里摸出香烟，夹出一根递给"表哥"，然后自己也点上，吸了一口开始说他和杨有力即将开始的战斗，及其此行的目的。

　　郑国魁默默地听着，其间二弟郑国本想插话，他阻止了，三弟出去了一趟又进来，然后再出去，没有进来。刘星的话说完，空气中掠过一阵沉默，郑国魁抬头看着"表哥"，问："最近去你舅家了吗？"

　　"表哥"说："上礼拜天才在那里喝酒。"

　　郑国魁说："怎么样？能喝得过你舅了吗？"

　　"表哥"说："跟你们完全不在一个水平线。"

　　郑国魁说："吃饭的时候，你舅惹你姥爷没？"

　　"表哥"说："这次还好，没掀桌子。"

　　郑国魁说："老爷子身体怎么样？"

　　"表哥"说："好得有点过分了。本来我不会喝醉，结果他跟我讲，喝酒，喝酒，就是要喝醉了才叫喝酒。"

　　郑国魁大声笑了一阵子，说："好，我过几天去找你舅，跟你姥爷过几招。"

　　话说到这里就结束了，走到门口时，他跟刘星握手，说："你的事我已经听说了，到时候我过去一趟。"

　　大革命结束，哥从德和朱有光正在准备高考，艾宪法开始写作他那本没有任何价值的长篇巨著《死亡哲学导论》，郑国魁跳上了开往省城的长途汽车，他要去给小妈和四弟挣生活费。外公的老兄弟在省城办了一个小厂，说可以给他安排工作。

　　下车之后，他没有看见外公的朋友，几个穿制服的人朝他走过来，问他叫什么名字，多大年纪，从哪儿来，来做什么。他不明就里，一一照实回答，说自己要去姥爷的厂子里面做事。穿制服的人问他，姥爷是谁，开什么厂子。他说出了外公朋友的名字，但说不出是什么厂。几个人互相看了一下，用毫不在意的口气夹杂着笑声，重复了几遍这个名字，对他稍微客气了些，把他领车站东边巷道里的一个小店，叫他到阁楼上等。如果他说的是实话，姥爷马上就来。

　　阁楼上有张床，一个圆形的桌面靠墙立着，没有板凳。他站在窗口往下看，看到了外公的朋友。穿制服的人只剩下了一个，两人边走边说话。他能感觉到，穿制服的人并没有很尊重外公的这个朋友，因此，他们在阁楼上见面时，郑国魁就没有管他叫姥爷，只含混不清地打了个招呼。老人并没有太介意，问他抽不抽烟，然后，给了他一根，说，"待会要签个合同，签完就可以走了。""什么合同。"他问。老人说，"你别管这么多，签就行了。"

过了一会，穿制服的人拿着手写的合同上来，他签了。老人把烟盒给他，叫他给穿制服的人点一支，他点了。然后跟着老人往外走，一直走到人烟稀少的地方，他才开口，他说刚才的合同他看了，要他用八年的时间来还钱。他问，"我为什么要给他们钱。"

"八年不多，已经给我面子了。"

"我要是不给呢。"

老人说："那你就只能回龙眼镇。"

郑国魁说："我要是既不给钱，也不回龙眼镇呢。"

老人停住脚步，惊讶地看着他，说："早知道你这样想，我就不让你来了。"

大革命末期，龙眼湖农场里的一个来自省城的右派被释放，他回到家里发现父母已经死了，妻子与女儿不知去向。屋子里住了另外一户从没见过的人，他跟对方聊了聊，对方很同情他的遭遇，但是坚决地说明，不可能把房子还给他。他表示理解，站起来，体面地同对方握了握手，打算去火车站，随便找个什么车跳上去，然后再随便找个什么地方跳下来。能活就活，不能活，稀里糊涂地死了也好。

他辨明方向，走到车站，站在大厅里，看着列车时刻表，突然之间，困意袭来。他走到角落，坐下来靠墙睡了。第二天凌晨，他睁开眼，心中有了计较。时代将要发生变化，高压政策已经松动，人口马上就能自由流动。

劳改犯找到两个同在农场里干过活的右派，三个人一拍即合，纠集大批无业流民，订做制服，伪装成政府管理人员，在火车站，长途汽车站盘查来往旅客，记录信息。一旦发现来人是到省城找工作，他们便以提供工作信息为名，强制收取介绍工作的费用。

　　这笔费用非常高，打工者往往无力支付，他们便拿出早就准备好的方案，先工作，后交钱，像纳税一样，直接从工资里面扣。打工者都是外地人，无力抗争，只得乖乖交钱。欠了钱，要支付利息，利又生利，雪球滚起来，全部还清，往往需要超过十年。

　　因此，老人同郑国魁说，签八年，是给了他面子，并非虚言。

　　接下来发生的事情，可以当做冲突升级的经典案例。

　　郑国魁不愿意交钱给车站帮。

　　老板，也就是他外公白羽的朋友，直接从他工资里面扣钱。

　　郑国魁组织龙眼镇老乡会，号召所有在外打工的龙眼镇人联合起来，公开声明，再也不会给车站帮交钱。

　　十几名二十岁出头的小伙子突袭了郑国魁的住地，他的后背和小腿各中了一刀。

　　郑国魁跪地求饶，补齐所欠费用。冲突告一段落，直到两个月后，郑国魁伤愈，郑国本与郑国泰来到省城。兄弟三人，各带两名年轻男子，在静谧的深夜，分别潜入车站帮三个头目的家，一人按腿，一人掐脖子，一人割掉了他们右边的耳朵。此事不仅鼓舞了龙眼镇人的士气，其他地方的打工者也学着龙眼镇人的模样，他们随身携带武器，见到车站帮的人就砍。

　　车站帮内部发生分歧。最早的创始人认为，外地来打工的人无穷无尽，有打不完的架，干脆停战，吸收郑家三兄弟入伙。另外两个人有不同看法，在这个时候同郑家三兄弟妥协，无异于把车站一带拱手让人。三个丢了耳朵的右派仔细研究，终于想出一个计策。他们找到了同在农场劳动过，平反后在公安部门工作的狱友，很快，郑国魁被捕入狱。

　　趁乱逃脱的两个弟弟召集了在省城，所有的龙眼镇人，他们包围了派出所，要求获得公平对待。

　　更多龙眼镇人被捕。

　　消息在传播得越来越远的过程中，也越来越不符合事实真相。但真相从来就不重要，重要的是，人们打算相信什么。一个龙眼镇人在省城里面为所有龙眼镇人争取权利，结果被省城的警察逮捕。还有什么事能比这更能让龙眼镇年轻人团结起来吗？人群涌进省城，加入了示威的行列。终于，在煤老板们参与之后，事情达到了高潮。煤老板们没有文化，却不缺爱龙眼镇的心，他们出钱，用运煤的卡车，不停地把好勇斗狠的矿工们送到省城。

疯狂的人们忘记了此行的目的，他们居然把郑国魁丢在一边，脑子里想的是要叫省城人好好看看，龙眼镇人的本事。他们冲进监狱，砸开锁链，放走大批罪犯，打死了前来同他们谈判的政府官员。

直到这个时候，省城派出所的领导们猛然想起了始作俑者，他们手忙脚乱地把郑国魁放出来。可是，人群有了集体意志，释放郑国魁也无济于事。他没有加入暴乱，冷漠甚至有些错愕地看着这场因自己而起的风波。

车站帮没有消失，只不过领导人换成郑国魁，执行者变成了龙眼镇老乡会。他们收钱收得更多，而且吃双份，打工者交一份，老板们也得交一份。这些事给龙眼镇造成深远的影响，直到今天，A省省城很多单位招工时明确表示，不要龙眼镇的人。

郑国魁有些结巴，但并不严重，只在激动的时候，会在某个字上面卡住。比如，他在提到刘星与杨有力一战时，这样说，"那天中午，我，还有朱大夫，都在哥从德家里喝酒，我提起这件事，老朱让我别管小孩子打架。哥从德什么没说，他们家跟杨家有仇我知道，我怀疑他侄子'表哥'那么积极的参与，就是有他在背后点火。但是，他这个人嘴巴特别严，我问不出心里话，朱大夫也不行。我们三个人喝掉四瓶酒，出门时，我说，我还是决定去一趟龙眼山。哥从德脸上带着一如往常的微笑，看着我，还是没有发表任何意见，但眼神里充满期待，似乎还有感激之色一闪而过。他就是这种人。

我找了条水沟，把酒吐出来，跟国本、国泰碰了头，一块上龙眼山。刘星和'表哥'一伙的人呼啦围上来，不停地给我们点烟，抽得我眼都花了。我本来想，今天上来，跟刘星私底下谈谈，能打架有什么用。未来是钱的天下，有了钱就有了一切。不如带点人，跟我去省里面挣钱。只要他愿意，杨有力那边，我去说。我想杨有力脑子再混，也不至于不给我面子。有我在中间调解，两边都算有个台阶。至于，哥从德跟杨家的事，杨家早就不是当年的造反派了，我随便找个时间，安排几个人就给办了。

可是，他妈的，这些年轻人太热情了，不停地说我是他们大哥，是偶像，是龙眼镇人的骄傲，有了我，省城的人再也不敢看不起龙眼镇了。还有个人说，他前两天去山东，山东人一听说他是从龙眼镇来的，就要请他喝酒，这都是我的功劳。

我明知道他们在捧我，在哄我，说的全是谎话，可我还是脑袋发热，接过铁管，说：'那就，干，干，干，干，干，干吧。'"

从哥从德的口中，郑国魁了解到了百年之前，朱家与哥家的历史，对朱兆礼敬仰万分。他模仿县志上的朱兆礼，模仿后朱家人口中的朱兆礼，也模仿他心目中的朱兆礼，沿着南龙公路北上，在长江沿岸展开了自己的事业，赌博、色情与毒品。龙眼山赌场与卡塔西斯街只是郑家庞大基业的一小部分，并且没有明显的证据可以指出，这些场所跟郑家有牵连。像是为了挑衅，郑家开始在龙眼山修建别墅群，其建筑之气派与阔绰，让人一见难忘，同另外一座山上，教主艾宪法的朴素小屋形成了鲜明的对比。

成功后的他，带着黑框眼镜，穿笔挺的西装，公文包里时刻装着一本书，是国学典籍。在四弟郑爱人的建议下，他投资兴建了龙眼山私立学校。请设计师，挖池塘，修小桥，从苏州运来太湖石，把学校修得像《红楼梦》里的大观园。教学楼外种有一片竹林，建成当天，飞来一群黑白相间的鸟。至此，每到傍晚，鸟叫声不绝于耳，持续到天色全黑。学校事务全部交给郑爱人打理，他支持校长的教育改革，不惜金钱地聘请优秀老师，其中最有名气的是物理学家二舅妈。

作为创始人，郑国魁常常去学校演讲，从不用稿子。在台上，他打开包，随手翻开一页孔子或者孟子，对着里面的话，开始胡说八道。他的讲话有以下几个主题：

其一，读书改变命运。

他把哥从德的经历移植到自己身上，说因为时代问题，他小时候上学受到很多阻挠，但是他从来没有放弃，因为他知道，人类创造的知识，是这个世界上最美妙的东西。恢复高考的那一年，他立刻报名，考入了 A 省省立大学。他知道故事中细节的重要性，常常细致入微地描述一位数学老师，模仿他说话的腔调。郑国魁说，他同这位数学老师同时参加高考，在考场相遇时，互相鼓励。

其二，勇于同命运抗争。

车站帮向外地打工者收保护费被他改编成大城市人对外地人的歧视。他不像其他人那样子默默忍受，选择了奋起反抗。在他的演讲中，他俨然成为了带领龙眼镇人进行伟大圣战的领袖，是摩西和甘地的混合体。龙眼镇人在省城的糟糕名声被他说成是省城人对龙眼镇人的敬畏。

其三，儒家侠文化。

在经历过海外游学后，他开始回归传统，从中国历史上汲取营养。中国人不管到哪里，都要立足于自己的文化，什么是中国文化的精神内核，武侠文化。侠又分为儒家的侠，道家的侠与佛家的侠。他会举起手边的书，狂热地呼喊，侠之大者，为国为民。吾辈当修身、齐家、治国、平天下，当为天地立心，为生民立命，为往圣继绝学，为万世开太平。

其四，唯物主义。

他声称一切精神上的苦闷皆属虚妄，只有身体的强壮最重要。有时候，他会讲自己如何勇攀珠峰，横渡英吉利海峡。但更多时候，他会拿出真本领，在主席台做俯卧撑，点名要台下的年轻小伙子上来跟他比试比试，看看他这个老家伙还中用不中用。做起俯卧撑，他往往兴奋异常，接近于疯狂。如果真有在体育方面具备特长的学生傻乎乎地站起来，校长便会扬手阻止他，然后上台蹲在郑国魁身边，有点晚了，学生们都累了。此时，他已经一口气做了五十个俯卧撑，本来做多少个都不在话下，但适可而止是最大的美德。于是，他站起来，拍拍手，面不改色地向孩子们道歉。

成年人都知道，上台就是戏，全都不能当真，郑国魁是流氓，是骗子，是龙眼镇第一恶棍，杀人放火无恶不作，黄赌毒无一不沾，但年轻学生们都喜欢他，把他当作偶像。

畜生郑国本

当兵回来后的郑国本在龙眼镇百货商店里面当保安，只干了几天，便觉得无聊，擅自离开岗位，坚决要当社会闲散人员。他怀着极大的热情参与了刘星跟杨有力的战斗，期望自己一战成名，成就伟大事业，以后人们提到他，就是郑国本，而不是郑国魁的弟弟。可惜的是，他的梦想没能实现，派出所的人早就盯上这伙人。跟郑家他们有世仇的民警小贾死死咬住他们三兄弟不放，在龙眼镇边界处，指着大骂，"只要有我贾光明在龙眼镇，你们就别想回来。"他听了这话，气往上涌，跟哥哥说，"反正这也没人，咱们他娘的弄死这家伙，就地埋了。"郑国魁斜眼看着贾光明不说话，在背后戳三弟郑国泰，让他去阻止老二。

到了省城，他除了打架，什么都不会，一些人害怕他，大部分都看不起他，只是碍于郑国魁面子，让他三分。一天，哥从德与老虎到省城办事，郑国魁叫他过来喝酒。在酒桌上，郑家老二端起杯子敬酒，说自己想混出点名堂，希望两位哥哥能帮帮忙。哥从德摇了摇头，看着老虎。老虎问，"你为什么不跟你哥干。"他说，"我想靠自己。"老虎跟他碰了下杯子说，"如果五哥哥从德帮你说话，我就会帮你，因为他父亲是我老师。而五哥会帮你，是因为你哥哥跟他关系好。归根到底还是给你哥哥面子。"

郑国本刚喝了酒，还没有咽下去，极力想开口，结果呛住了，一直咳嗽，等他咳完，哥从德开口了，他像一个饱经世故的长者，说，"想在社会上混出点名堂，单靠自己不行，非得要贵人相助，你有哥哥不用，反而去求别人，这又何必呢。"

"可是。"郑国本还想说话。

"可是什么？"郑国魁瞪了他一眼，说，"喝口酒都喝不好，还要自己出去干。"

最终，郑国本还是跟着哥哥一块干了。从澳门回来后，郑国魁就开始同哥从德商量，着手策划在龙眼山办赌场的事情，等到他把自己完全隐藏起来之后，赌场立刻开张了。他安排弟弟郑国本负责保安工作，这正对他的胃口。

　　凭着多年在社会底层打拼的经验，他立刻纠集了一大批无业人员上山，如同百年前的龙眼山土匪，他们埋伏在山里的各个路口，一旦发现有政府工作人员进山，立刻通风报信。

　　赌场被查后，郑国魁通过"表哥"了解到在背后给贾副所长撑腰的是张红旗，他当即指示自己的弟弟跟着"表哥"进入红旗集团。这个时候，老虎已经死了，留下来的保安队完全由"表哥"负责。红旗集团蒸蒸日上，"表哥"的事情也越来越多，一直想找个合适的人接手保安队。

　　在红旗集团，郑国本终于找到了他梦寐以求地施展空间，他带着被贾副所长打得七零八落的兄弟们加入了保安队，很快就立下了第一功。

　　在红旗煤矿扩张的过程中，一直没办法解决星火煤矿的问题。星火煤矿陈姓老板经营煤矿超过了十年，他跟老虎有些拐弯抹角的亲戚关系，为红旗集团出过力。他没有参与谋害张红旗的阴谋，也没有加入后来张红旗倡议的煤老板联盟。有传闻说，他认为老虎的死另有蹊跷，一直在私底下调查。张红旗拿他没有办法，"表哥"偷偷组织过几次村民闹事，想要把他赶走，可陈老板在村子里竟然颇有威望，没能成功。

　　郑国本带着保安队进入星火煤矿所在村，挖掉了村子通往外界的唯一一条路，使整个村子的人没法出门。他站在村口，公开表示，"我不是跟你们为难，而是你们的星火煤矿跟我们为难，当初是你们把矿卖给他，现在你们自己解决。"村民们走投无路，只得去向陈老板求助。陈老板办公室外面挤满了早就已经被郑国本收买的盲流，他们声称星火煤矿过度开采，挖塌了村里的菩萨庙。乡下人都信菩萨。年过半百的陈老板老泪纵横，只得把煤矿卖给红旗集团。让人摸不着头脑的是，拿到钱的那天，陈老板竟然吊死在自己的办公室里。

　　他的第二项功绩是改造保安队。

　　红旗集团的保安队由老虎创立，他用高薪与有保障的制度来笼络人，控制人。老虎死后，张红旗和"表哥"一方面联手贾光明清除异己，另外一方面给留在集团内部的人更高的待遇。等到郑国本加入，保安队已经开始腐化堕落，有一大批老面孔挣钱很多，有家有业，不愿意再过把脑袋别在裤腰带上的日子，连张红旗都拿他们没有办法。

一开始，老东西们并不把这个在赌场外面打杂的郑家老二放在眼里，但他们很快就发现了事情正在发生变化。郑国本打破原有的三层五级，把人员按照军队的方式重新排序。接着，他制定了新的规章制度，无论是谁，只要违反的规则，第一次扣当月奖金，第二次扣当月工资，第三次，直接辞退。

在被辞退前，犯了错误的保安会被强行穿上黄色马甲，在员工大会上亮相，公开检讨已经接受批斗，这还没完，批斗会结束之后，他会被带上一辆皮卡，皮卡将在红旗集团的各大煤矿间穿行，直到所有人都看到犯错误的下场，才正式把他撵走。

郑国本制定规矩的才能，令人吃惊。比如，顶撞领导，说脏话，打架斗殴，谈论集团内部事务，穿颜色鲜艳的衣服，在工作场合穿拖鞋都在违规之列，甚至他还会检查保安们的指甲有没有剪。老员工们怨声载道，找到"表哥"哭诉受了欺负，"表哥"拿出自己的罚款记录，上面赫然写着，穿拖鞋，罚当月奖金。想辞职也没有那么简单，红旗集团的保安队再也不是来去自如的地方了。每年年初，郑国本都会扣下他们四个月的工资，年底统一发放。中途辞职者，一律扣完。

至此，保安处郑处长的名声大大地响了起来，人们忘记了他的真名，都在背后管他叫郑畜生。

关于他离开红旗集团的原因，有人说他预谋已久，有人说他居功自傲，真相如何，没人知道。这里只说他离开前发生的事。一个名叫单治国的流氓，跟着郑国本从省城打到龙眼山赌场，再进入红旗集团。在一次抢矿的行动中，单治国帮"表哥"顶罪，在龙眼山 99 号蹲了三年。他出来之后，找到郑国本，想要在保安队里当个官儿。

郑国本带他去见"表哥"。"表哥"对单治国的态度非常不满，但碍于郑国本的面子没有发作，说他也做不了主，正好这两天张红旗在，不如请他亲自决定。于是，三人前往张红旗的办公室。当时，张红旗正在看《曾国藩家书》，叫他们在旁边等。

"表哥"和郑国本都站在一边，单治国却大摇大摆地坐在沙发上抽起烟来。

张红旗从来不抽烟，也不许别人在他办公室里抽烟。他看着单治国，低沉地说了句，"出去。"单治国竟然回嘴说，"我差点为你死了，还不能在办公室里抽烟吗？"张红旗把书合上，叫人进来，把他拖走了。整个过程，郑国本和"表哥"没有说话，也没有动手，直到张红旗让他们也出去。

郑国本找到大哥，说，"顶罪的人回来都有安排，为什么偏偏我的人就不能要官做。张红旗拿抽烟当借口，是不给我面子。我的面子不值钱，郑家也不要脸吗？"郑国魁只是皱着眉头抽烟，不说话。旁边四弟郑爱人安抚了二哥的情绪，建议他离开红旗集团，并且按照自己立下的规矩，主动放弃四个月的工资。郑国本当然不愿意，但几天之后，郑爱人说服了他。

不仅如此，郑爱人还前往红旗集团见张红旗，两个人谈了很久，结束时，张红旗一直把他送到车上，还握着他的手，不愿意放开。第二年秋，单治国被招聘进入龙眼镇子弟学校教初中政治，他的学生里面有后面我们要讲的哥白尼。

讨债天王郑国泰

　　当郑国魁从拘留所出来后，郑国泰只跟大哥见了一面，就匆匆离开了。当时他已经有了一份，至少在他看来是正经的工作，也就是讨债的工作。他在讨债方面极有天分，这是因为，在他看来，欠债还钱，天经地义。从这个原点出发，他的一切行为都合情合理，充斥着正义感。

　　值得一提的是，在最初的几年里，他的搭档是政治家龚力虎的妈，龙眼镇公认最了不起的女人。他们两个是讨债界的行家里手，脾气相投，做起事来，不说废话，互相尊重，长期保持着不可言说的暧昧关系，这也是日后郑疯子跟龚力虎发生正面冲突，却始终没有爆发成大规模斗殴的原因之一。

　　接到项目之后，二人首先登门留信息和雇佣街头流氓在欠债人家附近举牌子，公开其欠债行为。这种做法毫无用处，可以说是白白消耗精力，但二人还是做得极其认真。接下来，他们便开始进行周密的调查，搞清楚欠债人的身份和家庭隐私。在此之后，二人的行为全然不同，互为补充。

　　龚妈的名言是，每个人心中都有最在乎的人或事，就看你会不会用心去找。郑国魁的讨债方式是威胁加暴力。威胁分三种，言语威胁，跟踪，死亡恐吓。暴力也有三种，破坏财物，人身伤害与非法拘禁。下面一一举例说明。

　　欠债人徐某，做瓷砖生意，在被郑国泰及其雇佣来的流氓贴身跟踪三个星期后，精神崩溃，主动把钱奉上。

　　欠债人舒某，不在乎跟踪，甚至打开家门，欢迎郑国泰等人进屋做客，但是，没钱。郑国泰也不多说，进屋后砸掉了他家里所有能砸掉的东西。舒某始终面带微笑，浑不在意。在郑国泰等人按住他的身体，褪去他的裤子，要割掉他阴茎时，龚妈带着舒某在外地读书的儿子及时赶到，收回了欠款。

　　欠债人陈某是外地人，具有相当的社会地位，公开劫持与施暴多有不便。龚妈混入其饭局，以其深不可测的酒量和出神入化的劝酒技术灌醉了陈某。二人歪歪扭扭走出餐厅，早就在等在门口的郑国泰立刻上前，扶他上车，开往龙眼山。陈某醒来时，人已在龙眼山，眼睛被蒙着黑布，嘴巴里塞着袜子，只有耳朵能听到周围挖土倒土的声音，等到他弄明白要将他活埋时，立刻扭动身体，表明有话要说。

两个人很快就成为讨债界的明星，超过五年的账，只有他们收得回来。他们的佣金也高得惊人，欠债的百分之五十起步，高的时候，往往达到百分之七十五。但债主们依然找他们去收款，很多人甚至表示，钱全部给你，只要你能帮我出口气。几年之后，龚妈同龚力虎的爸结婚，做起了煤炭生意。郑国泰万分悲痛，他说，我失去了最好的伙伴。

这话说得没错，龚妈在的时候，他们游走于法律边缘，发展速度不快，但也绝对不慢，而且坚实稳定。她离开之后，郑国泰失去了约束，逐渐变得疯狂，没有脑子的特点显露了出来。依仗以往的辉煌与郑家的势力，他的小汽车里始终放着汽油，砍刀与土枪。调查背景非他所能，跟踪与殴打又太浪费时间。抓到欠债人，他跳过前期步骤，往往只用两招。第一，在对方身上浇汽油。第二，挖坑活埋。人人都知道这不是威胁，郑家老三真的做得出这些事。

消息很快就传到了龚妈耳朵里，她上门给出忠言："三哥，做什么事都要有个度，你总不能在路上被别人撞了一下，就掏枪出来把人毙了。"

郑国魁说："好了吧你，那一套过时了。"

简单，粗暴，有效，他的生意急速地膨胀起来，这种成功让他充满自信，自信又让他变本加厉。这时候，他已经有了很多很多钱，很多很多朋友，很多很多女人。大量的地痞流氓恶棍游民聚集在他身边，后来杀死贾副所长儿子的陈宝宝便是其中之一。他夜夜饮酒至天明，前后左右全是衣着暴露，香气逼人，言语挑逗，动作温柔的年轻女孩子。

龚妈再次劝说："收手吧，现在还来得及。"

他回嘴："你嫁错了人，现在后悔也来不及。"

这是龚妈最后一次劝他回头。下一回见面，要到十年后，郑家老大的儿子郑疯子考入高级中学，龚妈受到邀请。龙眼镇有头有脸的流氓全到了，郑国泰志得意满地站在门口，每个人都去跟他握手，不管年龄长幼，都喊他三哥。他叫住龚妈，问她感觉今天安排得怎么样。龚妈妈心悦诚服，说，"是我看错了，向你道歉。小虎，来叫叔叔。"龚力虎声音洪亮地喊了句，"三叔好。"

这是郑国泰最后的辉煌。第二年，马丽的二舅，龙眼镇邪教的发言人，著名美男子设赌局诱惑张红旗的儿子张和平，张和平一晚上输掉了八千万，美男子宽宏大量，只跟他要两千万。张和平假装同意，逃出赌场，销声匿迹。

美男子找到郑国泰，用激将法问他，"敢不敢去跟张红旗的儿子要账，报酬丰厚。"

郑国泰说，"欠债还钱，天经地义，管他什么红旗绿旗。"

说来也巧，捅了大纰漏的张和平，不敢告诉爸爸，也找到了郑国泰。

郑国泰说，"欠债还钱，天经地义。但他下套诓你，这事不能忍。我去约他出来，砍掉一个零。放心，三叔给你办。"

郑家大酒店的包厢里，郑国泰跟美男子谈判，张和平就坐在他身边，数额从两千万谈到八百万，最后又成功地砍到两百万。终于，美男子做出不情不愿的表情，点了头，接下来发生的事情，并不比低成本的港产片更高明。这也证明了，生活开始模仿艺术。郑家豢养的流氓们突然出现，手持砍刀，包围了餐桌。美男子吞咽口水，喉结抖动，极力保持镇定，但牙齿碰撞的声音还是从他嘴巴里传了出来。张和平扫了一眼站在他身后的人，满不在乎地说，"三叔，你这样子做，给我爸知道了，不太好吧。"郑国泰刻意放慢动作，缓缓拿起一支烟点上，然后拉开随身携带的黑色皮包，抽出乌黑发亮的手枪，按在桌上，先看看美男子，再看看张和平，一字一顿地说，"这笔钱，暂时由我保管。"

郑国泰为什么这样做，到现在都是一个未解之谜。由于同时得罪了宗教团体与教父张红旗，他在龙眼镇无路可逃，就连大哥郑国魁也无计可施。他找到哥从德，希望哥从德从中干预。因为他知道，艾宪法是哥从德小时候的玩伴，而张红旗是哥武龄的学生。

哥从德说："你把钱放到我这，我来想办法。"

郑国泰说："要是愿意还钱，我来找你干什么？"

不久之后的一个深夜，哥家的门被砸得咣咣响，整座房子都在颤。哥白尼正睡得香，睁开眼睛，用他在社会上学来的脏话，破口大骂。哥从德装作没听见，爬起来开门，外面站着郑国魁。他说，"我弟弟被炸死了。"

　　郑国泰的讨债公司交给了四弟郑爱人来管理，被更名为爱人资产管理公司。四爷遣散了三哥留下来的流氓团伙，雇佣退伍军人与律师，给员工们上法律课，发商账追收师的证书，杜绝一切犯罪行为。讨债时，他们带着专业的资产管理员们带着记者与摄影师，什么时间，该做什么，由谁来做，用什么动作都有严格的规定。不还钱者，往往被他们带到夜总会里面谈判。这是因为，带到夜总会就不算非法拘禁。有传言说，四爷郑爱人曾经找到朱大夫，要他帮忙配一种药，喷上之后就痒得无法忍受，非得靠解药不可。

　　这事没有任何证据。

四爷爱人

天才少女鲁雯雯讲过这样一个故事：

九十年代初，有个年轻人听说郑老大从省城回来了，于是上门拜访，想要跟在他后面，谋一个前程。此人是在逃犯，早就被贾副所长盯上。当时，郑国魁不在家，跟小妈去了菜市场，正好碰上谢傻子在唱歌。他站着听，拼命地鼓掌，还给了钱。十岁出头的郑爱人在家里单独接待了来人。他有浪漫情怀，把在逃犯当做被侮辱的人，还有侠义心肠，决意庇护他。贾副所长带人堵在郑家门外，并没有动粗。他用一枚避孕套、几个黄色笑话和半真半假的承诺骗取了郑爱人的信任，带走了在逃犯。这事传开后，郑家老大忍痛以家法处置了四弟。

如果在这里结束，那么该小说显然是文学爱好者带有模仿性质的练笔，但后文展示出了鲁雯雯的创作野心。她在第二章里转换视角，故事的叙述者登场跟贾副所长对话，借贾副所长的嘴巴说出真相。此事是郑国魁和贾副所长联手策划的阴谋，二人各有各的心思。贾副所长想要在龙眼镇树立起郑国魁的威信，然后再通过控制郑国魁，来维持龙眼镇的治安。郑国魁则是借此机会除掉老四爱人，因为郑爱人是他和小妈的不伦产物。

故事当然是虚构的，但并非空穴来风。那些年常常有年轻人投奔郑老大，多是社会闲散人员，的确有在逃犯。并没有什么人要求郑爱人协助贾副所长，他是主动这样做的，郑国魁心知肚明，但是，没有反对。至于说郑爱人是郑国魁和小妈的儿子，这个传言由来已久，具体真相没人知道。但是，郑国魁和小妈年纪相仿，住在同一套房子里，两人又不是真正的母子，不发生点什么事情才怪。儿子继承爸爸的小老婆或者爸爸抢走儿子的媳妇，在民间叫乱伦，如果在皇家，就是美谈，还会有诗人为之大唱赞歌。

郑爱人的身材同父亲和三个哥哥一样，高大健壮，肌肉发达，而面孔却像极了小妈，皮肤白，嘴巴红，头发柔软，笑起来露出两排牙齿，眼睛弯成一条弯弯的、细细的缝。他和三个哥哥的不同之处还在于，他脑袋聪明，会读书。在考入龙眼镇高级中学后，国魁国本国泰先后在社会上发了财，没等毕业，就把他送到了美国。在美国的大学里，他的学业依旧出色，很快就取得了硕士学位。

如果，我们因此认为郑爱人会与三个哥哥不同，那就错了。由于受过高等教育，他的心狠手辣中包含了极高的智力成分。

几个哥哥的主意是让他留在美国，继续读书，等到他们挣够了钱，可以去美国养老。可郑爱人有自己的打算，擅自回到了龙眼镇，他觉得自己的三个哥哥头脑简单，只有蛮力，不知道自己的钱从何而来，自然也就守不住。国本、国泰根本听不进他的话，叫他滚，立刻滚回美国。只有郑国魁，尽管脸色难看，还是让他继续说下去。四弟爱人侃侃而谈，说道，"黄赌毒不是长久之计，必须要把郑家的生意洗白。"大哥国魁说，"你以为只有你想得到？"四弟爱人说，"我当然知道你想，只不过你想不出办法，所以我才会回国。"

龙眼群山十八峰，有两座山被采石场炸得七零八落，到处都是断崖，连接廖家湾与陈家圪之间的道路狭窄，崎岖难行，摔死过税务员与中学生。但由于自然条件与经费问题，政府始终没有解决这个难题。在四弟的建议下，三个哥哥掏出真金白银，劈山填沟，打洞建桥，竟然修出了一条平坦的公路。

通车前夕，郑爱人邀请了几个在报社工作的同学，想要在《龙眼日报》上买下几个版面，颂扬郑家的功绩。让他没有想到的是，老同学只是摇头摆手，并不说明理由。通车当天，政府官员无一到场，媒体也没有出现，只有一众村民来给他们庆祝，管郑家兄弟叫善人。廖家湾的廖宝亮在儿子廖小亮的搀扶下颤颤巍巍地走出来，说，"你们把断崖都给平了，我以后想死，往哪跳？"在众人的惊愕中，他哈哈大笑，郑家兄弟也跟着勉强地笑了几声。

郑爱人没有灰心，他再次说服三个哥哥，投资修筑河坝，以解决年年夏天困扰着龙眼镇附近几个村子的洪水问题。工程进展顺利，速度惊人，质量一流。这回，终于有政府官员到场了。他同几个村民握手、说话，看也没看郑家四兄弟一眼。上台前，他要求所有媒体收起摄像机，接过美女主持人递来的麦克风，简单地说了几句话，匆匆离去。媒体上也有了报道，那是老二带人上门，用武力威胁拿下来的一篇文章，百余字，所占版面小得可怜，里面隐去了郑家的名字，将修坝同大禹治水相提并论，读之，颇有些讽刺意味。

　　这一回，连大哥都觉得老四在胡闹。他说他既不懂社会，更不懂龙眼镇，必须立刻回美国。郑爱人什么也没说，心里却在想着自己的一位在政府部门发展得相当顺利的中学同学。可出乎意料的是，老同学也躲着他。约见面、约吃饭、约喝茶、约泡澡都说没有空。

　　终于，郑爱人决定用郑家人的方式来解决问题了。

　　他先去拜访了大哥的密友哥从德，经他指点，花重金在龙眼邮市购得一册文革时期的邮票。接着，他来到大坑街，找到在龙眼镇范围名气极大的宫姓开锁匠，对他说了自己的要求。宫锁匠一开始拒绝合作，郑爱人用拳头让他知道了违抗的代价。就这样，郑爱人进入老同学家，在真诚地给同学的妻儿道歉后，叫人把他们捆了起来，塞住嘴巴。老同学回家后，喊了一句，怎么不开灯。屋子里是熟悉的味道与不寻常的安静，他伸手打开灯，看见了坐在屋子中央的郑爱人，脸上露出少年般纯洁的笑容。老同学大声质问，刚想上前，两名黑铁塔样的人物挡在他面前。他转身想走，又有两名同样身材的大汉堵在门口。"我要报警。"老同学的声音开始颤抖。

　　四爷终于得到了答案。答案并不稀奇，郑家的名声太坏了，官员们都怕惹祸上身，不敢同他们打交道。可郑家的势力太大了，一时半会也动不了，只有躲。老同学看着自己搜集多年而不可得的邮票，猛然回忆起了当年同窗情，真诚地建议，"走吧，去澳洲，去北欧，去加拿大，去美国，去哪里都好，上头早晚要动真格，到时候，想走就走不了啦。"

　　如果现在走，那么当年就不用回来。就在他苦苦思索接下来该如何行动之际，龙眼镇政府也遇到了困难。

　　林先生，台胞，美籍华人。他曾多次来到龙眼镇，被龙眼十八峰和龙眼湖的风景吸引。后经实地考察，租下二十亩土地，打算盖别墅，建私家果园。龙眼镇官员热情款待，大谈日后开发前景，最终竟然说服他租下了超过三百亩的土地，租期五十年。签下合约之后，因资金投入有限，所谓的庄园进展并不大。随后，政府换届之后，新上任的领导极有干劲，他认为，城市化建设如火如荼，龙眼镇必须上车。既然林先生没有意愿继续投资，不如再找新的合作单位。一家省城的公司愿意投资。可此时林先生并未退租。于是，新任领导拍板，先出让土地，再跟林先生谈。没想到的是，给林先生的信还没有想好措辞，龙眼镇违约的消息已经传到了大洋彼岸。林先生派来律师，不接受任何形式的赔偿，坚决要用法律捍卫合同的尊严。龙眼镇官员在合同上找到条文，如 X 年内未见成效，龙眼镇有权收回土地。林先生又以美籍身份作为武器，给龙眼镇的上级部门写信，成功地把合同纠纷转化为政治事件。

终于轮到郑爱人出场了。他和林先生的儿子是大学同学，此次前来代表林先生谈判的律师，正是他儿子。谈判从办公室延续到酒桌，出席的人除双方相关人员外，还有朱均一与哥从德。林先生的儿子思考良久，也没想出该管朱均一叫什么，他最后说，"还是英文好，一个 aunt 就够了。"

这时候，官员们才明白郑爱人邀请朱均一与哥从德的原因。翻开府志，里面明明白白地写着，太平军进犯龙眼镇，朱孔德率领长子朱兆仁加入政府军，父子二人双双战死于常州。朱兆仁将军留下一个襁褓中的儿子。成年后，他辗转去往台湾，同原住民女子结婚，生下女儿。女儿长大后，前往美国，同林先生结婚。而朱均一，正是朱兆仁的孙侄女。既然是自家人，那么一切都好谈了，问题迎刃而解。至于省城的公司，对于郑家来说，只是小事一桩。十几个光头，面目凶恶，身穿紧身黑衣的成年男人，站在该公司门外，对来往的行人怒目而视。随后，郑家拿下土地。

据说龙眼镇的土地里含有一种特殊养分，产出的豆子蛋白质含量比普通豆子高出百分之五到六。政府一直想要扶植和发展龙眼豆品牌项目，苦于没有资金愿意进入地方特色农业这一领域。郑家拍胸脯，承诺投资。郑爱人利用自己的留学经历，请来洋人专家，在经过仔细研究商讨之后，制定出了品牌炒作路线，豆子不行，豆腐好。

很快，广告就打到了国家电视台上面。一夜之间，"中国进步 龙眼豆腐"的广告语铺天盖地砸向国人，不仅是豆腐，以龙眼豆为材料的其他豆制品也出现在市场上。随之出现的还有一则漏洞百出的故事：始皇帝派遣徐福寻仙药，徐福等人经过龙眼镇时，发现了龙眼豆，进而发明了豆腐。故事讲完了，后面便由听众自行发挥。

民间流传，龙眼镇并非所有地方的土地都能产出货真价实的龙眼豆，只有廖家湾的土地里才含有所谓的特殊养分。当年郑家兄弟之所以要在廖家湾修路，目的就在于此，而美国来的林先生之所以不愿意放弃自己的土地，也是这个原因。如此这般，市面上销售的龙眼豆腐便有了几分玄学色彩，人们根据颜色、气味、颤动的频率、重量，提出了各种各样神奇的方法来辨别廖家湾龙眼豆腐。而真正的廖家湾龙眼豆腐，只在达官贵人之间流通，往往被炒至上千元一块。

龙眼豆腐火了，彻底地火了，它带着龙眼镇走向了世界，成为了龙眼人的骄傲。如果你要和龙眼镇人交朋友，就必须对龙眼豆腐表示敬意。"龙眼豆腐？什么龙眼豆腐？哈哈哈，哪里没有豆腐？"由此，全国各地引发的冲突，不计其数。

紧接着，豆腐艺术文化节诞生了，在官方出版的旅游指南里，文化节已有百年历史。龙眼镇人谁也不知道百年历史从何而来，但人人都坚信不疑。每年的九月十五日至二十日，全国各地的商人们带着他们当地特色食品来到龙眼镇，高潮出现在九月十七日，两岸三地的顶尖明星都会来到龙眼镇，使出浑身解数，为龙眼镇居民进行表演。不仅是官方晚会，就连由"表哥"组织，刘星参与，在红旗体育场举办的地下音乐节也在前面加上了龙眼豆腐的商标。

郑家的投资还在继续，他们进军旅游业，开发龙眼十八峰，保护运河遗址，还原百年之前的避难所，使之成为著名景点。他们投资教育，兴办私立学校，聘请金牌老师，实践教育改革。他们甚至在废弃的矿坑里，修建地下游乐场，里面灯光昏暗，空气潮湿，下落速度极快，非常刺激。

终于成功了。郑家老幺摇身一变，成为了四爷爱人。透过四爷爱人，龙眼镇人这才看清楚，他的三个哥哥也是善人，老大投资教育，老二维护治安，老三主持正义。尽管他们还有部分生意见不得光，但阴影乃是光明的产物。没有人敢说，自己在暗处可以做得比郑家兄弟要好，就连贾副所长也承认，龙眼镇需要郑家。

三哥曾经的合伙人龚妈妈把自己最小的妹妹介绍给了他。两人没有感情，但明白这场婚姻，对所有人都很重要，转年他们生下女儿。这样的关系让四爷爱人有足够的理由介入两个小辈，自己的侄子郑疯子与龚妈妈的儿子龚力虎之间的冲突。他听说，参与者里面还有哥家的后人哥白尼与贾副所长的儿子贾子，于是便有了主意。四爷的面子太大了，他还没有开口，底下就有流氓明白了他的心事。于是，贾子和哥白尼被朋友们带到郑家的夜总会里。

可这一次，流氓们理解错了，他们用自己浅薄的智力去理解四爷，完全没料到四爷只是想见见这些正在成长中的小辈，向他们传授一些自己的经验。当迪厅里外号"公牛"的保安跟贾子发生冲突时，四爷就在不远处。事情发展到这个阶段，他认为自己如果贸然出面，反倒有示弱的嫌疑，削了侄子的脸面，同时他也想看看在下一辈人中有"战神"称号的贾子到底有多厉害。当"公牛"往后倒下时，他轻轻摇了摇头，从黑暗中走向电梯。出乎众人意料的是，四爷刚刚移动身子，贾子就发出一声怒喝，像疯了的野兽般，冲了上来。有几个人想要挡住他，贾子只是轻轻抬手就拨开了他们，就像是丢开破旧的外套。

电梯门始终没有打开。我要死了。一向从容不迫的四爷，脑子竟然只剩下这个想法，随即，他听到了一个男孩子喊道，贾子，不要动手。他机械地朝声音来处望去，只看到了一个穿着全身雪白的女孩，身后有两片巨大的翅膀。紧接着，他就感到自己的脑袋撞在了一个巨大的，灼热的铁块上，随即，整个屋子都开始旋转。

四爷醒过来时，并不知道自己在哪里，也不知道发生了什么，只感到脑袋里面嗡嗡嗡地响，眼前像是被蒙上了一层纱，似乎有东西正从耳朵里流出来。过了好半天，他才闻到一股消毒水的味道，眼前逐渐变得清晰，病床边站着几个人，除了医生和护士外，有贾氏父子，哥从德也到了。贾子脸上有血，哥白尼眼睛底下挂着泪痕，四爷挣扎着坐起来，想要跟哥从德，还有贾副所长说话，大家全都围上来，让他不要动。接着，贾副所长又踹了自己儿子两脚。

出院后，他来到高级中学，把刘星家大排档的二楼整个儿包下来，请孩子们喝酒。他左边站着侄子郑疯子，右边站着外甥龚力虎，首先看到神童华清晨走过来。他老早就听说郑家投资的私立学校里出了这么会读书的厉害角色，但从没见过。他拍着他的肩膀说起自己当年如何考入高级中学，又是如何留学，叫他无论什么时候，千万不要辜负自己的能力。接着是贾子，四爷刚看到他的身影，就迎了上去，绝口不提自己的伤势，反倒主动关心他有没有再挨贾副所长的打。这使得一向粗野的贾子扭捏得像个小姑娘。哥白尼和另外一个他没见过的男孩子最后才到，他们俩中间有个女孩，穿白色高领短袖毛衣，短发，手里夹着香烟。郑爱人愣住了，完全没有理会哥白尼与严大雨喊他，"四叔。"

"你是谁？"郑爱人死死地盯住女孩。

哥白尼说："怎么了，四叔？"

"你是谁？"郑爱人依旧盯着女孩。

侄子郑疯子说："小叔，她是哥白尼的女朋友，杨笑。"

外甥龚力虎说："是呀，姨夫，人都到齐了，咱们进去吧。"

在饭桌上，四爷主动给小辈们敬酒，还叫老板刘星上来喝了两杯。他对侄子、外甥和贾子说，"什么都别再说了，以后都是一家人，我们都老了。"接着，他就把脸转向哥白尼，示意旁边的女孩也端起杯子。

他说："你们很般配。"

哥白尼脸红了，低下头。

杨笑却说："我有个请求。"

"什么请求，你说。"

"我想认你当哥哥。"

郑爱人这下真的愣住了，好半天才挤出笑容，说："我管他爸叫五哥，你喊我哥哥，那你岂不是成了他的阿姨。"

在众人的哄笑声中，哥白尼的脸更红了。像所有自以为漂亮的女人一样，杨笑开始撒娇："我不管，我就要让你当我哥哥。"

一开始称兄道弟，颇有礼数；不久后便大声吆喝，高谈阔论；再过一会，东倒西歪，言语不清，最后一片死寂，年轻的男孩子们都睡着了。只剩下，四爷跟名叫杨笑的女孩醒着。四爷表情如常，可手指在发抖，香烟燃烧着，细细的白烟微微颤动，飞向天花板。他眼睛死死盯在杨笑脸上，杨笑长得跟他那天在医院里见到了的天使，一模一样。

从很小的时候起，郑爱人就常常在睡梦中惊醒，不哭不闹，眼睛死死地盯在一个地方，全身颤抖。他的母亲为此带他去拜访龙眼山上的气功大师。大师伸出粗糙的大手在郑爱人身上抚摸按压，进行了一系列让人捉摸不透的检查，确定了有邪灵附体。"救救我们！"母亲哭了。大师郑重地点头，让母亲抱着郑爱人坐在铺着灯草席的木板床上。他往后走去，距离他们约莫五米，几个深呼吸后，突然伸出右手抓向郑爱人的脑袋顶。郑爱人"哇"地一声哭了。母亲刚想抱着孩子站起来，大师怒吼一声，"不许动！"接着，他把抓来的东西朝窗外丢出去，这个时候，郑爱人又笑了起来。连续五次不间断的动作之后，大师全身湿透，如同虚脱一般，站立不稳，扶着桌子瘫软在椅子上。从此，郑爱人就常常跟着母亲到气功大师的家。

这种定期拜访一直持续到他离开龙眼镇。在美国留学的第一年，由于惯性，他每日按照大师所授的奇怪动作扭曲身体，打坐冥想。独自生活的第二年，他终于有勇气面对自己的内心，根本没有什么邪灵。他的噩梦起源于六岁时同小伙伴的一次冲突。两个孩子，最开始只是闹着玩，很快发展成争吵，已经不可追溯是谁先动的手，总之，两人纠缠在一起，郑爱人凭借着提早发育出来的力气，将小伙伴压在身下，问他认不认输。

龙眼镇的男孩子从小就知道，人可以被打败，但决不能认输。一旦服输，伴随他成长的只有欺侮与羞辱。小伙伴拼命摇头，往天上吐口水，扭动腰肢，想要坐起来，无果后又把两条腿举起来，想要勾住郑爱人的脖子。在这一切尝试都失败后，他恶狠狠地说，"你这个杂种，你是你大哥跟你妈生出来的杂种，整个龙眼镇都知道，你们家乱伦。"在那一个瞬间，郑爱人刚才想好了要说的话，全都堵在了喉咙里，然而，他的心就像是要跳出胸膛。直到有成年人经过，阻止他继续动作，他才反应过来，自己正把小伙伴往一块尖尖的石头上撞。小伙伴早已没了声音，脸上、身上，他的手上，全是血。这件致使他内心严重扭曲的事件，却找不到受害者，谁也没有见到他声称的那个，被他用石头打死了的男孩。

教育让他相信科学，可心理学究竟算不算科学呢？管不了那么多了，他必须自救，经导师介绍，他去拜访了一位心理医生。几次交谈后，年过五旬，带无框眼镜的金发心理医生察觉出郑爱人并没有完全坦露心迹。于是，他建议采用催眠疗法。郑爱人同意了，可是就在问题刚刚触及到真正的伤口时，他突然从床上跳起，一拳打向医生的下巴。

很显然，他需要帮助，可他又没办法向任何人道出真相，只剩下最后一条路了。他来到高高的大桥上，看着底下静静流淌的，发黑的河水。他想，自己会游泳，听说会游泳的人跳河死不了。他又想，从这样高的地方跳下去，摔也摔死了。就在这个时候，一阵温暖的，沙哑的声音传进他的耳朵。他转头，看见了一个穿着白衬衫黑西装条纹领带的黑人男子。他伸手拦在郑爱人面前，胳膊如铁棍般坚硬，手心泛黄，掌纹里，微微有汗。黑人没有问他为什么要自杀，只说，自己是一名牧师，无论人有什么罪过，都可以向上帝诉说。耶稣已经代全人类受过罚了，神爱世人。

郑爱人找到了可以倾诉的对象，可是多年来的无神论教育又让他没办法真正接受全知全能全善的造物主。他不停地祈祷、忏悔，同时也不停地跟各路牧师激烈辩论，从死而复生到光的本质，从宇宙的起源到进化论。

随着知识的增长，他对自己的家庭也有了更多的了解，他终于知道三个哥哥所从事的行业与巨额财富的来源。罪恶感一下子笼罩住了他，他认为，如果不是为了养活自己，大哥就不会从事那样的行业。没有大哥，二哥与三哥也不会走上这条道路。郑爱人是聪明人，聪明人往往有自我戏剧化的倾向，他根本不愿去想，三个哥哥有自己的路要走，所做的选择，跟他关系不大。因此，他不顾一切反对，内心以罪人和救赎者自居，回到龙眼镇。

现在，四爷爱人是杨笑的干哥哥了。人人心知肚明，认哥哥从来都只是手段，很快杨笑就背叛了哥白尼，光明正大地黏在郑爱人身边。睡一个女高中生，对四爷来说，不是什么稀罕事。让他头疼的是，杨笑与哥白尼的关系。此外，更可怕的是，只要周围没有人，杨笑在他眼里，就是天使的模样。

哥白尼、严大雨、刘星，只要杨笑想要的男人，谁也逃不脱。终于，在一次酒后，杨笑如愿以偿地跟着郑爱人来到夜总会顶楼的房间里。第二天早上起来，郑爱人醒了，他清楚，前一晚，自己没有醉，杨笑也没有醉。他缓缓睁开眼睛，耳边是杨笑均匀的呼吸，鼻子里闻到烟酒的臭味与年轻女孩身上特有香气。他轻轻下床，穿起衣服，打算悄无声息地离开。走到门口时，有个声音在对他说，"我在这里。"

于是，他回头，光从两块窗帘之间的缝隙中射进来，正好打在杨笑赤裸的后背上，他看得分明，一对巨大的翅膀安静地张开，随着呼吸，上下起伏。郑爱人不由自主地跪了下来，高举双手，眼睛从窗帘间的空隙望出去。不知道过了多久，光移动过来，先是完全罩住了郑爱人，紧接着，越来越亮，整个屋子变成白茫茫的一片。尽管什么也看不见，但他依然仰着头，泪水从眼眶中滑出来，嘴巴里重复了一句话："宽恕我吧。"紧接着，他听到了杨笑的声音："God bless you。"

中学名人传

好运气的哥白尼

上

龙眼镇高级中学，有聪明人，有富人，也有像哥白尼这样运气好的人。教父张红旗是他祖父哥武龄的学生；无恶不作的郑家四兄弟是他爸爸哥从德最好的朋友；他的表姐是高级中学头号恶棍郑疯子的女朋友；而他自己和龚力虎是同桌，跟神童华清晨在智力上惺惺相惜，同足球队长严大雨跑得一样快。这种关系，讲复杂就复杂，说简单，也很简单，他在哪个团体里都吃得开，而他也享受这种受人瞩目，被人重视的感觉。

刚开学没几天，他异父异母的弟弟李思想在操场上同时跟龚力虎和贾子打架。他听说之后，没有去帮忙，而是第一时间来到高三部，找到张和平，亮出自己的身份后，说明来意。他本来还想要去找郑疯子，但张和平阻止了他。俩人并排来到操场，扶起被打翻在地的李思想。张和平同龚力虎说了两句话，龚力虎便过来跟哥白尼握手，帮李思想擦去脸上的血。晚些时候，众人在校外的刘星大排档里喝酒。在酒桌上，他神采飞扬，谈笑风生，酒到杯干，众人为之侧目，就连一向喜怒不行于色的龚力虎都满腹狐疑地打量着这位浓眉大眼、唇红齿白，颇有古代官员风采的新同桌。

他在社会上毫不费力地获得的名声，正是他好运气的体现。高中一年级快结束的时候，哥武龄死了。丧事处理完毕后，哥从德张罗着卖老房子。老屋的后院里有颗桃树，哥白尼的四姑父开车过来，打算移回自己家。树整个挖了出来，可枝丫太多，不方便装车，家里面没有砍刀，于是四姑父打电话给龙眼镇派出所的贾副所长。副所长说，我这里刀多得是，你自己来拿。姑父让哥白尼去。

在派出所里，他看到了几个脸熟的小流氓蹲在墙角，跟他们打完招呼，转弯上了楼梯。办公室里，除贾叔叔外，还坐着一个穿土黄色夹克的中年人。

哥白尼在一个灰色的柜子里，在被缴获的管制刀具中挑选，他用手摸刀刃，还拿起来比划，做出砍树的动作。完事后，他提着两把刀，刚走到派出所门口，正好跟贾子迎面撞上。贾子给了他一根烟，他把左手的刀交到右手，接过来。贾子看他不方便，帮他点了，他用手捂住贾子的手，完全燃起来后，用无名指敲了敲贾子的手背。两个人站着聊了一根烟的功夫，然后，互相拍了拍肩膀，分开了。回家的路上，他又遇到了几个熟人。

第二天，有关他拎着刀从派出所里杀出来，贾子甘拜下风的事迹开始流传。

哥白尼升到高二，张和平毕业去了英国。下学期，郑疯子的三叔被人炸死，他退学，开始接手桑拿浴的生意。由哥白尼，贾子，严大雨，华清晨和龚力虎组成的五人团体在学校里呼风唤雨。哥白尼发挥特长，有模有样地应付起学校里的事情。他调解校内冲突，为弱小者主持正义；同外校人谈判，维护龙眼镇高级中学的荣誉。

原来做过他物理老师，后来升职为教务处主任的周道德对此感到疑惑，叫他来谈了几次，又做了家访，了解到哥家显赫的历史后，对他刮目相看，还在办公室里，给他泡茶，让他抽烟，向他保证学校方面不会为难哥白尼等人的毕业问题，也希望哥白尼承诺，从现在到毕业，不要在学校里发生暴力事件。他一口答应下来。

爱情和名气同时到来。哥白尼喜欢隔壁班的一个兰姓女孩。她留着齐耳短发，相貌清纯，笑起来有些像香港明星梁咏琪。哥白尼创造了八十七次擦肩而过后，决定向她表白。他在脑子里面策划出了完整的行动方案，把自己要说的话，以及对方可能的回应，自己对各个回应的回应，全都在脑子里演练了无数遍，如同一位象棋大师。

晚自习之后，他信心满满地跟在女生后面，自认为不可能失败。他看着女孩走进宿舍，然后拿着热水瓶出来，往水房的方向走。这一切都在他的意料之中，等到女孩打完了水，走到宿舍门口的路灯下时，哥白尼开口叫住了她，说出了早就准备好的语言。灯光从头顶打下来，照得他轮廓分明，哥白尼面带微笑，口齿伶俐，步步为营，层层推进，逻辑严密，没有人可以逃脱。有几只蚊子在他们头顶盘旋，各个年级的同学们都在他们身前身后走来走去。

他等待着女孩的回应。

女孩出招了，这一招完全不在他的意料之中。女孩说，"你说什么，我没听见，能不能再说一遍。"勇气猛然间消失了，就像突然被戳破的气球，哥白尼转身就跑，一夜未眠。第二天清晨，哥白尼顶着黑黑的眼圈，走出宿舍，竟然又看到了女孩。女孩叫住他，说，"你跑步的姿势挺帅的。"过了一会，她又说，"我想我们可以做朋友。"

奠定他地位的是书店着火事件，值得详细述说。

找他帮忙的人外号海豹，海豹姐姐在学校门口开书店，竞争不过隔壁。所以，她想要找个有份量地哥们，教训一下"隔壁的骚娘们"。

海豹姐姐头发稀疏，虎背熊腰，说话的声音让人联想到指甲划黑板。她脾气暴躁，大骂只看不买的人，养了一条黑色大狗，拴在书店门口的路灯上。而"隔壁骚娘们"，三十岁，头发染成亚麻色，书店里全是她身上的香味。据说，男生只要在买单时身体微微前倾，就可以从领口看到她内衣的蕾丝花边。还有传闻说，她跟学校某领导有超越友谊的男女关系，因此全校的辅导教材都从她家订。

哥白尼拿了海豹的烟，喝了他的酒，大模大样地往书店走。在书店里，他开门见山，女老板说了句什么，他没有听清，于是身子前倾，正看见了白色肌肤与黑色内衣，还有女老板充满挑逗意味的笑容。

第二个计划是神不知鬼不觉地留下一张让女人畏惧的字条。晚上，哥白尼在金盆洗手的刘叔家喝酒，十二点钟开始行动。他看见了后来成为事件主角的男人一直站在路灯下吸烟，但他当时并没有看出异样。他把早就写好的纸条塞在屁股后面的口袋里，走进海豹姐姐的书店，上楼，打开窗户，爬出去。

酒精使人勇敢，勇敢是鲁莽的同义词。他爬到了"隔壁骚娘们"书店的二楼窗外，发现了一件大大出乎意料的事情，窗户是关着的。用手推，如果推不开，再向外拉。这是他最终想出的办法，但是全都没有奏效。窗户从里扣上了，背后是一张男人的脸，正是当年的物理老师，现在的教务处主任：周道德。两个人困惑地看着对方，持续了几秒钟，似乎都有话想说。"开窗户。"哥白尼说。于是，窗户向外打开，哥白尼摔了下去。

事情至此便自行发展，与哥白尼再无关系。

从窗户里传出尖叫，惊动了不远处的狗，一只狗在叫带动了全镇的狗。卷闸门向上升起，腰围与腿长相等的周道德朝着哥白尼走了过来。还没来得及开口说话，他就被人从侧面扑倒了。动手的正是刚才站在路灯下抽烟的男人。两个人扭打在一起，周道德失了先机，很快便居于下风。男人把他摔倒在地，骑在他肚子上，先用拳头捶，然后站起来踢他小腹的侧面。周道德停止反抗后，男人捡起散落于路边水沟中的砖块，狠狠地砸在周道德的额头上。好几块碎片崩到了哥白尼的脸上。

腿疼得厉害，似乎断了，哥白尼一直没有离去。他往上看，看见了女人从二楼伸头出来。哥白尼冲她打了个手势，示意她爬出来，爬进海豹姐姐的店里。女人显然没有明白她的意思，而这时候，周道德满脸是血，一动不动，不知死活。男人开始往书店里走。

一开始是辱骂与尖叫，然后是哀嚎与求饶，最后女人用凄厉的声音喊出，"你杀了我吧，你杀了我吧。"接着，声音戛然而止。男人又从卷闸门里走了出来，随即书店里着起火。哥白尼手脚并用，往不远处公用电话亭的方向爬。爬了几步，他又转回身，坐在地上用不痛的那只脚去踢周道德满是鲜血的脸。周道德站起来，愣愣地看着书店。哥白尼的脸被烤得发烫，呼吸困难，开口问他，"现在怎么办？"周道德反问，"你是谁？"然后转身就走，脚步踉跄，但速度不慢。

警察与消防队同时到达，身穿白色衬衫的女警把哥白尼扶到车里，问他是什么人？为什么会在这？哥白尼取下夹在耳垂上的假耳环，丢到路边的水沟中，亮出里面衣服上别着的龙眼镇高级中学校徽。龙眼镇超过四分之三的公务员都出自于高级中学。女警看到校徽，脸上的表情放松下来。哥白尼说什么，她都选择相信。

海豹姐姐的书店生意并没有因此变好，但她对于"隔壁骚娘们"的死万分开心，对哥白尼心生敬意。姐弟俩共同请哥白尼吃饭，哥白尼没说出真相，也没有胡编乱造，他像之前听到他大闹派出所的传闻时一样，面露神秘微笑，有意无意地保持沉默。

事情以自己的方式流传，哥白尼成为了杀人放火的英雄。走在路上有人给他点烟，随便走进龙眼镇高级中学附近的哪一家饭店，都会有人叫他坐下来喝酒。

下

在哥白尼讲了三遍之后，兰姓女孩才总算听懂了他在说什么。

首先是，学校门口茄子店刘叔的死，让哥白尼见到了自己的表哥。他跟表哥吃饭，听说了自己家的历史。杨笑开始进入哥白尼的世界。杨笑是杨有力的女儿，杨有力是杨盛和的儿子。杨盛和曾经是哥家的下人，作为造反派头目，在革命时期，欺侮过自己的奶奶，也庇护过哥家。杨盛和的死尽管不可避免，但是病危时，矿区医院不收杨有力的医保卡，坚持要他们付现金。而杨有力作为张红旗的司机，竟然没办法从老板那里借钱。这场令人费解的惨剧背后，有哥白尼的父亲，哥从德的影子。

哥白尼说："我终于知道了自己该做什么。"

兰姓女孩问："做什么？"

哥白尼说："只有爱才能化解仇恨。"

兰姓女孩说："嗯，那又怎么样？"

哥白尼说："哥杨两家的恩怨，要在我和杨笑这里化解。"

兰姓女孩终于明白了，说："你要跟我分手，和她在一起？"

哥白尼说："是的。"

兰姓女孩的眼泪一下子流了出来，说："哥白尼，你要分手就直说，干嘛要绕这么大一个圈子。"

哥白尼说："我爱你，但我出生在哥家，就不得不这么做。"

兰姓女孩撕心裂肺地喊："我恨你。"

哥白尼转过身子，眼泪在他眼眶里面打转，终于忍不住，掉了下来。他感觉到兰姓女孩从后面抱住了他，刚开始发育的乳房贴在他后背上。直到这时为止，他们依然像兰姓女孩说的那样，只是朋友。哥白尼喃喃地，不住地说，"对不起，对不起。"

　　就像是追求兰姓女孩一样，哥白尼精心创造出了大量二人偶遇的情景，在一个傍晚，夕阳照得整个天空都是血红色，云朵静静地悬在天空中，飞机从里面穿过，拉扯出一道长长的线条，空气中弥漫着大排档特有的味道。哥白尼叼着烟，站在学校门口，叫住刚刚出来的杨笑，说有话要同她讲。

　　两个人走到学校对面的铁路边，哥白尼说："我喜欢你。"

　　杨笑说："啊，你不是有女朋友吗？"

　　哥白尼说："我和她交朋友，只是为了练习如何向你表白。"

　　杨笑笑了，露出两排完整的牙齿，眼睛眯成细缝，说："你们吵架了？别开玩笑了，爱情是不能勉强的。"

　　哥白尼说："所以你不该勉强我喜欢别人。"

　　从这天起，哥白尼把他能够想到的招数全部用在了杨笑身上，没有一点害羞，因为他自认有足够坚实的理由做这些事。他全力以赴，如同当年决心要考取高级中学一样努力，杨笑从没经历过这种阵势，很快就沦陷了。

　　除了兰姓女孩外，谁也不知道哥白尼真正的想法。这是她的悲哀，是哥白尼的悲哀，同样也是杨笑的悲哀。完全可以想象，如果在刘星之后，她能遇到真正爱她的哥白尼，那么一切都会有不同的结局。杨笑感受到了哥白尼在向她隐瞒着什么。她开口问，哥白尼并不正面回答，而是用伪装的温柔来对付她。不久之后，杨笑爱上了严大雨，抛弃了哥白尼。从此以后，哥白尼开始了多年的纠缠。他不为爱情而痛苦，只想完成历史交给他的任务。

　　一个无甚交情的初中同学孔石军与人争风吃醋，在校门口挨了揍，来找哥白尼帮忙。这不是他第一次听到陈宝宝的名字，但没有放在心上，以为像原来一样，只要自己出面，事情就会立刻得到解决，大家找个饭店坐下来，人人都是朋友。可他没有想到，陈宝宝野心勃勃，孔石军阴险狠辣，两人设计这样一个阴谋，目的是彻底摧毁小团体。

　　哥白尼拒绝同陈宝宝单打独斗，双方约好一周后，在龙眼镇煤矿子弟学校后面的龙眼山屁股坡上见面。他随便安慰了初中同学孔石军几句，便开始联系朋友，朋友又联系朋友。到了约定的日子，龙眼镇高级中学门口，出租车一辆接一辆开过来，把人放下来。人越聚越多，有些他认识，更多的人他不认识。哥白尼脸上带着笑，到处递烟，说着龙眼镇特有的粗鲁言语。一句话里毫无内容，全是脏话。

有人背着长长的旅行包，打开给他看，里面全是铁管。一个不认识的人走过来，介绍他认识了另外几个不认识的人。朋友的朋友从白色面包车上下来，经过朋友介绍找到哥白尼。秃顶口臭缺牙，脸上有疤痕的中年男人拉着他的手，指着有些发白的军绿色的小包，说，"给，枪。"

理性重回哥白尼的大脑，他反复地问自己，"我在这里干什么？为了一个不相干的人，要我动枪吗？"理性来了，怯懦还会远吗？哥白尼借口上厕所，从后门溜出学校。超过一百个流氓等到天黑，谁也不知道究竟为了什么聚集在这里。

事情总要解决，不敢惊动长辈，哥白尼只好去求姐姐，姐姐找到郑疯子，郑疯子说，"没有花钱解决不了的事情。"全程旁观的李思想感慨，战争的背后是政治，政治的背后是经济。

几日之后，周道德找他，拐弯抹角地想要问哥白尼怎么看待那天晚上发生的事情。哥白尼面无表情地说自己已经全忘了。周道德对这个回答很满意，对哥白尼做了家访，同哥白尼的父亲喝酒。在饭桌上，周道德直截了当地建议他们考虑艺术院校。理由是，好几次他看见哥白尼一个人坐在操场上听歌。他坦言自己从教数十年，见过很多爱唱歌的孩子，却从未见过如此痴迷于音乐的学生。哥白尼往往什么都不做，只默默地听音乐。

"他懂音乐。"最后周道德总结。

哥白尼同他的父亲一样大感意外，最终，他没有去学音乐，他对音乐的理解仅限于粤语流行歌曲。

为参加严大雨的葬礼，哥白尼从隔壁省的职业技术学校回到龙眼镇，他在站前广场上看到了陈宝宝。陈宝宝用力地搂住他的肩膀，问他身上有没有钱，拿一点来花花。紧接着，他又看到了贾子。贾子一把推开陈宝宝，刚准备动手。突然之间，两个人都消失了，天空很蓝，云朵很白，一丝风都没有，空气里弥漫着火车站特有的尿骚味。

他先去找了华清晨，两人住到龚力虎家里。杨笑也在，她从英国回来，成了龚力虎的妻子。她的腹部高高隆起，看到哥白尼，脸上露出荡妇的笑容，胸部规模宏伟。龚力虎不在时，她用语言挑逗哥白尼，问他还喜不喜欢她。

夜里哥白尼睡不着，拿出书来看，走到外面散步，遇到了龚力虎。夜空深蓝，月色很美，像是几米漫画中出现过的场景。两个人朝不远处的天桥走去，趴在栏杆上抽烟。下面是烧烤摊，肉香混合着呛人的烟味钻进他们们的鼻子。年轻的食客们在大声吆喝，脏话不绝于耳。很快，两桌人不知因为什么缘故吵了起来，啤酒瓶飞来飞去，人越聚越多，演变成集体斗殴。两个好朋友，曾经的同桌，小团体表面的领袖和实际的灵魂自上而下地打量着这常见而又荒唐的场面，开始了交谈。

等到哥白尼听说杨笑不是杨有力的女儿，而是楚美美和张红旗的女儿时惊讶地合不拢嘴巴，他就这样呆愣愣地看着龚力虎，然后开始大笑，长时间、不止歇地哈哈大笑。

龚力虎说："喂，你干什么，你疯了吗？"

这时候，警察赶到，在天桥下面斗殴的年轻人一哄而散，哥白尼还没有止住笑声。几个年轻警察，走上来查看情况，他们认出了龚力虎，跟他握手，互相散烟。然后他们又盯着哥白尼看，说，"我们是不是见过。我操，我想起来了，你他妈的是哥白尼。"

足球队长严大雨

严大雨腰部受伤的事情是这样，他刚上初中不久，参加学校内部组织的足球联赛。对方守门员开球，他站在中圈附近，仰着头往后退，太阳有些刺眼。他跳起来打算用头把球点给左手边的队友，然后再向右前方跑。对方 4 号球员在他身后，往后退了一步，不知是有意还是无意，抡起脚，踢中了他的腰。严大雨失去重心，仰面跌倒，腰先着地，立刻被替换下场，随后，他所在的队伍输掉了比赛。

从此之后，他只要双脚全力蹬地，屁股上面，腰部偏右的地方就会隐隐发麻，有一定几率使整条右腿失去力气。原本就认为足球是野蛮人运动的母亲命令他立刻退出足球队，他拒绝了。原因有二，第一，他的父母已经离婚，足球是他和父亲共同的爱好。第二，他正在和足球队钟教练的女儿钟青青谈恋爱。

到了十六岁，他作为体育特招生进入了高级中学。头一回上体育课，严大雨和哥白尼站在一起。体育老师带着大家绕圈热身，严大雨主动开口，"你跑步怎么样？"哥白尼说，"还行吧。"严大雨说，"比比？"哥白尼说，"现在？"严大雨没再说话，突然间加速，很快就窜到队伍最前面，体育老师的背后，转过头来冲哥白尼出怪相，哥白尼便发力追了上去。

两个刚进入青春期的男孩子绕着操场跑了四圈，哥白尼没有追上严大雨，但也没被甩下得更远。同学们早就不跑步了，立在那里给他们俩加油起哄。体育老师嗓子都快喊哑了，没人听。等到二人终于停下来，体育老师没让他们归队，在跑道上训话。哥白尼大口喘着气，冲严大雨吐舌头。

体育老师对着哥白尼说："你叫什么名字？"

严大雨说："他跑步还可以的，我……"

体育老师反手在严大雨的肩膀上拍了一巴掌，说："你闭嘴。"

哥白尼说："你怎么能随便打人。"

体育老师又问："你叫什么名字？"

哥白尼问："你先说你叫什么名字？"

体育老师鼻子里呼出一口气，肩膀耸了耸，突然伸手在哥白尼的右边肩膀上推了一把，接着抬脚踹在他屁股上。哥白尼向前扑去，险些趴在地上，站稳之后，没有回头，骂了句"操你妈"，大踏步往宿舍楼的方向走。

严大雨跟在后面叫："喂，你去哪？"

体育老师说："你也走，别再来上体育课。"

严大雨看着他，体育老师也盯着他，最后严大雨认输，垂下了眼睛。

这件事并没有打断严大雨和哥白尼的交往，两个人很快就成为了最好的朋友。在十月份的一天中午，严大雨叫哥白尼去校外喝酒，两个人都是第一次喝白酒，很快就开始胡言乱语。哥白尼笑话他，没有出息，连体育老师都怕。

严大雨往两边瞄了一下，神秘地说："他是我老丈人。"

"什么？"哥白尼怔住了。

普遍的看法是，神童华清晨跟郑疯子在球场上打架，龚力虎主动加入，意味着小团体的正式成立。但善于整理、归纳、分析、总结的李思想并不这么认为，他把严大雨和哥白尼的赛跑当做小团体成立的起点。

郑疯子事件发生的时候，严大雨在省城参加青年足球联赛，他回来之后，听神童说了这件事，立刻去找哥白尼。拒绝上体育课，也就错过了两个班级斗殴的哥白尼大感意外，他不明白，严大雨怎么会知道自己的表姐是郑疯子的女朋友。两个人一块儿来到郑疯子所在的班级门口，哥白尼恍然大悟。严大雨跟哥白尼表姐的好朋友孙晓宁打得火热。而这个时候，钟教练已经默许了自己女儿跟严大雨的恋情，找人托关系给校长高老头送了重礼，把成绩不尽如人意的钟青青弄到了高级中学来借读。

很长一段时间里，严大雨借口要参加足球队集训，让钟青青去找哥白尼玩。钟青青在饭桌上质问哥白尼，哥白尼一口咬定，严大雨的确在训练。钟青青说，"教练是我爸，我知道他有没有去训练。"哥白尼立刻改口，其实他也不知道严大雨去了哪里。钟青青再次抬起头来时，眼泪在眼眶里打转，随时可能掉下来，哥白尼手足无措，站起来要走，被钟青青拉住。她好半天不说话，只是抽搐，满脸是泪。接下来，哥白尼便有问必答，言无不尽了。

　　哥白尼的抱怨，让严大雨跟钟青青暂时和好了几天。钟青青希望二人独处，严大雨却告诉她友情与爱情同样重要，缺一不可。因此，身边要有女朋友，也要有好兄弟。

　　孙晓宁不动声色地展开了行动。一个傍晚，刚下过雨，她陪着哥白尼的表姐走进刘叔家的饭店，抓耳挠腮，满脸尴尬的哥白尼看见了救星，立刻站起来跟自己的表姐说话。孙晓宁跟严大雨说话，用手捂着嘴巴笑，帮有点慌乱的严大雨整理衣领，临走时还提醒他，注意别坐到了衬衫下摆。自始至终没有看钟青青一眼。

　　一个学期都没有读完，钟青青便以跟不上重点中学的进度为由，离开高级中学，回到原本的学校。走之前，她在高级中学门外，她委屈、哀伤、怨恨，她真情流露，紧紧抱住严大雨，泪如雨下，不停地擤鼻涕，泣不成声，结结巴巴地说，她真诚地希望严大雨能够全身瘫痪，所有的女人都不要他，只有她钟青青还留在他身边，永远地照顾他。严大雨感动万分，也流下眼泪，举起右手，插进她的头发里，用异常悲伤的语调保证，如果有朝一日，他真的瘫痪了，绝对第一个告诉她。

　　钟青青成为了过去式，孙晓宁开始频繁出入严大雨的出租屋，跟他睡觉，督促他学习，不允许他跟小团体来往，这并不困难，严大雨一向重色轻友。她也不让他踢球，这也不难，他已经被钟教练开除出校队。二人周周通信，讨论难以理解的知识点，展望未来人生，还养了一只黑猫。

　　这一年，严大雨读二年级，孙晓宁读高三。

　　严大雨五官的形状跟中国传统小说里描述地美男子一模一样，但他的眉弓骨却像高加索人般高高隆起，眼窝深陷，下颌骨轮廓分明。他蓄着长发，精心烫成小卷，但并不特别明显。他常年束着发带，极其讲究衣服的搭配，严苛到皮带的颜色与材质和裤子要协调。在进校的第一年，他在文艺汇演上唱了一首《黑色幽默》，第二年，他找了五个人，表演自编的舞蹈。音乐响起，五个穿着黑色风衣的男孩子，随着不同风格的音乐表演不同的舞蹈。接下来，音乐骤停，灯光变暗。再亮起来时，五个人已经围成一个圈，猛然间，爆炸声响起，五人同时向后倒去，严大雨一跃而出，全身雪白。完全有理由推断，正是在这场文艺汇演中，严大雨认识了杨笑。因为，杨笑在他前面表演，唱的是布兰妮《lucky》。对于这个猜测，严大雨坚决否认，他说自己当时非常紧张，根本没有注意前面或者是后面的表演者是谁。

另外还有一种说法。

全省范围的青年足球联赛在高级中学体育场上举行，哥白尼带着自己的女朋友杨笑坐在看台上，严大雨也挨着杨笑。

杨笑："有没有人说过你有一种忧郁的气质。"

哥白尼："他那是腰疼。"

严大雨说："放屁，老子想上去踢。"

杨笑说："那你干吗不上场？"

哥白尼说："他上个屁，他搞了钟老头的女儿，又把人家甩了，还想上场？这辈子都别想了。"

杨笑说："太过分了！在比赛面前，应该放弃个人恩怨。"

哥白尼的胳膊肘撑在膝盖上，手托下巴眼睛盯着球场。如果从侧后方看，杨笑脸上的表情远不如语气那么激烈，她看着严大雨，眼神有点迷离，可以用含情脉脉来形容。而严大雨的一系列动作，近乎表演，显然他知道杨笑正在看他。他把脑袋稍微低了低，长长的头发遮住了半边脸。他伸直了腿，从牛仔裤的口袋里抽出烟，弹出一支，顺手把垂下来的头发拨到耳朵后面，隔着杨笑递给了哥白尼。烟传回来时，杨笑抓住严大雨的手腕，从烟盒里抽出一支。严大雨给杨笑点烟，然后再给自己点。他深深吸了一口，缓缓吐出，对着西斜的太阳，故作哀伤地说："我想踢足球。"

谁也不能怀疑他对足球的感情，但当时烦恼他的却是另外一件事。孙晓宁怀孕了，不愿意打胎，决心休学一年，生下孩子。最后，哥白尼挺身而出，他成功地说服了孙晓宁，把事情揽到自己身上，带着孙晓宁去找叔叔朱大夫。姓王的阿姨领着两个年轻人来到龙眼镇人民医院，没有挂号，直接走进了妇产科。

几乎在相同的时间，有人看到，杨笑走进了严大雨的出租屋。

一个雨天的中午，孙晓宁站在严大雨的出租屋外面，锲而不舍地敲了两个钟头。门打开了，走出来的竟然是一个姓曹的男同学，屋子里面，味道可疑，没有别人。孙晓宁全身湿透，眼睛里面是破碎的心。她伸出颤抖的手，胆怯地放在严大雨的长发上，声音细不可闻，"你不会不要我吧。"严大雨鼻子发酸，一把将她搂在怀里，"我爱你，我永远不会离开你。"黑猫在他们身边叫了几声，跑进大雨里消失了，再也没出现。

孙晓宁的温柔只能击败钟青青。很快，孙晓宁怀孕并打胎的消息传遍了全校，而且，据说，她肚子里有两个孩子，分别来自不同的男人。可怕的流言很快就击垮了孙晓宁，她办理休学，只在高考后出现了一次。她的身材完全走形了，脸上始终带着婴儿般的笑容，陪在她身边的是她忠实的追求者，脸上有大块胎记的孔石军。

在真正的结局来到之前，也就是严大雨死亡之前，还有些事值得一说。

小团体认为严大雨有必要向哥白尼做出解释。一开始，严大雨矢口否认，他说他和杨笑之间完全是误会，是他人的谣言，企图破坏小团体的团结。随后，他拿出随身携带的，孙晓宁跟他的通信，证明自己还在跟孙晓宁交往。他把信交给龚力虎，龚力虎看信时，脸上没有任何表情，哥白尼埋头看着自己的碗。这时候，严大雨从口袋里又摸出了一封信，脸色大变，他刚才交给龚力虎的是杨笑的信。他招呼大家干杯，往嘴巴里塞已经冷掉的红烧牛肉，结结巴巴地解释。大家不听他的，站起来离开了饭店。

不被朋友祝福的感情，不可能幸福。杨笑长得像母亲，行事却跟楚美美完全不一样。她丝毫没有贞洁可言，处处留情，却又把追求她的男人玩弄于股掌之间。

三个追求者受到了杨笑的羞辱，却跑到高级中学门口围殴严大雨。A用胳膊夹住他的右手，B从后面抱住他的腰，C从侧面扑上来。严大雨抬脚，踹在了C的肚子上。接下来，他不再管B和C，玩了命地用左拳击打A的右眼。A没想到高级中学的高材生竟然这么有街头打斗的经验，顿时乱了阵脚，只有把严大雨的右胳膊夹得更紧，这使得二人几乎抱在一起。很快就有学生去通知哥白尼，不到两分钟，小团体里的四个人一涌而出。贾子丢下肩膀上的斜挎包，迫不及待地冲进战场，一拳就撂倒了C，另外两个拔腿就跑。

吃了大亏的追求者们并不甘心，他们找到陈宝宝，陈宝宝让他们去跟脸上有大块胎记的孔石军商量。孔石军冷冷地说："等着吧，你们报仇的机会很快就来。"事实的确如此，一切都已布置妥当，只等哥白尼上钩。陈宝宝与孔石军的组合彻底击垮小团体之后，华清晨因为哥白尼的懦弱大发脾气，龚力虎试图调解二人矛盾，没有成功，丢下一句话，"老子要去考大学，随便你们干什么，别来烦我。"随后，贾子死了。神童华清晨认为哥白尼必须为此负责，而哥白尼反问，"你要我怎么负责？要我死吗？"

美男子严大雨倒下的那天没有风，太阳早早地挂上了天空，有些刺眼，但并不热。严大雨和杨笑从出租屋里面出来，遇见了刚刚吃完早点的哥白尼。杨笑继续往学校的方向移动，严大雨停下来，递过去一根烟。半分钟之后，哥白尼接过来，自己点上了。两个男孩子脱下了高级中学的西装上衣搭在胳膊上。严大雨穿了一件紧身黑色鸡心领的 T 恤，哥白尼的金色衬衫领子很大，材质光滑。

离他们十米左右的地方，停着一辆没有牌照的白色面包车。车里有四人，除司机外，另外三个正是前几天被小团体打跑了的，杨笑的追求者。

刚进校不久，视小团体核心成员为偶像的一年级学生给他们递烟。抽到第三根烟时，严大雨开口了，他看着不远处被风吹到半空中打卷的塑料袋，用忧伤的口吻，说："其实我根本不喜欢踢球。"

哥白尼说："我也不是真的喜欢杨笑。"

严大雨说："我踢球只是为了能见到我爸，只要我比赛，他就会来看我。"

哥白尼说："我追求杨笑，也是为了我爸。"

严大雨说："我爸说，只要我考上大学，他就带我去圣西罗看 AC 米兰的比赛。"

哥白尼说："该怎么跟你讲呢，家里的事说起来挺麻烦。"

严大雨说："其实我根本不想去看什么球赛。"

哥白尼突然抬起头，说："你现在还能跑吗？"

严大雨说："你怎么突然问我跑步，要是原来，考个体育学院肯定没问题，现在腰不行，也不像你们会读书。"

哥白尼说："试试，看谁先进学校。"

终于，严大雨也看到了。三个戴着黑色口罩的年轻人从白色面包车上跳下来，手插在怀里，似乎握着什么东西。车子随之启动。严大雨刚跑出两步，突然感觉到一股电流从右腰的痛点发射出来。瞬间，他的腿完全失去力气，整个人摔在地上。哥白尼停住脚，回头帮忙，白色面包车呼啸而来。他侧身闪躲，摔在了路边的水沟里，擦破了脸。

严大雨没有死。他腰上中了两刀，下半身瘫痪了。喜欢足球的父亲到医院里看过他一次，没提意大利，以后也没再出现。杨笑去了英国。留在医院照顾他的，除了母亲，还有钟青青。钟青青并不太难过，脸上总是露出最终胜利者的得意表情。严大雨让她滚，她也毫不在意，如愿以偿地帮严大雨脱裤子，换掉满是大便的纸内裤，查看小便袋。

为此，钟教练大为恼怒，放出话来，严大雨一日不死，他就一天不见女儿。誓言没有兑现。几年后，他原谅了严大雨，两人还组织起了一只业余足球队，每周六下午两点钟，在龙眼镇煤炭学院活动，以娱乐为主。在一次赛后聚餐中，严大雨喝醉了，回到家里跟钟青青吵架。钟青青锁上了卧室的门，他坐在客厅里，头低着睡着了，再也没有醒来。

神童华清晨

　　华清晨以龙眼镇从来没出现过的高分考入高级中学。高级中学里的老师们暗地里较劲，想要把他弄到自己的班里，最后三班的班主任成功了。一开始，老师们都羡慕他，在背后说他给校长高老头送了钱，也给负责分班的周道德送了钱。但很快，大家就开始嘲笑他，并且庆幸自己躲过一劫。

　　龙眼镇每年的中考状元都会进入高级中学，每年高考状元也都出自高级中学。这些状元，大部分平平无奇，少部分古怪异常。零六年的状元杨丹，体重超过两百斤，毫无生存能力。他曾在传达室里借电话报警，原因是他觉得刘叔店门口一帮正在抽烟的小流氓正在密谋绑架他。前一年的李专，父母仪表堂堂，自己相貌丑陋。冬天的时候，同桌把路上买来捂手的烤红薯扔到了他桌肚里，他看见之后，竟把红薯送到了办公室，希望老师可以查出这是谁给他送表白礼物，并且来到广播室，向全校女生声明，自己不可能在龙眼镇找对象。高考前的三次摸底全都拿了校第一的刘小流，为了女朋友杨小粒，竟然报考了龙眼煤炭学院，一所专科学校。参加世界性生物竞赛获奖的文科班学生钱英杰，在英语课上看生物书，被英语老师发现，把他的生物书扔了出去，正好砸在路过的生物老师脑袋上。两个老师抢过清洁工阿姨的拖把与簸箕在走廊上互殴，斯文扫地。当然，还有本文要说的，最聪明，也是最不服管教的神童华清晨。

　　在煤矿子弟学校读到二年级时，华清晨因为口齿不清，说话缓慢，被认为反应迟钝。他身子瘦小，头发枯黄，两只眼睛很大，往外突，有点儿像青蛙，常常遭到老师和同学的嘲笑。所有人包括他自己都认为他脑子笨，智商低于平均水平，只有他的母亲例外。她不顾众人的议论，把自己的儿子送到了北京来的女物理学家开办的私立学校面试。

　　留着短发，穿着素色上衣的物理学家，听完母亲的介绍后没有发表任何评价，只提醒她，如果转学到这边，得重读一年级。"没有关系。"母亲说。女物理学家点了点头，带着华清晨走出了办公室。大概过了一个钟头，一位男老师走过来，给她杯子里的水倒掉，重新加了热水。又过了将近四十分钟，女物理学家才出来。她先喝了口水，又对华清晨的母亲说了声抱歉。待到她从厕所出来后，站在屋子中央对华清晨的母亲说，"他非常聪明。"

五年之后，母亲死了。死之前，女人紧紧抓住自己丈夫的胳膊，要他答应无论如何也要让华清晨继续在私立学校读书。男人一开始只是敷衍，想的是等女人彻底断气，立刻把儿子转回子弟学校，接受免费的义务教育。私立学校的学费昂贵。可令人意想不到的是，为民诊所朱大夫竟然在第三病室里把停止呼吸接近一个小时的女人从死神那里拽了回来。醒过来的女人，面色蜡黄，嘴唇毫无血色，她伸出骷髅般的右手始终攥住丈夫，直到男人赌咒发誓一定供养华清晨在私立学校读书，女人才真正咽气。

私立学校提供九年的教育。中考时，华清晨已经全面掌握了高中知识，轻而易举地成为了当年的状元。那一年，他十六岁，从女物理学家那里学会了欣赏经典，动手实验，独立思考，质疑权威，以及最为可贵的自学的能力。中考结束后的假期里，他和奶奶住在一起，把女物理学家的外甥女马丽偷偷带到小阁楼上性交；跟马丽的追求者，子弟中学头号流氓甜甜哥争风吃醋；从物理学家那里借来大学课本自学微积分，阅读狄更斯的原版小说。

这种戏剧性的变化为龙眼镇人津津乐道。据女物理学家说，华清晨大脑的工作方式与众不同。他习惯于把全部的注意力都集中在需要被思考的事物上，思考时，他同外界完全隔离，非要等到他认为这个问题已经得到完美的解释，才会重新打开自己。这在外人看来，同迟钝无异。可想而知，这种大脑无法接受强制性的知识灌输，而在子弟中学时，他的年纪太小，不可能了解自己，更没有力量与体制作斗争，以至于自己也认为问题出在自己这方面，失去了信心。

尽管华清晨的优势在大脑上面，但在高级中学里，他热衷殴斗的名声始终更加响亮。他不会叫骂，没有任何预兆，出手就像数学公式一样冷静，精确。跟华清晨合伙卖状元考试宝典的李思想说，他会为如何出手，冷静观察思考十分钟，但决定出手，只需要十分之一秒。

我们知道，他和子弟中学头号流氓甜甜哥的斗争，一直持续到甜甜哥在大红门游戏厅门外被贾子打成痴呆才算结束。

　　我们知道，他刚进高中不到一个月，就在球场上跟郑疯子打了起来，起因只是郑疯子弄脏了他的新毛衣，这引起了两个班级的群殴。尽管没有任何仪式，但大家公认这一事件标志着小团体的正式成立。

　　我们知道，龙眼镇马家，不论男女，个个相貌出众，马丽更被认为是继楚美美之后最漂亮的女孩子。因此，他不停地跟马丽的追求者发生冲突，几乎到达了每周都要打三场架的地步。

　　我们知道，进校初期，他便公然声称高级中学里没有一个老师配得上教他，他自作主张跟同学换了座位，跑到最后一排，看从书店里租来的港台色情小说。禁令和惩罚没有起到任何效果。他太聪明了，他比小团体里的其他人聪明，他比高级中学的所有学生都聪明，他比老师，比校长，比可以来抓流氓的警察都要聪明。大家很容易就原谅了他，天才都有些怪癖，人人都这样说，他自己也相信了。

　　读到二年级，学校纪律在他眼里根本不存在，任何时间，想来就来，想走就走。三年级时，他在高级中学后面的农村租了套房子，跟马丽公开同居，养了一只起名叫做猴子的小黑狗，几乎不去学校。

　　正是在这间出租屋中，马丽说，"二舅妈回来了。"马丽的二舅妈便是私立学校的女物理学家。华清晨说，"我们去看她吧。"马丽说，"她成了疯子，被我二舅打了。"他没有再多说，从床上爬起来，到床底下拿出从教室里带出来的板凳腿，背在包里，跑去了马丽的二舅的家。连续好几天，他把门砸得砰砰响，但是没有人给他开门。

　　他跟小团体商量，想要集体行动。龚力虎反对，理由是，如今的二舅已经是宗教团体里的二号人物，如日中天，绝不是几个小混混就能扳倒的。贾子同意龚力虎的观点。哥白尼说，他无所谓，听大家的话。只有龙眼镇青年足球队队长严大雨义愤填膺，立刻给他背来了一包水管。只要是女人受欺负，严大雨都会义愤填膺。

　　行动还没有开始就失败了。流氓里也有信教者，消息早通到了二舅那里。华清晨与严大雨纠集了十几个流氓，袖子里藏着水管，埋伏在二舅传教的必经之路上。二舅骑着摩托车远远地出现，在距离华清晨与严大雨十米左右的地方停下来。他单脚撑地，点了支烟。两个男孩子互相看了一眼，突然意识到危险。流氓们的铁管落了下来。

华清晨没有放弃，他以贾子好朋友的身份去找贾副所长，跟教团有千丝万缕联系的贾副所长借口政府有更长远的计划，切不可打草惊蛇，拒绝了他。华清晨又借着给哥白尼过生日的机会，当面向哥从德提出要求，希望他作为成年人出手相助，并且提醒他，当年的哥武龄，年龄超过七十岁，还敢高龄独自对抗四个流氓和一只大狗，救下了李思想母亲。哥从德没听进去，脑子里想的全是女物理学家对哥白尼的那句评价：哥白尼缺乏思考能力。

接下来的几个月里，发生了很多事，华清晨拼尽全力照顾精神失常的女物理学家，没有效果；锲而不舍地偷袭马丽二舅，没有成功。随后，事情变得更加糟糕，哥白尼栽在陈宝宝手里，严大雨被情敌偷袭下身瘫痪，贾子死在五星电影院门口，小团体的时代正式终结。华清晨自作主张地选择了退学，每一个教过他的老师都真诚地劝他重新考虑，无可奈何的周道德通知了他的父亲。父亲在办公室里大打出手，他听到父亲问他怎么对得起母亲时，选择了还手。

最终，父亲没有在退学申请上签字，但签字并不重要。华清晨没再去过学校，高考也缺席了。他在新青年网吧当网管，工作是装系统和给电脑清灰。他改造了家里的吹风机，清理一台电脑只需要二十秒。又过了一年，整条街的网吧都请他去做清理工作，他忙不过来，身边多了一个合伙人。

龙眼镇飞天教集体自杀事件震动了全国，艾宪法踪迹全无，马丽的二舅成为通缉犯。华清晨在网吧里听到了二舅的线索。他如今在龙眼镇周边的农村传教，骗钱，也骗女人跟他睡觉。华清晨到高级中学纠集了一伙在高级中学读书的流氓，胸口别着校徽，手里提着板凳腿，在一座土桥上埋伏了二舅。桥下的河已经干了，二舅跳下去想跑，没有成功。他身边的高大保镖，比他跑得快。自称信徒的乡下人叫嚷得很厉害，听上去竟像是在为华清晨们加油。

女物理学家被送进了戒毒所，华清晨去看她，听她的建议，回到高级中学。他坐在最后一排，按照自己的进度复习，偶尔听课，依旧无视课堂纪律。一年之后，他考取了女物理学家曾经就读的大学，经常给她写信，和马丽一样喊她二舅妈。二舅妈给他回信，送去了马丽决定跟他分手的消息。

孔武有力的贾子

贾子的父亲是贾副所长，后妈曾经是妓女。他从很小的时候起就明白，在一定范围内，自己可以为所欲为。在煤矿职工区，贾家和龚家是邻居，共享一个大院。他跟龚力虎以兄弟相称。他真心佩服龚力虎，对龚力虎言听计从。贾子皮肤黝黑，相貌凶恶，拥有巨大的身躯和难以想象的力气。同时，他也头脑简单，渴望爱情，最喜欢的武器是拳头。

额头伤疤的来历

贾子出生时，比别的婴儿大一圈，撑破了母亲的子宫，送了她的命。他刚到五岁就有三年级的学生那么高，双臂修长，拳头硬得像岩石，伤痕累累，战绩斐然。一天，他跟大院里的龚力虎为谁才是真正的男子汉发生争执。他干净利索地把龚力虎打翻在地。大他一年，却矮他半个脑袋的龚力虎恼羞成怒，从屋里拎出菜刀，作势欲砍。贾子竟然鼓掌大笑，说只要龚力虎真的敢砍，倒可以算做男子汉。菜刀落在他眉心，鲜血分成三道，一道沿着鼻梁，另外两条顺着鼻子两侧流向嘴角。察觉出异样的龚矿长伸头出来看，吓了一大跳，手忙脚乱地把贾子送到为民诊所。两个孩子在那之前和之后都是亲密无间的好朋友。

战神李存孝

红门游戏厅有三间屋子，依次变小。最外面是街机厅，中间是游戏主机房，最里面的房间不超过六平米，摆着两台价值万元的电脑。在龙眼镇，红门游戏厅同年轻人的成长结合在一起。男孩子们心怀恐惧，满脸钦佩地看着蹲在游戏厅门口抽烟的流氓。直到有一天，他们终于鼓起勇气，推开红色的铁门，乖乖地给流氓们买单，或者他们自己点上烟，摆出凶狠而又倦怠的表情，随时准备为微不足道的事情拼命。

贾子拒绝与众人雷同的成长方式。游戏厅老板是刘星同时代人，最不缺理想主义气质。他知道贾子爸爸是贾副所长，但绝口不提。三个年轻人把他围在中间，其中有郑家不成器的后人小勇，子弟中学人人都害怕的甜甜哥，以及当时乞丐团体的领袖弯刀陈宝宝。贾子猛地往前，右胳膊夹住小勇的脑袋，往左下方压，同时用膝盖去顶他侧面腹部。

解决了小勇之后，贾子飞快转身。如变魔术般，他的手里多了块砖头。下一个瞬间，砖头准确无误地击中甜甜哥的鼻梁，碎屑四溅。甜甜哥凶悍异常，只是稍微顿了顿，并没有改变前进的方向。贾子侧身躲过攻击，从地上捡起另外一块砖，拍在甜甜哥的后脑勺。在他倒下去之前，贾子用在电视学到的格斗招数，从后面抓住甜甜哥后领与皮带，把他举起来，对准陈宝宝扔了过去。陈宝宝拔腿就跑，甜甜哥落在地上。整个过程不到一分钟。

此事过后，鲁雯雯的一篇小说开始在高级中学内部流传，贾子被处理成性欲永远无法被满足的女人，故事中包含大量露骨的性爱描写，高潮是贾子与甜甜哥等人的四人大战，文笔诙谐幽默，竟然包含着一丝青春期特有的伤感，非常精彩。

红门游戏厅门口以一敌三事情发生之后，贾子到处找人打架，也有人专门赶来找他打架。他的手下败将里，有很多熟悉的名字，女屠夫的儿子刘超，体育老师范是钢，疯子老凯，以及谢傻子乞丐团体里的某些好手。这都是响当当的人物，可没一个能占到他的便宜。

除了人，他还跟狗较劲。他听说了八十年代末，赵大路徒手杀狗王的故事，恨自己生不逢时，找到已然年过半百的龙哥，非要让他说出狗王后代的下落。一段时间里，龙眼镇所有身型庞大的黑狗，都夹着尾巴顺着墙根如猫般行走，随时做好逃跑的准备。

最高光的时刻

杨有力的小师弟，杨拳师最小的弟子，被龙眼镇人称作拳王公牛。他曾经是张红旗保安队的金牌打手，参与过混乱的枪战，靠着好运，才幸免于难。在私人煤矿被打压的那几年，他抛弃张红旗，投靠郑家四兄弟，负责维持万紫千红夜总会的秩序，眼睛里盯着纵情狂欢的流氓们。可是对于流氓们来说，如果不能够惹是生非，那么喝下烈酒的意义何在？

贾子在震耳欲聋的爆炸声中走向公牛，邀请他来一场堂堂正正的决斗。公牛理所当然地拒绝了。贾子摆出龙眼镇流氓们特有的姿势，再次邀请公牛。公牛说出贾子父亲的名字，表示他绝不会同贾子计较，还叫来吧台的人，告诉他，今天贾子喝的酒，算在他头上。贾子脸上立刻浮现出怒气，用生硬的口吻说，如果公牛不愿意先动手，那么他可以。他的话音还没落，拳头已经到了。公牛嘴角挂着一丝嘲弄的微笑，微微侧身躲过了这一拳，刚准备开口，贾子的第二拳又到了。

没有精彩的打斗场面，只有一声细小的，骨头碎裂的声音。公牛向后倒去，但他几乎是立刻弹了起来，但胜负已分，新老交替完成。众人开始为贾子喝彩，音响里传出连续十二个爆炸声。只有无赖才会继续纠缠，老拳王黯然退场。

进入二年级时，贾子的身高达到了一米九，体重快要两百斤。小团体能够迅速地在全校范围内获得威望，并向周围辐射，贾子立下了最大的功劳。

感情经历

贾子是小团体里面最晚开始喜欢女孩子的人。他喜欢的女孩子高大魁梧，相貌凶恶，上唇还有黑黑的胡须，被人称作"大姐大"。贾子的表白方式独树一帜，竟然从后面摸了一把"大姐大"的屁股，凶悍的"大姐大"竟然哇哇大哭，贾子手忙脚乱，想要道歉，又想要安慰她。他伸出手，在她后背上拍，她哭得更凶，跑开了。

第二天，周道德把他叫到办公室，同他说了几句话之后，便带他走出教学楼，来到校长室。门打开了，除了校长高老头，里面还站着父亲贾副所长。贾子还没来得及开口叫一声爸爸，巴掌拳头就毫不留情地落了下来。高老头和周道德赶紧分开父子俩，一个劲儿地说，"误会，误会，冷静，一定要冷静。"

从校长办公室里出来，贾副所长把儿子带到有两层楼的厕所，让他把裤子脱了。贾子说，"你要打就打，脱裤子干什么，我这么大年纪了，不给你打屁股。"贾副所长上去踹了一脚，说，"老子让你脱，你就给我脱。"终于，裤子褪了下来，贾副所长看着儿子两腿之间的那玩意，说，"操你妈的，长这么大了。"

从此之后，贾子从父亲那里得到的零花钱变多了，学会了在社会上买女人。可是，年轻人需要爱情，众所周知，钱买不到爱情。哥白尼教会了他上网聊天，严大雨教会了他花言巧语。

悲惨的结局

在哥白尼同陈宝宝的事件中，有个细节，需要在这里提一下。大家都认为如果贾子在，那么当场就可以解决陈宝宝，根本用不着去龙眼山打群架。可贾子去哪里了呢？他去了湖南长沙。

自从学会上网以后，他开始了网恋。长沙的一个女孩子主动加他好友，邀请他见面。因此，当哥白尼在高级中学门口聚集流氓，准备大干一场时，贾子已经坐上火车。他在长沙市一所中学外面住了三天，拦住过往的学生打听他要找的女孩。他只知道女孩姓诸葛，网名叫做云宝。可整个学校只有一个姓诸葛的人，还是老师。他找到网吧，女孩的头像再没亮起。他不知道，云宝就是孔石军，这一切都是早就计划好了的。

贾子回到龙眼镇时，一切都已结束。陈宝宝如日中天，哥白尼心灰意冷，郑疯子帮忙收拾了残局，龚力虎决定暂时不报仇。贾子万分屈辱，可又无法同人谈起此事，他大骂哥白尼没有出息，决心要让陈宝宝跪地求饶。然而，他低估了陈宝宝的本事。在五星广场，一柄弯刀插进了贾子的小腹左侧，横向划过，几乎将他拦腰斩断。

肉体的死亡从来都不意味着真正的消逝。在龙眼镇高级中学的贴吧里，有一个投票统计常年置顶，内容是高级中学战斗力排行榜，贾子高居榜首。直到今天，还有网友在后面跟帖，讲述贾子的不败战绩。

政治家龚力虎

父亲和母亲

龚家早年住过哥家的老宅，但在龚力虎出生的时候，他们已经搬到了龙眼镇最西边的矿工家属区。他的父亲沉默寡言，干起活来不知疲惫，积累功劳与年资，逐步被提拔成副矿长。他的一个叔叔，由于同样的勤奋，并且会写文章，善于钻营，爬到了矿党委书记的位置。至此，龚家进入了龙眼镇上流社会。

他的母亲早年干煤炭生意，极富创造力地想出了高买低卖，贷款拿矿的办法。后来由于逃税，被抓了起来。出狱后，张红旗的黑色帝国已成，她便转去做传销，没多久，再次坐牢。这回出狱后，她开始从事民间借贷活动，巅峰时期，家里堆满了成捆的钱。没有熟人介绍，送钱给她，她都不要。最终，这个生意也失败了，组织里的人全逃了，只有她依然生活在龙眼镇。有人要她还钱，她会说，"我知道你在我这投了多少钱，等我翻身，一定还你。"

她在龙眼镇受到了广泛的尊重。贾副所长说，"运气不好。"郑家老三说，"她是我的最佳搭档。"张红旗更加直接，他说，"如果她是男人，比我强。"许愿在一首歌里提到过她，说她是龙眼镇最了不起的女人。

一件趣事

高级中学的初中部不对外招生，但是总有些人手眼通天。

龚力虎和贾子进入高级中学初中部的时候，身高、体重远远超过同龄人。他们俩一般的丑，一般的凶恶，一般的擅长打架，所有人都害怕他们。他们不厌其烦地捉弄周围的同学，最大的乐趣是逼迫比他们矮小的男孩子从二楼往下跳。不是教学楼，是厕所。

龙眼镇高级中学里有个两层楼的厕所，二楼出去有个平台，是学生们抽烟的场所。

有一天，他们在平台上抢了一个矮个男生手里的昂贵香烟，再次玩起了跳楼的把戏。突然间，人群包围了他们，把他们从二楼推了下去。数十个大大小小的孩子从楼上跑下来，围住他们，拳打脚踢后，逼他们道歉。直到这个时候，二人才知道，小个子是张红旗的儿子，张和平。

贾子奋力反抗，龚力虎分开众人，走到张和平面前，用极其真诚的语调说："对不起，我还以为你是初一的学生。"他停顿了一下，接着说："我爸爸和他爸爸都是你爸爸的好朋友。"他又说："我爸爸个子也不高。"

张和平双手插兜，脸色阴沉，突然抬腿往下蹬，皮鞋的后跟蹭在龚力虎的小腿上。接着，他又去踢贾子的裆部，贾子把两只腿并得紧紧地，谁知这是个虚招。张和平抬手在贾子脑袋上扇了一巴掌。后面发生的事情，出乎大家意料。张和平突然笑了，一只手捏住龚力虎的脸，另外一只手掐着贾子，骂了句，"他妈的，脸上这么多坑，全是油。我去过你家，我家你也去过，妈的，都不记得了吧。"

众人哄笑，欢呼。

与郑疯子的冲突

事情起源于Ａ省举行青年足球联赛，钟教练带队参加，拜托另外一个老师帮忙代课。结果，一3班（龚力虎所在班级）与二8班（郑疯子所在班级）同时上课。解散后，两个班踢球，神童和郑疯子打了起来。

最开始，龚力虎在旁围观，没有立刻出手相助。他想到了当年初识张和平时发生的事情。他知道郑家四兄弟在龙眼镇的势力，也知道，贾子跟郑疯子有相当程度的交情。瞬间，他的脑袋里转过了两个念头。

第一，上前劝架，事后再想办法调解华清晨和郑疯子的矛盾。

第二，出手相助自己的同学，建立属于自己的朋友圈。

他看着贾子，两个人都从对方眼睛里看到了不愿再被当作张和平打手的渴望。龚力虎骂了句脏话，怒喝一声，贾子立刻跟了上去。此时贾子身高将近一米九，体重两百斤，相貌丑陋，声音洪亮，凭借不败的战绩在社会上小有名气。这件事并没有如后来传言般发展成两个班级的混战，大部分的学生都远远地躲开了。龚力虎、贾子、华清晨同郑疯子身边的几个学生打在一块，很快就分出胜负。郑疯子采取了一切哺乳动物面对体重占优的强敌时会采用的方法，跑。

几天之后，龙眼镇青年足球队队长严大雨回来之后，从华清晨那里听说了这事，立刻找来了哥白尼。

升级、僵局及解决

龚力虎和郑疯子之间的直接冲突很少，更多的时候，是他们背后势力的较量。这是新时代的流氓跟上代人之间的不同。刘星跟杨有力之间，无论积怨多深，始终是正面对抗，用拳头说话，没有人会考虑另外一个人背后有谁。

龚力虎在考虑郑家四兄弟会怎么看待这件事。而郑疯子想到的是，龚力虎会不会受到张和平的指使，而背后更可能代表张红旗如何看待郑家。同时，他还需要考虑贾副所长的态度。

最开始，龚力虎通过哥白尼，主动接触郑疯子，想知道他打算如何解决此事。郑疯子让哥白尼带话，要龚力虎去校传达室用麦克风公开道歉。龚力虎把话传了回去，道歉可以，公开不可能。这回，郑疯子只说了三个字：等死吧。

校门口开始频繁出现成群的小流氓，他们叼着价格低廉的香烟，开着惹是生非的玩笑，对来往的女孩子品头论足。看到龚力虎或者是郑疯子出来，立刻快步上前，做亲热状。龚、郑二人会把他们领到刘叔家的楼上喝酒，商量下一步的行动，可小流氓们一听到龚或者郑的名字就皱眉摇头。

接下来，出场的是一些身份不明的成年人。他们往往开着黑色的别克或者奥迪牌轿车，下来一个人，最多两个人。他们表情严肃，衣着体面，头发梳得一丝不苟。他们会走进学校，轻轻叩响敞开着的，教室的门，彬彬有礼地跟老师说，找龚力虎或者是找郑疯子。有时候会在校门口，他们会跟刘星聊两句，但不吃饭。

进展到这里，郑疯子退了一步，他说不用去传达室，但必须公开道歉。而一直希望和平解决冲突的龚力虎却意外地强硬起来，他回话：放你妈的屁。

这一出乎意料的变化以及后面的发展，被教主的女儿鲁雯雯说成是神选中了龚力虎，并且声称，这话不是人人都能懂，唯有神让谁懂，谁才能懂。神秘的天启不是凡人所能领受，因此，我们不敢奢望理解，只能分析实际发生的事情。

首先，哥白尼坚决倒向龚力虎，不惜与表姐翻脸。一向蛮横的郑疯子拿自己的小舅子无可奈何。这一事件标志着小团体正式成立。

其次，郑疯子的三叔，也就是郑国泰在收账时，被人用雷管炸死。郑家的注意力被转移，没有空再来陪小孩子玩黑社会的闹剧。

接下来又发生了一件事。贾子在郑家的夜总会里同外号叫做"公牛"的拳王打架，夜总会老板，郑家唯一的大学生，也是高级中学校友的四爷郑爱人不仅没有怪他，反而给他烟抽，请他喝酒。

几日之后，郑爱人来到高级中学门口，他让刘星准备了酒菜，把郑疯子和小团体的人都叫了出来，给他们讲刘星当年的辉煌。郑疯子的眉弓骨上还残留着黑色的线头，龚力虎大大方方地道歉，并且主动表示会去班级里再次给他道歉。

雨过天晴，敬酒，递烟，很快就称兄道弟了。

隔天，龚力虎来到二8班。他大踏步走进去，在郑疯子的耳边，用几乎听不见的声音，说，真是不好意思，出手太重了。郑疯子立刻反应过来，跳起一巴掌拍在龚力虎的脑袋上，然后顺势搂住他脖子，趴在他后背上。两个人闹了一阵，就像是最好的朋友。

不久之后，郑疯子没再继续上学，他接手了三叔的生意。临走的时候，龚力虎包下了刘星的饭店，为他送行。又过了一阵子，张和平也离开高级中学，去了英国。

新时代的到来

一个穿着运动服，戴着大眼镜，剃着小平头，背着方书包的高材生迎面撞见一个小流氓。流氓亲热地搂住他的肩膀，用力往下压，另外一只手猛掏他的裆部，用特有的方式打完招呼后。他会把嘴巴里的烟喷向高材生的脸，说，"哥们，借点钱买烟，明天就还你。"高材生没有办法，只能把生活费交出去。

　　不管是张和平还是郑疯子都没有想过要替不认识的校友出头，他们觉得自己属于更大的社会。而龚力虎不同，他认同高级中学，认同学生的身份，在他的努力下，全校男生形成了一个整体，如同洋葱。龚力虎在最里面，外面是小团体里的四个人，再依次往外是 3 班同学，同年级同学，全校同学，最外圈把初中部的学生也圈了进来。

　　受了欺侮的高材生回到教室，把此事告诉班里的某个跟 3 班有联系的同学，这事很快就会传到小团体的耳朵里。接下来，五个人就会跟受害者一起来到校外，找到小流氓，要求他把钱还回来。

　　根据情况不同，他们的对策也不同。

　　先开口的一般是哥白尼和严大雨，如果对方足够给面子，那么捶胸脯，拍肩膀，递香烟，点火，大家都是好朋友。假如对方拒绝还钱，那么就会由控制不住自己情绪的华清晨起头，贾子第二个动手，五个人一块把钱抢回来。还有一种情况，对方背后也有相当的势力，那么龚力虎就会把双方分开，带着众人去刘叔家坐下来，边吃边谈。他们会像打扑克一样不停地喊名字，直到叫出一个大家都认识，并且都很尊敬的流氓，然后，龚力虎就会说，一场误会，大家都是朋友，跟朋友要钱不像话。

　　事情总是说起来容易，做起来难，高中三年里，他们靠着名声，胆量，口才，武力值以及背后的势力才坚持了过来。这是高级中学的高材生们最辉煌的三年，再没有流氓敢随便拦住一个学生要钱，也再没有谁敢对着高级中学的女孩子吹口哨。

　　高级中学西面不远处，是龙眼镇肥料厂技校。有一回，他们的学生到高级中学踢球，和高一新生发生群体性冲突。高级中学校方紧张万分，立刻锁上宿舍的大门。近百名高材生在小团体的带领下从一楼二楼转角处的窗户中往下跳。他们推倒了宿舍围栏，从后门追出去，把技校学生追出去十几公里。技校生万万没想到书呆子们竟然如此凶猛，他们找来了社会上有头有脸的流氓。两辆现代牌轿车堂而皇之地停在高级中学门口，车门刚打开就有人冲过去把门关上，接着几十个学生一起，把轿车掀翻了。

一些不符合事实的故事

在郑家夜总会，一拳打败拳王公牛——龚力虎。

中考状元，数学神童——龚力虎。

青年足球队的天才运动员——龚力虎。

出身显赫，家族庞大——龚力虎。

每次喝酒都带着福楼拜——龚力虎。

声音动听，能唱会跳——龚力虎。

英俊潇洒，女朋友众多——龚力虎。

最后这两条完全没有理由。因为，所有认识龚力虎的人知道他长得很丑并且五音不全。他小眼睛，塌鼻子，稀疏的头发，脸上全是肥肉，布满青春痘。但故事反映的从来都不是真相，而是人们内心的愿望。

失败的高考与复读

真实的龚力虎不太会读书。众所周知，他文科成绩尚可，官样文章写得漂亮，曾给校歌修改过歌词。此事有传言说，是李思想代笔。他对历史颇感兴趣，政治也学得不错。他对数学，物理一窍不通。他向华清晨请教，两个人都莫名其妙。

龚力虎问，"你怎么知道是这样？"

华清晨说，"你看呀，他妈的，你看呀，不是这样，还能怎样？"

接下来就是哥白尼失势，严大雨瘫痪，贾子身亡，华清晨退学，只剩下龚力虎。周道德找到他，陪他喝酒，跟他聊天，就他控制住了这些不安定因素，向他表示感谢。龚力虎问他，"为什么教育要强迫不想读书的人去读书呢，如果一个人想要获得知识，那么就不用强迫，他会主动去获取知识。如果一个人不想读书，这不是强人所难吗。"周道德回答，"学而优则仕，读书从来都不是为了获取知识，而是为了爬到别人头上。"这话说服了龚力虎，他住到周道德家里，开始了复习。几个月后，他失败了。拿分数条的那一天，母亲陪在他身边，说，"你看，龙眼镇最优秀的年轻人都在这，你比他们所有人加在一起都强。"

他选择了进入文科班复读。有个新升入高三的学生对他表示不满，认为他既然毕业，就不该再回来。龚力虎没有回应他的挑衅，但几天后，高级中学的同学们让他知道，到底谁才是他们心中真正的领袖。第二年结束，他成功地考入省立大学。假期里，他抓住了袭击严大雨的人，在他们每个人身上戳了两刀。他在新青年网吧找到华清晨，和他一起为马丽的二舅妈报仇，在乡下抓住了马丽二舅，送给了贾副所长。

出乎意料的结局

龚力虎在大学里积极上进，他是学生会主席，毕业后以选调生的身份进入省政府工作，短短几年内，就升职为处级干部。他认了贾副所长做干爹，常回龙眼镇看望郑四叔，在桑拿浴里跟郑疯子聊天。张红旗东山再起时，他出了一份力。杨笑从英国回来后，他发起了猛烈的攻势，两个人很快结婚，生下一个儿子。

龙眼镇到 A 省省城之间没有高速，连接两座城市之间的公路被运煤的车轧得破烂不堪，人称死亡之路。有天夜里，龚力虎在龙眼镇应酬，杨笑在省城的大房子里发脾气，让他立刻回家。在路上，龚力虎的车翻了。他头部受了撞击，昏迷超过 48 小时。出院后，他去韩国做整容手术。再次出现时，他性情大变，不再热衷于仕途，开始沉迷于女色，还养猫，黑色的猫。

人尽可夫的杨笑

　　她名义上是杨有力和楚美美的女儿，但大家都说，她是张红旗和楚美美的私生女。在高级中学读书时，她迷恋刘星，曾经在校外逼着刘星娶她。刘星死后，她短暂地接受了哥白尼的追求，但是很快就勾上了哥白尼的好朋友严大雨，同时又跟郑疯子的四叔郑爱人不清不楚。

　　高中毕业后，张红旗出钱送她去英国，算是承认了这个私生女。从国外回来，她跟龚力虎结婚，生下一个儿子，起名叫做龚舒。龚力虎出车祸后，性情大变，两人离婚，把孩子丢给了奶奶。离婚后，她跟母亲楚美美聊过一次天，不是母女，而是女人和女人的那种谈话。

　　此后，她公开宣称只要给钱，人人都能跟她上床。张红旗闻之大怒，找人堵在她家门口。她爬窗子逃了出来，来到南方，从事皮肉生意。机缘巧合或者说命中注定，一日，在大街上，她迎面撞见了张红旗和张和平，她扭头就跑，两个男人在后面追，她被迫从桥上跳下去，从此踪迹不见。

恶棍郑疯子

人称郑疯子。黑、瘦、头发茂密，爱穿皮夹克。郑国魁的儿子，四兄弟唯一的后人。他一贯蛮横不讲理，喜欢用暴力决问题。在高级中学，他与闻张红旗对郑家的提携，跟张和平若即若离，始终敬而远之。龚力虎事件之后，他因为三叔意外身亡，离开学校，接手桑拿浴。由于不善经营，也不善同政府人员打交道，反复被查，最后只得关掉。他一生真挚地恋着单菲，也就是哥白尼的表姐。

小教父张和平

　　龙眼镇第一少爷，张红旗的儿子。个子很矮，貌不惊人，一直上到初中二年级都是个胆小怯懦的人。初中二年级下半学期，被人劫持，差点死掉。张红旗拿钱赎出他之后，他生了一场大病，烧到41度，醒过来之后，性格大变，在身边养了一大批亡命之徒。最出名的是龚力虎和贾子。在高级中学的三年，除赌钱外，没有值得一提之事，在龙眼镇范围内，没有人敢招惹他，遇到的所有人都管他叫和平哥。毕业后，他去了英国，依旧沉迷于赌博，最终输掉了整个家业。

弯刀陈宝宝

后来被称为阶级固化的现象在龙眼镇出现得更早，更深刻。好嗓子刘星入狱之后，张红旗和郑家兄弟神奇发迹，于是龙眼镇的流氓们只能选择其中之一去追随。单打独斗，当然也无人阻拦，但绝无前途。在个人创业这件事上，只有陈宝宝做得像点样子。尽管他不是高级中学的学生，但他取得的成功以及最后毁灭都同高级中学小团体密不可分，因此，得以在《名人传》中占有一席之地。龙眼镇最有文学才能的鲁雯雯，也是陈宝宝的迷恋者曾在日记里用年轻人特有的夸张笔调写道：他是伟大的叛逆者，是被命运摆布的悲剧英雄。

陈宝宝出生时，父亲刚从矿井里爬上来。母亲用杀鱼的剪刀绞断了脐带，随手打了一个形状古怪的结。隔壁杨有力的姑妈听到哀嚎声，喊来了为民诊所的朱大夫。最终孩子活了，妈妈死于大出血。没有孩子的杨姑妈抱起他，随口管他叫宝宝，这便是他名字的来源。

杨姑妈把陈宝宝带到三岁，半途而废，竟然死了。他的爸爸把他送到专门收养无家可归的孩子的疯教授谢傻子家里。头发柔软，迟迟没有发育的陈宝宝头几年并不引人注意。六岁时，他和同样住在教授家里，比他大五岁的孩子发生冲突。两人约好了在龙眼煤矿子弟学校门口的垃圾堆里决斗。

根本就没有决斗。刚开始，陈宝宝瘦弱纤细的胳膊被对方抓住，立刻翻到在地。他哀嚎痛哭，跪地求饶，然后突然捡起昨晚就埋在垃圾堆里的弯刀，横着划破了对方的肚皮。刚过十岁的孩子看着自己的肠子流出来，吓得惊慌失措，尖叫不已。苍蝇们蜂拥而至。陈宝宝头发披散，满脸是血，故作惊人在站在垃圾堆边缘的围墙上抽烟，手里紧握弯刀。从此，划人肚皮的陈宝宝在龙眼镇小有名气，到他决定前往龙眼镇高级中学时，他已经划破了二十一个人的肚子。

第二十一个人正是体育老师范是钢。

陈宝宝和范是钢结怨的原因已不可考，但动手时很多人都在场。范是钢占有压倒性的优势，陈宝宝无力反抗，身体蜷成一团，双手抱头。当天傍晚，风声呼嚎，垃圾飞舞，每个人都加快了脚步往家里赶。怀揣弯刀的陈宝宝埋伏在子弟学校门口的转弯处，如猫科动物般冷静，无声，敏捷，狠辣。闪着寒光的刀刃划破了范是钢的肚皮，肠子几乎落到地上。范是钢竟然弯腰捧起自己的肠子，脸色铁青，一言不发地走进了离学校后门不到五百米的为民诊所。陈宝宝被这场面震惊，竟忘记了追击。龙眼镇流氓们期待着范是钢出院后的报复，可决斗并未出现。陈宝宝抓着范是钢的新婚妻子来到诊所，逼迫他放弃了报仇的念头。魔鬼注定胜利，除了柔弱的妻子，范是钢还有年迈的母亲。

龙眼镇最优秀的年轻人都在高级中学。政治老师单治国的这句话后面还有四个字，包括流氓。被这句话所吸引，读了十年小学和五年初中的陈宝宝混入了高级中学附近的流氓群体。开始阶段乏善可陈，陈宝宝参加了几场规模不大的斗殴，在刘叔店里喝酒，见过张和平与郑疯子，可这两个人见多识广，根本没把这个不入流的小混混放在眼里。他跟几个没有成年的中学生要钱，被小团体的人约谈过，打架时吃了亏，他跪地求饶，怀恨在心，可始终也没想出办法来复仇。

他脱离了乞丐团体，又不愿意下井挖煤，生活费成了问题。他混迹酒场，研究了没有家庭背景的大佬流氓们的成功史，发现秘密只有三个字，吃软饭。于是，他立刻行动起来。陈宝宝尖脸，单眼皮，高鼻梁，头发天生发黄打卷，特别像当时流行的韩国明星。他利用自身优势，频繁接触对社会青年怀有好奇心的女高中生。他口袋里有个巴掌大的笔记本，里面密密麻麻地记录了高级中学女孩子们的姓名与家世，从矿务局工程处财务科科长罗明的女儿罗素素到副市长李有才的女儿李丽玲全在里面。

即便如此，女学生的生活费毕竟有限，管他吃喝没问题，还能从家里偷昂贵的香烟出来给他抽，可是陈宝宝并不满足，他要的不仅仅是解决温饱问题，而是飞黄腾达。这就难得很了，就算女高中生豁出去，回到家里跟父母坦白自己交了男朋友，陈宝宝也断断不敢以女婿的身份上门拜访。而女高中生迷糊的时间不过两三年，高考一过，见识了更广阔的世界，自然就忘了这个曾经的流氓男友。

命运。我们知道命运存在，可是又不知道命运究竟是什么。它何时选中我们，又为什么将我们抛弃。于是，我们在期待与恐惧中读故事，想要从别人的命运中看到自己的影子。现在，我们知道命运抛弃了小团体，选中了陈宝宝，但当时谁又能知道？

首先是鲁雯雯迷上了陈宝宝。鲁雯雯的父亲是龙眼镇飞天教教主艾宪法。艾宪法为保持自己神的形象，从不公开承认这个女儿，但是私底下把钱源源不断存在鲁雯雯的账户里。随后，孔石军也出现了。对于陈宝宝来说，孔石军就相当于诸葛亮。他坐在陈宝宝对面，脸上没有表情，说话时，黑色的胎记微微颤动。陈宝宝听完他扳倒小团体的计划，抚掌大笑，指着面前的烟与酒说，"这是爹，这是娘，我跟你今天就是亲兄弟了。"

孔石军先是把严大雨跟哥白尼的女朋友勾搭成奸的事情大肆宣扬，使得小团体里出现裂缝。然后，他申请了一个 QQ 号起名云宝，把贾子引去长沙。接着，他找到神童华清晨，提醒他不要忘记给二舅妈报仇。最后，他在一个雨夜偶遇已有醉意的龚力虎，是策划已久的偶遇。两人同行了一段路，他问龚力虎，究竟是想一辈子当流氓，还是要做一个堂堂正正的大人物。龚力虎长久地沉默着。

做完了这些准备工作，孔石军以初中同学的身份去找哥白尼哭诉，说校门口的陈宝宝看上了自己的女朋友，还动手打人。哥白尼丝毫没有察觉这是阴谋，跟着孔石军找到陈宝宝。陈宝宝身边站了四个人，都是陌生面孔。哥白尼走上前，刚说了两句话，四人就突然动起手来。哥白尼一边抵抗，一边问陈宝宝，这是什么意思。陈宝宝叼着烟，严肃地说，"我拉了，他们不听我的话。"

后面的事情我们已经知道了，哥白尼与陈宝宝各显本领，双方都纠集了超过一百名小混混，约好了在龙眼山屁股坡决战。架没有打成，最后时刻，哥白尼被一把枪击垮了意志。有意思的是，军绿色的包包里只有一把在儿童玩具店随便买来的小手枪，扣下扳机彩灯会亮，并且发出音乐。枪是孔石军买的。

"如果哥白尼没有退缩，会怎么样？"事后鲁雯雯问。

"那就给他来一下。"陈宝宝用手横着划过空气。

"我了解他，他不敢。"孔石军斩钉截铁。

　　鲁雯雯的草稿本里，有更完整的对话记录。她在空白处表达了自己的观点，战争创造了一切伟大东西，而在和平年代，男人必须参与街头斗殴。哥白尼应该选择面对，而不是逃避。相较之下，孔石军更有资格在小团体里占据一席之地。

　　踏着哥白尼逝去的荣光，陈宝宝名声大振，年轻人们主动围绕在他的身边，一时之间，风光无限。劫持强敌的妻小，跟未成年人要钱，专门靠偷袭划人肚皮的小混混消失了。不怒自威，处事公道的宝宝哥俨然成为了龙眼镇流氓们的新领袖。龚力虎小团体的人带着愤怒的目光看他，可什么也没法做。郑疯子开着黑色奥迪路过高级中学，从车上下来同他握手。

　　张和平回国时，给他带了几条英国香烟。金盆洗手的刘星满腹狐疑地看着这个最新崛起的流氓出入他的饭店，怀疑自己的判断力。陈宝宝夜夜狂欢，聚众饮酒，身边的年轻人换个不停。只有孔石军和鲁雯雯一直伴随其左右。无论何时，孔石军滴酒不沾，面前一杯纯净水，把脸藏在阴影和胎记里。而鲁雯雯则烟不离手，酒到杯干，放荡不羁，风情万种。

　　神要让一个人灭亡，必先让他疯狂。李思想说这句话出自希罗多德，而鲁雯雯则坚持认为是欧里庇得斯。不论版权归谁，陈宝宝用自己的行为证明了古人的智慧之中包含着真理。他看到李思想的两个女朋友，觉得自己只有鲁雯雯还不够。

　　鲁雯雯凭着女人的直觉领悟到陈宝宝的意图，竟把一个思想开放，有同性恋倾向的纹身店老板娘介绍给了陈宝宝。最开始，陈宝宝摸不清楚鲁雯雯的真实想法，显得局促不安，随后三人生活之淫靡，如同最露骨的色情影片。

　　一日酒后，未进午夜，老板娘提出问题，为何从没见过孔石军露出其他表情。陈宝宝叫来孔石军。小小的出租屋，孔石军敲门，进屋，关门，转身，看见了床上两个女人的香艳表演，惊得目瞪口呆，动弹不得。

　　稍晚些时候，四人一同去看午夜场电影。孔石军紧紧地抓着让他成为男人的老板娘，央求再次交欢。这时候，老板娘已经对这个相貌丑陋，在性方面也没有特殊能力的新兵失去了兴趣。她感到烦躁，站起来向外走，孔石军立刻跟了出去。陈宝宝不看电影，用电筒在影院里每个人脸上照来照去，想要找到能够叫他一声宝宝哥的人。当然有人叫骂，借着微弱的灯光，陈宝宝认出了对方是龚力虎小团体里的一员，哥白尼的好朋友，贾副所长的宝贝儿子贾子。一场斗殴不可避免，孔石军和纹身店老板娘已经消失，只剩下了疯狂。鲁雯雯买了十几块钱的羊肉串，用吃完了的贴签指着二人尖叫，"打，往死里打。"

战斗的过程毫不出人意料。两人都朝着对方走去，同时出拳，就在陈宝宝的拳头刚要接触到贾子下巴时，他的鼻子中了一拳，向后面倒去。贾子哈哈笑了两声，走上去拎起陈宝宝，接着捶。等到他放开手，陈宝宝全身瘫软，大声喘息，口水从嘴角流出，划过颧骨进入耳朵。他艰难地翻了个身，头杵在地上，爬向贾子请求饶命。不可一世的贾子站在路中央，巨大的影子把陈宝宝完全笼罩其中。他或许在想，小团体的时代终究没有结束，陈宝宝的出现不过是一个意外，是哥白尼那小子没有本事。

夜风吹起他的 T 恤，露出长满了黑毛的肚子。这时候，弯刀悄无声息地出现了，路灯的光完全被贾子遮住了，没有照耀在它上面，因此等到贾子感觉到小腹冰冷，有东西流出时，薄薄的刀刃已经横着切进了贾子的肚子。原本，陈宝宝拿捏得极准，绝不会伤及性命，可是这一回，他太害怕贾子了，又有鲁雯雯在一边疯狂叫喊，使他失去了冷静。贾子瞪大了眼睛，看着肚子，不敢相信发生的事情。他又去看陈宝宝，再次举起拳头，决心一拳把他打死。陈宝宝不及多想，手上用力，把刀狠狠地插了进去，在里面转了一圈。

这是陈宝宝战斗生涯的巅峰，也是他悲惨结局的起点。几天前还称兄道弟的朋友突然变脸，他无论去哪里，都被人无视，遭人白眼。龚力虎小团体，甚至是整个高级中学学生们都动用了他们最大的能量，他们的同学，同学的同学，同学的同学的同学都在打听陈宝宝的下落。贾副所长亲自带队，龙眼镇所有的警察全部行动起来。最终，一个曾经跟在陈宝宝身后打劫中学生的小流氓，在陈家湾看见了鲁雯雯。他用这个消息，在郑家夜总会里谋到了一个差事，郑疯子找到龚力虎，龚力虎又去见贾副所长。众人在陈家湾布下天罗地网，鲁雯雯被捕时，正坐在麦田边涂指甲油，不远处，大家都抓住了正企图钻进麦田里的孔石军。

"陈宝宝在哪里？"

鲁雯雯缄口不语。

孔石军恨恨地说："他让我们在这等。"

被人发现时，陈宝宝正在万紫千红夜总会地下一楼的大厅里，跟几个来路不明，年纪同样不明的女人喝酒，桌边摆着那柄杀死贾子的弯刀。人们把他围在中央，他狂舞弯刀，拼命反抗。贾副所长在人群外拔枪，子弹射入陈宝宝的胸口。

上面一段只是流传在年轻人中间众多故事之一，实际情况并非如此。那些年，陈宝宝离开了乞丐团体，也离开了垃圾产业，靠卖摇头丸为生，打劫中学生只是兴趣爱好。贾副所长在经历了丧子的痛苦后冷静下来，把龙眼镇几个有头有脸的毒贩子叫进派出所，让他们哪怕是把龙眼镇翻过来，也要把陈宝宝找到。

不久之后，消息传来，陈宝宝正在龙眼镇电影院斜对面的公共厕所里跟人交易。贾副所长赶到时，陈宝宝已经被人打翻在地，全身沾满了墨绿色的大便，米粒大小的白色的蛆虫在他的头发里蠕动。贾副所长远远地开枪打死了他。围观者作证，陈宝宝故伎重演，企图用那柄杀死贾子的弯刀杀死贾副所长，贾副所长给了他三次机会，是被迫还击。

他还想找鲁雯雯报仇，可龙眼镇高级中学校长高老头带着鲁雯雯和一封神秘的信件拜访了贾副所长。几个月后，鲁雯雯离开龙眼镇，她写过一篇淫妇夜奔的故事，讲述了陈宝宝结局。文章里，陈宝宝被塑造成了悲剧英雄的模样，引起了亲历者的不适。

头号粉丝曹小龙

　　曹小龙是高考状元，但在龙眼镇，人们提到他，更多的是和神童华清晨联系在一起。因为他竟然在课堂上把手从华清晨短裤的裤管里伸了进去。事情发生在生物课上，教室里面弥漫着若有若无的臭鸡蛋味道，班主任兼物理老师周道德站在窗口，看见了全过程。

　　曹小龙的爸爸曹坤是龙眼镇交警支队支队长，他的妈妈在龙眼煤矿做财务工作，他从小就在龙眼实验学校读书，展露出了过人的考试才能。那些年，实验学校名气很大。因为，只要是实验学校第一，就会是龙眼镇第一。到了曹小龙，他是实验学校第一名，可中考状元却是神童华清晨。他比他多了不是一分、两分，而是三十分。

　　进入高级中学后，曹小龙在五星广场偷拍了一张华清晨的照片，贴在自己的文具盒里，发誓要超过他。为达到这个目的，曹小龙给自己制定了严格的学习计划，他每天九点半上床，凌晨三点起床，不管做什么事情都一路小跑，手里永远拿有教科书。最能体现他学习精神的是他上厕所的情景。不止一次有人看到，他把本子放在地上，撅起屁股，弯着腰，硕大的脑袋几乎贴在地上，左手擦屎，右手还在解题。

　　第一次月考，按照进校成绩排名，曹小龙坐在第一考场第二个座位上，他看着华清晨的背影燃起了无穷的斗志，把自己的能力发挥得淋漓尽致。成绩出来后，他如愿以偿地成为了全校第一，可是第二名不是华清晨，第三名也不是，第四名，第五名，第七名，第十名……，前一百名里面都没有看到华清晨这三个字。一丝不祥的预感掠过曹小龙的脑际，他开始从后往前看，华清晨的名字赫然出现在全校倒数第九的位置上。

　　他只觉血往上涌，一阵眩晕，眼前金星飞舞，冲到厕所里洗脸，看到了华清晨叼着烟，正在同另外一个男孩子说话。

　　"刚才老师说全校最低是三十，我赶紧举手，老师，你错了，我六分。"

　　两个男孩子哈哈大笑起来，曹小龙愤怒异常，他顾不得擦脸，冲到华清晨面前，一把揪掉他嘴巴里的香烟，大声说："你怎么能这样对我？"

华清晨和旁边的男孩对视一眼，绕过他，往外走。

曹小龙伸手拉住华清晨，重复刚才的问话。两个男孩子同时挥拳，把曹小龙打翻在地，每人踹了两脚，扬长而去。曹小龙从厕所地板上爬起来，重新在水池边洗手洗脸，他没有把这件事告诉老师，他决定要把华清晨拉回正道，只有击败认真学习的华清晨，他的努力才有意义。回到家里，他给华清晨写了一封诚意十足的信，信里面采用了激将法，邀请他来和他较量一番，看看到底谁才是真正的考试高手。曹小龙等了半个月，始终没有收到回信。

他在之前挨打的厕所里找到正在抽烟的华清晨，问："你到底看没看信？"

"看了。"

"为什么不回？"

"你有病吧。"

高级中学东侧是化肥厂家属区，小区里有超过二十家游戏厅。进入高级中学以后，华清晨就迷上了一款叫做《实况足球》的电子游戏。每天早上，他把书包丢到教室后，便去学校西面小区里面的 PS 室玩。

曹小龙自以为找到了问题所在。游戏厅里灯光昏暗，烟味弥漫，叫骂声不绝于耳，他站在门边，适应了光线后，看到华清晨离他不到两米，正在聚精会神地搓动游戏手柄。他同他讲道理，他不听。他拉他，他不走。他威胁说要去告诉老师，华清晨更加不屑一顾。最后，曹小龙环顾四周，走到墙角，啪的一下，拉掉了电闸。

愤怒的吼声震耳欲聋，将近二十个人围着曹小龙乱打，幸亏是冬天，也幸亏华清晨从中阻拦，他才没受重伤，只是左手的小拇指不知被谁踩了一脚，骨裂了。他回到家里添油加醋地跟父亲曹支队长说，自己路过游戏厅，被一帮小混混打劫，他不给钱，就挨了揍。曹支队长大发雷霆，一个电话通到贾副所长那里。

于是，治安管理行动展开，高级中学的游戏厅被一网打尽。

如同扫黄永远无法成功一样，只要男人有需求，做皮肉生意的人就会存在。扫荡之后，游戏厅再次蓬勃发展起来。曹小龙是聪明人，于是，他改变了策略。

既然你不跟我比学习，我就跟你比游戏。华清晨脑袋聪明，却不是手指灵活的人，尽管他花了大量时间在游戏上，始终只能达到初学者级别。曹小龙只用了很短的时间，就远远地超过了他。一开始，屏幕上显示着 0:0，很快就变成了 1:0，3:0，8:0，11:0。

"不玩了！不玩了！操你妈的！"

华清晨气急败坏，曹小龙满心欢喜。

可丢下手柄的华清晨没有回到课堂，而是成天跟小团体的人混在一起。小团体里五个人，个个都不上学，每天在刘叔家大排档门口蹲着抽烟，等着中午开饭。从中午的小方桌，喝到晚上的大圆桌，不计其数的流氓进进出出，同他们点头哈腰。酒瓶子沿着墙角摆了长长的一排，烟头几乎覆盖了整个地面。

曹小龙恍然大悟，游戏从来都不会把人变坏，让神童跌下神坛的是他身边的人。他需要给华清晨找到新的朋友，最好的选择就是他自己。于是，他主动加入了华清晨的交际圈。小团体里面，个个家境富裕，只有华清晨没有钱，这给了曹小龙可乘之机，他给他买烟，给他买酒，替他请客，唯一的要求就是：你去哪都得带着我。在酒桌上，曹小龙不厌其烦地给小团体讲学习的重要性，讲华清晨可以达到的高度，讲作为朋友，不该耽误神童的前程。

小团体不胜其烦，终于满足了他的要求，大家纷纷不再参与由华清晨组织的聚会，其他人聚会时，也不叫他。

"你俩是不是有一腿。"哥白尼说。

"滚。"华清晨大骂。

骂归骂，可他的生活费只够生活，要想抽烟喝酒，非得依赖曹小龙不可。

华清晨："借我点钱。"

曹小龙："你要买什么烟？"

华清晨："我有烟。"

曹小龙："你要做什么？"

华清晨："你别管。"

曹小龙："你别跟那些人去惹事。"

华清晨："我不去。"

曹小龙："那我跟你一起。"

听说头号美女马丽的状元男朋友来了，龙眼镇卫生学校里的所有女人都跑出来看。华清晨叼着烟，把曹小龙买的手链戴到了马丽的腕子上。周围响起一阵欢呼，曹小龙铁青着脸，牙齿磨得吱吱响，终于明白了：原来如此，原来如此，红颜祸水。

他不再给华清晨买烟，也不再请他喝酒，更不借钱给他。华清晨找他，他也不理。

"为什么？"华清晨问。

"你为什么要谈对象？"

"我谈对象怎么了？我们初中就在一起了。"

"你为什么不告诉我。"

"我跟你讲这个干什么？"

不错，华清晨说得不错，男人之间一般不聊自己的女朋友。可是，可是什么呢？他可以陪他玩游戏，可以做他最好的朋友，可怎么能取代马丽为他做的那些事呢。

曹小龙读过书，知道青春期是什么，也明白性欲是怎么一回事，但他从来没有动过找女朋友的念头，他一直以来只有一个念头，那就是堂堂正正地，在成绩上战胜华清晨。

同华清晨说不通，他就去找了马丽。他问马丽要怎样才愿意离开华清晨，他可以给他钱，还可以给他介绍有钱的男朋友。被拒绝后，他开始调查马丽的交际圈，漂亮的女孩子生活当然不会简单，曾经拍下华清晨的相机拍下了马丽跟其他男孩子约会的照片，他精心地选取了角度，谁也不能说他在造谣。

可这一切都是白费心机，神童华清晨在校外租了房子，堂而皇之地跟马丽同居，再也不来上课。每次看到他，华清晨都带着满足而又邪恶的笑，"哎呀，腿软，哎呀，腰疼，腹部后侧一阵一阵抽搐。你也快找个女朋友吧，别整天就知道学习。"

现在，让我们把故事转回到文章的开头。

龙眼镇高级中学最富传奇色彩的生物老师正在台上自说自话，他留着长辫子，像是摇滚歌手，学生们为他的风采折服，全都在聚精会神地听课。从全市第一滑落到全校倒数第一的神童华清晨正在睡觉，走动了周道德门路，从九班调到三班，并且坐在他身边的曹小龙，用右手撑着额头，左手旋在半空中，正在颤抖。

华清晨穿着短裤与足球鞋，小腿上长满了黑乎乎，卷曲的汗毛，大腿上光洁无比。今天，他会出现在学校是因为计算失误。他同严大雨约好了踢球，可来早了一节课，操场上没有同班的同学。太阳晒得头晕，回出租屋也划不来，只好去教室里睡觉。

曹小龙最初是惊喜，很快就失望，他用胳膊肘顶他，他没有反应，他用腿撞他，他动了动，换了个姿势，两个腿岔开，脸对着曹小龙，嘴巴裂开一条缝隙，有口水流出来，看上去就像个弱智。

"看你成什么样子呢，你拿什么跟我比，我在你身上真是浪费了太多时间。"曹小龙在心里咆哮。他出离愤怒了。

华清晨浑然不觉，依旧沉睡，两腿之间逐渐隆起，把宽松的短裤顶出一个大包。曹小龙看在眼里，他了解，这并不意味着华清晨梦到了什么乱七八糟的东西，而是一种正常的生理反应。

突然之间，他明白了，不是游戏，不是朋友，不是女人，而是欲望，是欲望摧毁了神童华清晨，他的欲望太多了，而这就是欲望之源，要想挽救华清晨，必须斩断这根圆滚滚，直挺挺的东西。

他不再犹豫，伸手进去，握住了华清晨滚烫的阴茎，用力地掰下去。

华清晨的叫声，响彻整栋教学楼。

班主任周道德在第一时间通知了自己的小学同学曹坤支队长，并且建议他给儿子转学。曹小龙高中生涯的最后半年在龙眼镇第三中学渡过，他进入了最好的班级，每回都是第一名。高考时，毫无悬念地考取了全市第一。

龙眼镇第三中学在学校门口拉出横幅：热烈祝贺我校学生曹小龙考取全市第一。高级中学在校外拉出横幅：热烈庆祝我校培养的学生曹小龙考取全市第一。

文学少女鲁雯雯在同学聚会上大爆八卦，说华清晨考到北京后，跟从新加坡留学回来的曹小龙在航天大学一带租房子同居。她讲的细节过多，过于真实，以至于无法取信于人。因为大家都知道，小说家嘴里没有一句实话。

作为神童女朋友的马丽

　　毋庸置疑是龙眼煤矿子弟学校第一美女。她没到十岁就展现出了女人的特质，站立时，身体会极其自然地摆出 S 形，眼睛里带着诱惑，笑起来欲拒还迎。十二岁胸部开始发育，十三岁长出腋毛，十四岁学会了如何对付男人。子弟学校的一霸甜甜哥为她付出了所有，却什么也没得到。初三时，她通过二舅妈，认识了神童华清晨，把处女身子交给了他。在她接下来的一生里，始终真挚地恋着华清晨。她没有考取任何高中，在龙眼卫校学怎么当护士。华清晨从高级中学退学时，要跟她分手，她死活不愿意，于是两个人又坚持了几年，但关系一直很冷淡。在二舅妈的鼓励下，华清晨发奋读书。马丽曾经幻想过两个人一块离开龙眼镇，在北京开始新生活。但是华清晨用沉默回应她。分手后，她靠着不同的男人，活得很好。

严大雨的妻子钟青青

　　足球队钟教练的女儿，个子小小的，胸脯发育得很早，初中时候就跟严大雨发生了性关系，坚信自己会跟严大雨结婚。她不太会学习，离开高级中学，有一大半原因是因为严大雨的移情别恋，另外也有原因是她的确跟不上进度。她全神贯注地听老师讲课，不厌其烦地跟同桌借笔记，放学后参加补习班，可就是没有效果。最后她在龙眼镇煤炭学院接受高等教育。严大雨瘫痪后，她终于实现了自己早年的愿望，嫁给严大雨，开了一家名字叫做青青的体育用品商店。严大雨死后，她没有再结婚，至少到本行文字写下时依旧单身。

为爱疯狂的孙晓宁

除小团体外，高级中学还有个三人女生团体，单菲，周琳，孙晓宁。

单菲是哥白尼的表姐，郑疯子的女朋友，个子最高，体重最大，小提琴高手，最喜欢帕格尼尼。从 A 省师范学院毕业之后，回到龙眼镇，此时龙眼镇煤炭学院已经更名为 A 省矿业大学，她在矿业大学音乐学院教小提琴，嫁给了前途光明的公务员，跟郑疯子始终保持密切联系。

周琳，校长高老头的外甥女，天生好嗓子，刘星的疯狂迷恋者，曾放话要终有一天要收拾杨笑，睡了刘星，到底有没有达到目的，没人知道。刘星死后，她消沉了相当长一段时间，最终只考取了一所省内专科，通过专升本，进入矿业大学。现在在高级中学教政治。

三个女孩中数孙晓宁最漂亮，气质最好，成绩最出色，追求者最多。她是王熙凤和林黛玉的混合体，喜欢猫。她毁在严大雨的手上，也可以说，她毁在自己的幻想上。她把和严大雨的交往幻想成自己在拯救失足少年。严大雨在她的影响下的确用功了一阵子，但是时间不长，效果也不大。严大雨本质上和钟青青属于同类，没有读书才能。同严大雨分手后，她精神失常了，体内的平衡被打破，身体像气球一样鼓了起来。家人把她当做负担，所以，当脸上有胎记的孔石军来求婚时，立刻同意了。

哥白尼的初中同学孔石军

他被陈宝宝称作诸葛亮，脸上有块巨大的黑斑，上面长满了又硬又粗的毛。没人知道，这胎记来源于哪一方。尽管他没有见过，但据老人们说，他的妈妈颇有姿色，是个美人，而他的父亲即便算不上英俊，却也还五官端正，至少皮肤光滑。由于母亲的死，或许还因为胎记，父亲不喜欢儿子，稍有不满，便用绳子把孔石军捆起来，用皮带抽。

五年级下学期的一天，孔石军坐在教室里，外面传来凄厉的，鸽喝鸽喝的叫声。他稍稍斜眼往外看，一只脖子处生出白毛的黑色大鸟俯冲滑行时，被击中了右边翅膀。三个穿着洗煤厂制服的工人小跑经过走廊，停在教室门口。老师放下粉笔，走过去同他们讲话，眼睛不停地朝孔石军这边看。他明白是自己的父亲出事了。

父亲没有死，只是在干活的时候，不慎被卷入粉碎机，丢了一条胳膊。因此，他下半辈子不用再去厂里上班，整天呆在家里，饮酒度日。他把所有希望都寄托在儿子身上，也把所有狠毒的招数都拿出来招呼儿子。每天一到放学的点儿，他就死死盯住墙上的挂钟，看儿子要多久才能到家。如果晚了一分钟，就把绳子丢过去，让儿子自己把自己捆起来，然后，他用剩下的那只手抡皮带。

孔石军每天都把早点钱省下来去红门游戏厅买一个币，尽管知道自己晚进屋会挨揍，他依然抵抗不了游戏的诱惑。每次只玩一局，接着便疯狂地往家里奔。刚开始，他每天都会挨揍，不久之后，他就能够按时到家，又过一阵，竟然可以早几秒钟进门。父亲把时间提前，他很快又适应了。一年以后，他进入初中，在体育课上表现突出，被选去参加校运动会，他轻松地闯入决赛，却输给了同班同学哥白尼。他向哥白尼走去，表示祝贺。万万没料到，哥白尼拍拍他，歪着嘴笑道，这种东西靠天分，你再练也没有用。

哥白尼只是随口说说，可无意的话最伤人。孔石军拼命练习，只为一雪前耻。终于，在来年的运动会上，他夺得了冠军，而哥白尼连决赛都没能进去。他再次走向哥白尼，语气挑衅，说，"看来你的天分也就那么回事呀。"哥白尼耸耸肩，说，"跑个步而已嘛。"

考入高级中学时，他的分数比哥白尼高。因此，他认为自己不仅仅在体育方面，而且在智力上也超过哥白尼，只是运气不好，没能跟小团体的其他人分在同一个班级。那时候，他还小，不明白运气才是人生中最重要的东西。他眼睁睁地看着小团体崛起，哥白尼在学校周围呼风唤雨，心中不忿，强忍住嫉恨，向老同学暗示，想要加入进去，跟他们在一起厮混。可是一向聪明伶俐，善解人意的哥白尼，竟然完全没有理会。

刚刚升入高中二年级，太阳很大，挂在正中央，他站在刘叔家大排档门口的影子里，恶狠狠地盯着屋内。哥白尼一伙人正在旁若无人地放声大笑。坐在门前桌边的一个长发尖脸男孩子把这一切都看在眼里。他跟刘叔要了杯、碗、筷，摆在自己对面，慢慢地倒上酒，从烟盒里抽出一支烟放在打火机上面，然后敲了敲桌子，示意孔石军坐下来说话。这人正是龙眼镇乞丐团体里面使弯刀的好手陈宝宝。

孔石军不胜酒力，很快就趴在桌子上睡着了。醒来之后，陈宝宝已经不在对面，他觉得口干舌燥眼睛痛，脑袋就像被人用斧子劈过似的。哥白尼一伙人还在里面大声喧闹，他跟刘叔要了杯水，刚准备往嘴里倒，耳边听到一阵鸽喝，鸽喝的叫声，他抬头去看，一只脖子处生有白毛的黑色大鸟从半空中掠过，朝南面的铁路飞去。

这时候，又传来钢珠破空的声音，他心里中一凛，拿着水杯跑出去。陈宝宝看了他一眼，用手指着翅膀中弹，艰难保持平衡的大鸟，说，"你知道是谁在打鸟吗？"孔石军缓慢地摆了摆手。陈宝宝说，"体育老师范是钢。"孔石军突然想起了哥白尼拿到冠军后得意忘形，在体育课上不停地跟旁边的女孩子炫耀，范是钢说了几次，没有效果后，终于忍无可忍，把他叫出来，狠狠地扇了一巴掌。

孔石军第三次看到脖子上生有白毛的大鸟时，他正在跟孙晓宁说话。孙晓宁比他大一岁，两家住得很近。孙晓宁的母亲心地善良，听不得孔石军的哀嚎，常常带着女儿上门来劝孔石军的父亲住手。随着年纪的增长，孔石军对孙晓宁的感情转变成了爱情，他知道自己是何种货色，不敢开口表白，陷入了无望的单相思之中。那天，他刚从教学楼里出来，往校外走，孙晓宁斜背着一个红色的包，大踏步走来，右手甩得幅度很大。距离越近，他把头埋得越低，不敢与孙晓宁对视。就在这时，钢珠破空的声音和凄厉的鸟叫几乎同时响起，他急切地抬头去看，一只失去平衡的黑色大鸟正在旋转下落。

知道陈宝宝杀了贾子，孔石军明白，这下完了。他几乎没有片刻停留，就主动去找哥白尼，跟在龚力虎后面，见到了贾副所长，详详细细地叙述了当晚的经历，他还自告奋勇，主动担起寻找陈宝宝的任务。在陈宝宝死的时候，他最后一次听见了鸽喝，鸽喝的叫声。

第一年，他考得不理想，回到家里，他轻而易举地打倒了只有一只胳膊的父亲，冷静地说，你以后别碰我。复读时，他如愿以偿地跟龚力虎分在同一班，从此，他就始终跟在龚力虎身后，直到龚力虎遭遇车祸，丧失记忆。第二次高考，他发挥正常，考取了 A 省师范大学。拿到录取通知书，他来到孙晓宁家，表示愿意永远照顾孙晓宁。研究生毕业后，他回到龙眼实验中学（原子弟学校）教历史，始终同孙晓宁生活在一起。

文献拾遗补记

教主艾宪法

无知的人们只能看见神的侧面。

教团里的十二位高阶成员在龙眼山半山腰的石头屋子里面向艾宪法提出脱离肉体，进入天堂。艾宪法为他们撒圣水，然后把通往天国的秘密路径说了出来。一名助手给虔诚的教徒们注射过量吗啡，足以使他们在死前看到任何他们想要看到的幻象。此后，教主艾宪法便消失在风中了。

我们听说此事，结伴登上龙眼山。艾宪法自建的石头房子还在。温暖的微风吹过，带来阵阵异域的香味。门虚掩着，直到猫悄无声息地走出来，我们才最终鼓起勇气，推开涂有绿色油漆的铁门。屋子很小，里面没有人，墙角一张床，中央是方桌子，桌子有香炉。金色香炉已经失去了光泽，锈渍用肉眼可见的速度生长。一支香在燃烧，似乎永远也燃不尽。

几天之后，有人带来消息，石室内有密道，与大海相连，艾宪法在地下建立了一个庞大的宫殿，里面有数不清的金银珠宝和漂亮女人。当我们再次登上龙眼山，在哪儿也没有找到石头小屋。下山时，我们瞥见了胳膊上有复杂图案的艾雯雯，她叼着烟，看见我们后，立刻转过脸，钻进一辆红色的凯迪拉克牌轿车。车子始终没有发动。我们没有就此散去，步行来到龙眼大剧院。这里曾经是龙眼镇电影院，楚美美的台球桌就摆在大厅里，还兼卖冷饮与香烟。那个时候，刘星与许愿的乐队常常聚集在这里练琴，抽烟，说下流的笑话。这是他们的地盘。可掀开厚如棉被的帘子，进入电影院，就不能这么说了。

龙眼镇电影院里的主角始终是无与伦比的艾宪法。

每个礼拜他都会表演一次，表演分三个环节。首先是展现超能力。他蒙住眼睛读书，睁开眼睛时，可以看到剧院外，马路对面行人的衣服颜色。他能够控制火，召唤风。他能听见大厅里刘星和楚美美的窃窃私语，也能哼出许愿刚刚创作的歌曲。他知道所有人心里在想什么。他说，看着我，于是你看了。他说，笑。于是你像是听到了全世界最好笑的笑话。他说，哭。于是，你觉得悲伤，无尽、粘稠的黑暗袭来，眼泪不由自主地滴落。

　　崇尚科学的哥从德，要求艾宪法立刻对他发功，让他感受一下气息如何运转。艾宪法对早年好友报之以微笑。他缓缓抬起双手，掌心对准了哥从德的母亲。朱均一从革命时期患上的高血压立刻恢复正常，再也没犯，一百岁时，依然精力旺盛。

　　"我错了，兄弟。"

　　"没关系。"艾宪法轻拍他的后背，把他送回座位。

　　被人用雷管埋伏的煤贩子张红旗曾向他求助。他告诉张红旗，你父母的房子在漏水。张红旗的马仔们立刻骂他是骗子。

　　"去看看吧。"他大度地说。

　　于是，张红旗来到龙眼山墓地，挖开父母的坟，发现棺材有一半泡在了水里。重修墓地后，煤价大幅上涨。

　　表演永不停歇。台球桌后面的冰柜，随着艾宪法的出现，玻璃门自动打开，龙眼镇汽水厂生产的玻璃瓶橘汁，平平地飞入艾宪法手中。他用两根手指，沾了汽水，洒在吉他手许愿的额头上。"为神演奏吧，孩子。"他亲吻好嗓子刘星的喉咙。"祝福你。"他轻声说。表演还在继续，艾宪法走出龙眼镇电影院，在众目睽睽之下腾空而起，人们挥舞着钞票，狂热地拜倒在他身下。

　　艾宪法出生在龙眼山山脚，他的母亲不识字，信基督。解放前，女人一直在哥家做事，嫁给了同样在哥家做事的一个长工，在解放前不久，生下了艾宪法。新中国建立后，长工死了，艾宪法混迹街头，到处贴大字报，跟不同的人辩论，组织了武斗队，设计了图案缝在袖子上，并且发明了特有的，打招呼的动作。

　　最开始，造反派头目杨拳师烧掉了哥从德的教科书，然后是朱大夫出手相助，划开杨拳师的手臂，接着拳师弟子们疯狂报复，最后，艾宪法公开声明，哥与朱是可以改造好的黑五类子弟，武斗队愿意收留。于是，龙眼镇最大最知名的两个帮派开始了长达数年的拉锯战。杨拳师的造反派个个身怀绝技，艾宪法的武斗队成员复杂，人数众多。矛盾不可能化解，冲突愈演愈烈。年轻人们聚集在龙眼山屁股坡，都宣称自己拥有主席语录的解释权。很快，双方就意识到，与其用语言说服对方，不如直接消灭敌人的肉体，反正他们本来就是为了这个目的才聚集在此。这场几乎卷进了当年龙眼镇所有的年轻人的战斗最终成就了艾宪法。他早早地做好了准备，在龙眼山屁股坡上挖下无数陷阱，布下古书上记载的阵法，在拳师的弟子中安插奸细，这一系列从历史中学来的招数让杨拳师目瞪口呆。更让人不可思议的是，艾宪法在群殴中一马当先，始终让自己处于最凶险的场所，下山时竟然毫发无伤，身上连一滴血都没有，谁也不相信他参加了战斗。

多年之后，他对此进行解释，他冲向危险，并非因为勇敢，而是有神的指引。

七十年代末，龙眼镇朱家第三代人朱志超回到龙眼镇。他身材高大，长髯及胸，嗓音浑厚，精通龙眼土话与美式英语，颇有神仙模样。每日六点钟，他准时登上龙眼山，练习吐纳功夫。出于好奇，哥从德邀请好友朱大夫与艾宪法一同前去观看，哥、朱二人，很快就失去了兴趣，只有艾宪法，他有模有样地跟在后面学习，用狂热沙哑的声音嚎叫，宣称自己感受到了气息在体内流动。在朱志超不慎摔死后，他开始使用气功为龙眼镇人治病。看病不要钱，但治疗乃是逆天之举，必遭天谴。病人所需缴纳的并非诊疗费，而是把原本应该降罪于病人的天灾转移到他，也就是艾宪法身上。

艾宪法没有参加高考。另外一种说法是他连续参加两次高考都落榜了。两位老友在大学里奋斗，他在修习气功之余，写出了两本书，将近500页《死亡哲学导论》与大逆不道的小册子《驳马克思的剩余价值理论》。他声称导论只是目录，后面还有更加宏大的作品，将解释宇宙的来源，以及如何认识宇宙。

他复印了几份，寄给朱大夫，也送给哥从德。朱大夫认真地看了，从医学角度对死亡提出了自己的看法。哥从德没看，把书交给大学里的一位物理系教授，简单地介绍了艾宪法其人。教授给他写信，只字不提他的作品，倒是对气功很感兴趣，邀请他到大学里面接受实验验证。大学里的科学仪器探测结果表明，作为气功修炼者与异能人士艾宪法的确与普通人完全不同，可是，艾宪法坚持认为，此乃雕虫小技，真正值得重视的是他呕心沥血写出来的哲学著作。

　　既然不能跟教授达成共识，艾宪法便离开了学校。他关掉气功诊所，前往龙眼山，学习佛法。在此之前，信基督的母亲已经领着他认识了耶稣。几年后，他离开龙眼寺，只身前往龙眼镇最南面的回民聚集区，跟开羊肉馆的女人同居，去清真寺做礼拜。平时，除了把自己关在阁楼的小屋子里，其余的时间就坐在饭店门口晒太阳。两人平时如胶似漆，吵起架来却也非同小可。回族女人往往会不顾脸面的当众辱骂他是恶棍、骗子、精神病和性变态，艾宪法则面带神秘微笑，一言不发。艾雯雯出生的时候，女人因子宫出血，被医院宣布死亡，艾宪法疯狂地阻止众人将其送往殡仪馆，而是固执地把妻子拉回家。不可思议的事情发生了，三天以后，羊肉馆大门敞开，艾宪法抱着女儿雯雯走出来，身后跟着脸色惨白的回族女人。目睹神迹的人们匍匐在地，久久不愿散去。

　　艾宪法再次出现在龙眼镇时，他的头发变得浓密、细长、卷曲，胡子遮住了下巴与脖子，脸上隐隐泛着金光，带着三本书，《宇宙起源学》、《特异功能修炼的秘密》、《潜意识开发指南》。他谦逊地表示，自己不过是神的传声筒。

　　不可思议的魔术表演已经说过了，下面我们来谈谈他的三本书。

　　在《宇宙起源学》中，他开宗明义地说，本书的目的在于给神下定义，所谓上帝、女娲、佛陀等等，世界上一切的神，都是存在的，同时它们也是一个最高级的神的不同侧面。正是这个最高级的神给了艾宪法启示，让他做它的使者，它的传声筒。神亲口对他说，唯有他才可以听见神的启示，其他任何人都不行。

　　关于世界来源，他采用宇宙大爆炸的学说，不过有个最高级的神在更高的维度启动了这次爆炸。上帝创世是对的，但第六天造人的却是女娲。至于进化论，只适合动物。人一出现，就是现在的模样。动物的进化，是神的安排，被达尔文发现，不过是为了满足人类渺小的虚荣心。由此可以看出，艾宪法的神非常体贴，令人感动。

　　书中用整整一章来描述宇宙的形态，可依然难以理解，最后他不得不借助图像来表达他的意思。整个宇宙被处理成一个被拉长的面团，首尾相接，环里包含着时间与空间，我们则生活在切片中。既然切片也包含了时间，那么宇宙如何运行呢？有人提出这样的问题，艾宪法没有正面回答，而是引用了《马太福音》里的一个句子：这话不是人人都能领受的，惟独赐给谁，谁才能领受。

虽然此书开篇声称要给神下定义，但是在末尾，他无可奈何地承认，这一切无非是白费力气。对此，他借用佛家言语：非此也，非彼也。因为，神是一切，又超越一切，因此，每当我们产生了给神下定义的念头时，便限制了神。

神无法靠感觉器官、推理与想象来理解。

那我们该怎么办呢？回答这个问题，便是后面两本书的任务了。

首先是《特异功能修炼的秘密》，既然人是由女娲用泥巴做的，因此我们的肉体，必须经过火与水的试炼。

火的试炼来源于印度。裸体的人像上标明了各个能量源，动作大体上就是瑜伽和华佗五禽戏的结合，但有两个独创性的地方值得一提。第一，书中第三节称，因女性没有喉结，所以需要刻意训练。随书附送训练道具，长约15厘米的布条一块。用牙咬住一端，另外一端不停地吞咽。第二，定期断食。断食分为四个阶段，每礼拜完成一个。第一个礼拜，禁食荤腥。第二个礼拜，禁食豆制品。第三个礼拜，只能饮水。第四个礼拜，可以食用水果，但仅限于苹果，且每日不得多于一个。

水的试炼可以理解成自我清洗。一，向神忏悔。神圣的教主知道忏悔者有没有坦白一生的罪恶。教团里有专门的机构负责记录。二，把自己所有的东西捐赠给教会，也就是捐赠给神在人间的代理人艾宪法，捐赠越多，积福越大，在教团内地位越高，离神越近。

按照书里的方法修炼，便可以拥有诸多神话里才有的特异功能，包括千里眼、顺风耳、隔空取物，自由飞行、金刚不坏的躯体等等等等。

《潜意识开发指南》则进入了心灵层面，方法同样来源于印度。通过静坐与冥想，人们可以逐步获得如下技能：

1. 同动物对话。

2. 看透他人的想法。

3. 预知自己与他人的生死。

4. 控制他人意识。

5. 离开肉体，意识同神相连。

艾宪法明确无误地表示，人的一生就是接受审查的一生，审查者是神。天堂有三层，最高层住着最好的人，也就是信仰最虔诚，给教团捐钱最多的人，地狱同样也分三层，最底下一层，住着最不信神的人，其余的恶，都可以获得拯救，唯有不信神，万死莫赎。进天堂或者下地狱，并非最终结局，如果灵魂不再修炼，很快就会从天堂坠落至地狱，而地狱中的恶灵，只要选择了信神，还有机会进入天堂。通过自杀可以进入天堂，只是很麻烦。修炼的终点是同神合为一体。

每次艾宪法在龙眼镇电影院表演魔术时，这三本书会免费发给观众，当然永远不够。仅仅依靠读书，也不可能获得特异功能，得到解脱，必须通过教主一对一指点。二十八天的灵修课程，学费却超过万元，即便如此，山下还是挤满了排队缴费的信徒。

九十年代中期，两个美国小伙子慕名来到龙眼山，拜艾宪法为师，学成之后，回到大洋彼岸办起了自己的龙眼气功学校。这个学校被北美的某个政治团体敏锐地注意到，随后不久，便有人来到龙眼山跟艾宪法接触，问他有没有兴趣推动中国的民主化进程。

"不，我是爱国的！"

尽管艾宪法的拒绝掷地有声，可这一事件，还是毁掉了他的前程。教派内的野心家接受了境外的资金，组织了虔诚的教徒集体用自杀事件来逼他出来参选市长。艾宪法被迫答应了众人的请求，提出需要再进石屋，向最高级的神说明情况。这是艾宪法最后一次展示神迹。教团高层把小屋翻了个遍，在哪儿也没有发现艾宪法的踪影和传说中的秘道。

龙眼镇的贾副所长在调查此事时，发现了为民诊所的朱大夫一直向教团提供毒品，以控制教众。朱大夫自杀时，将一个信封摆在身边，里面除了钱，还有艾宪法亲笔信。贾副所长凭着这条线索，在龙眼湖打捞三天，找到了一具肿胀无比且面目全非的尸体。他称，这便是艾宪法。一个副手站出来说自己可以与艾宪法的灵魂通话。可是，由于缺乏足够的声望与庄严的相貌，他只能使用暴力维持教会，很快就被人抛弃了。

读书人李思想

　　龙眼煤矿子弟学校一共有五个人考取了龙眼镇高级中学。哥思想是第六个，他差了四分。父亲哥从德在龙眼镇矿务局宾馆里找到了躲起来，又极度渴望被人找到的校长高老头，交了六千块钱，两条中华牌香烟和一箱五粮液酒。

　　从宾馆里出来，哥从德带着哥思想找了家饭店，开了一瓶龙眼镇当地的白酒，谈起了哥思想的生父。哥从德采用倒序的方式，先说十几年前，赵大路带着疯掉的李金璐离开龙眼镇，把还在襁褓中的孩子送给了邻居哥武龄。然后说生完孩子的李金璐想要带着哥思想逃出龙眼镇，被当年的流氓头子龙哥拦住，赵大路穿着拖鞋打死了龙哥的黑狗，救下了李金璐。最后才说，赵大路是个杀人通缉犯，李金璐是他抢来的女人。

　　哥思想早就听说了自己身世的传闻，并不怎么感到惊讶。他喝了几口酒，从口袋里摸出香烟，想了想递给了哥从德，又给自己点上，说，"我想改姓赵。"吃完了午饭，父子二人去派出所找贾副所长。改名字的时候，他又说，"我还是姓李吧。"

　　开学第一天，他跟龚力虎和贾子打架，声称要先打倒了龚力虎，再来收拾贾子。起因是龚力虎说自己要同过去一刀两断，努力读书。而李思想用极其轻蔑的口气说，你长得就不像会读书的人。三人在约定的时间来到操场，围观者超过百人。从龙眼镇高级中学初中部升上来的人想想都知道这个敢挑战龚力虎和贾子的人究竟有什么本事。

　　最终的结果是，龚力虎和李思想在一起缠斗了将近十分钟，李思想被压在下面，满脸是血。可龚力虎刚刚放他起来，他却猛地冲向贾子，对准小腹飞起一脚。贾子反应神速，肚子上挨了一脚，拳头也到了李思想的脸上。李思想往后飞了出去，整个人摔在草坪上一动不动。龚力虎和贾子看着对方，脑子里是一般的想法：这小子不会死了吧。

　　很快就迎来第二次。李思想跟隔壁班的女孩子表白，女孩在中午拒绝了他，晚上却跟另外一个男生同路往宿舍走。李思想跟在后面，叫那狗日的丑男过来挨揍。这一次他又输了，因为对方是体育特招生，专业是散打。特招生跟女孩也不是情侣关系，两人是初中同学，又是邻居，他中午回了趟家，女孩的妈妈让他帮忙带点东西过来。

第三次，第四次，第五次，顺理成章地到来。高一还没有读完，他已经打遍了龙眼镇高级中学附近所有的地痞流氓，每天都跟人喝酒，却没有一个称得上朋友的人。谁也看不出李思想是高级中学的学生。他长出了胡子，头发烫过，耳朵上有七个洞，手里始终夹着烟。右边胳膊的三角肌上纹了一个怪物，出自游戏《寂静岭2》，据说和弗洛伊德的心理学有联系。喝酒的时候，他始终带着十九世纪的法国小说。这同弗洛伊德牌纹身一起证明了他和其他流氓的不同，他是个读书人。

在爱情方面，经历了一次失败后，他走上了正轨。社会上的女孩子看到他在喝酒的时候，口袋里居然装着福楼拜，都感到惊讶。惊讶很容易走向爱恋。而学校里的女孩子，总是对江湖充满向往。向往也通向爱恋。他同时认识了两个女孩子，一个比他小一岁，姓孟，家境富裕，皮肤很白，鼻子两边有雀斑，家境富裕，胸脯大得让人不敢直视或者移不开眼睛。

另外一个十六岁，不上学，瘦得吓人，没有胸也没有屁股，由于烫头的缘故，脑袋显得很大。每天要抽超过二十支香烟，酗酒，到哪儿都牵着一只身型巨大的狼狗。他没有纠结，同时跟两个人交往。有一回，他跟孟姓女孩在出租屋里睡觉，瘦女孩找上门来，不说话，也不愿意离开。最后，李思想说，"要不你也进来吧。"于是，三人挤在单人床上，瘦女孩睡在中间，狼狗卧于床边，什么事都没有发生。

龙眼镇有两伙赫赫有名的流氓。他们的头领分别是无恶不作的郑家四虎与被人称作教父的张红旗。同所有组织一样，大佬们总在一起喝茶谈生意，入戏的向来都是底下的人。出事那天，李思想在正聚精会神地读《幻灭》，郑家老大国魁最不成器的侄子郑小勇来找他去打架，随身还背了一个长长的运动挎包，里面全是生锈的水管。李思想随手把书翻过来卡在桌子上，站起来就走。出门前，他又拐回去，撕了张纸，抄下几句话，塞在口袋里，正是高拉莉死了之后，吕西安熬夜写出来的叫人快活的歌词。

群体性斗殴发生在龙眼山屁股坡上，场面极其混乱，据说还有人带了土枪。

龙眼镇派出所的贾副所长带人赶到时，流氓们早就散了，只剩下失魂的李思想和一个躺在地上的人。躺着的人肚子上插了一把刀。贾副所长和哥从德有交情，上前踹了李思想一脚，大声说："小屁孩，这有什么好看，快给我滚！"

李思想如梦方醒，拔腿就跑。

躺在地上的人并没有死，哥从德赔钱私了，又跟李思想做倾心长谈。这一回，李思想动了真情，剃了个平头，摘掉耳环，吐露心声，他说自己想进美术学院，现在来跟哥从德借钱，以后会还。文化课不成问题，哥从德给他报了考前班，一切都顺顺利利，直到大学二年级。

学校把电话打到哥家，问他们李思想为什么不去上学？哥从德说，"不知道呀，李思想没回家。"这次失踪持续了五年，要等到龚力虎大学毕业，进了省政府做公务员，李思想才又出现在龙眼镇。他开了一辆黑色轿车。头发整整齐齐地往后梳，脸如刀削，眼里面闪烁着光芒。有人说他在省城认识了新的大哥，混得有模有样。也有人说他归根到底还是哥家人，一直在读书。也有人说他吃了女人的软饭。最后一种说法，最接近事实。他在省城认识了开美容院的娟姐。娟姐大他十三岁，狂热地喜爱十九世纪法国小说，说起现实主义、浪漫主义、自然主义头头是道。据说，她洗澡的时候，总要李思想在旁边读书。

新的美容院在龙眼镇最繁华的街上开张，龚力虎到了现场同李思想说话，郑国魁与张红旗送了东西。美艳的老板娘超过四十岁，浓妆艳抹，有两个女儿。老板的名字叫做李思想。那是李思想最得意的时光，他每天站在理发店门口抽烟，头发梳得一丝不苟，同来往的人聊天。最多的时候，他一通电话，可以叫来八十个流氓替他卖命。

故事到了高潮总要陡然直下，变故发生在半年后。

李思想在浴室里读完《红与黑》，娟姐让他谈谈于连和杜洛瓦，他还在想，娟姐又问他以后有何打算，他正准备回答，娟姐让他别开口，给他建议，叫他回到学校，拿个学历，去某中专做老师，然后由她来想办法，走动关系，给李思想弄个编。李思想感到了危机。不久，娟姐有了新情人的传闻在龙眼镇蔓延开。有人告诉他，娟姐常常在美容院里过夜，陪她睡觉的是刚从北京师范大学毕业来到龙眼镇高级中学教历史的小孔老师。

这天早上，李思想穿着白色的衬衫和黑色的西裤，皮鞋如同镜子。他坐在街边吃了一碗牛肉面，从刚刚摆出来的水果摊上抽出西瓜刀走向美容院。他打开卷闸门，走了进去。直到中午才有人鼓起勇气钻进美容院，娟姐和历史老师躺在血泊中，李思想静静地坐在收银台前，已经停止了呼吸。

柜台上放着九个 A4 大小，黄色封皮的笔记本，最上面一本竖着写了几个美术字：名人传——高级中学篇。翻开本子，里面是密密麻麻的蓝色小字，到处都是涂抹修改的痕迹，空白处有几幅速写，是马蒂斯的风格。

此外，还有一首小诗，现摘录如下：

妈妈

等我杀死爸爸

带你远走高飞

为他送葬的除了哥家人，还有龚力虎，孟姓女孩和一只身型庞大的狼狗。

引导者艾雯雯

艾雯雯就是我们前面多次提到的作家鲁雯雯，她改名的原因有二：首先，她的父亲是大名鼎鼎飞天教教主艾宪法，显然，作为教主，得有些神秘色彩，有个女儿，太像凡人了；其次，艾宪法是个聪明人，知道自己的把戏早晚要出事，所以，他在私底下找到贾副所长，塞钱，给艾雯雯改了姓。

生为先知女儿的代价与收获

回族女人死而复生，跟随怀抱新生儿的艾宪法登上龙眼山，接下来，她再也撑不住了，彻底倒下。艾宪法把她葬在龙眼山，于其上建起石头小屋，找到自己的远房堂妹，照顾女儿的起居。这位堂妹，缺乏人类的一切感情，她愿意接手婴儿，完全是为了钱。兄妹二人，策划了一个完美的骗局，女孩学会说话后，管姑妈叫妈妈，管艾宪法叫舅舅，她的父亲姓鲁，在她出生前，就死了。

现在，为了叙述方便，我们正式抛弃鲁姓，恢复她的原名。

艾雯雯从小就展现出了过人的天赋，三岁时认字数目过千，五岁开始帮助她的教主父亲整理圣经故事、佛教典籍以及伊斯兰世界流传的神话。父女二人同时进行这项作业，艾宪法很快就发现了女儿的才能，尽管他的阅读与整理速度更快，但是艾雯雯挑选出来的故事，每一篇都精彩万分，充满戏剧张力。十岁那年，她为艾宪法的宗教提供了世界的起源学说以及天堂与地狱的具体形态。

事情是这样。傍晚，没有风，夕阳斜挂，红云纹丝不动，一个看不出年纪，蓄着卷曲长发，皮肤白皙的男人在私立学校校门口叫住艾雯雯。黄种人，三十岁上下。男人带她游历了天堂与地狱，在这个过程中，向她说明了世界的来源。此事得到了门卫的证实，的确有个面孔陌生的青年男子带走了艾雯雯，由于男子长相俊美，气度不凡，行为堂堂正正，且艾雯雯毫不犹豫地随他而去，因此，保安没有上前询问。艾雯雯回到家中，只比平时晚了十几分钟，而她却说自己在灵界游历了相当长的时间，可具体多长时间，她不能确定，因为灵界没有时间这个东西。

回来后，艾雯雯不眠不休地写下了自己的见闻，声称所有的一切，全是她亲身经历，没有一丝一毫的虚构成分。一部分手稿被同学看到交给了老师，这下子，她成为了众人嘲笑、排挤的对象，小学生们管她叫妖怪，疯子、巫婆，都不愿意和她坐在一起，甚至有家长来到学校，要求开除艾雯雯。私立学校的老师怒斥众人愚昧，声称这是了不起的文学作品，并且第一时间通知了艾雯雯的姑妈。姑妈到学校拿回了手稿，交给艾宪法。艾宪法如获至宝。

在艾雯雯最初的手稿中，世界起源篇像是某种口述史的文字记录，而其对天堂与地狱的描述，更类似于游记。艾宪法据此整理出了飞天教的天堂与地狱。从文学角度上来说，这次改写极为失败，艾雯雯清晰流畅的游记，在艾宪法的笔下成为了枯燥的说明文，但有两处重大修改，必须加以说明：

其一，负责向人间传播真相的人是艾雯雯，艾宪法改成了自己。

其二，天堂与地狱并非神建立的场所。事实是，善的灵魂脱离肉体后，生活在一起，形成了天堂；不愿悔改的坏人们死后，聚集起来，成为了地狱。进天堂或者下地狱，其实是自由选择。但是艾宪法认为，这种说法使得教主变得多余，且庸众不能理解何为自由选择。

第一部作品及其他

艾雯雯的第一部，也是唯一一部完整作品写于初中时期，名字叫做《龙眼镇神话故事》。她在私立学校老师的指点下，收集民间传说，使用嫁接的手法，把古希腊神话融合进来，最开始，创世神的觉醒，然后是父子大战，父亲被打败后，从天上掉下来，龙眼山便出现了。龙眼十八峰分别由十八位主神控制，龙眼湖是仙女湖，居住着三位女神，除此之外，还有一些花花草草的神。其中比较有原创性质的是龙眼十八峰的来源，故事梗概如下：

创世神坠落到地面上，形成龙眼山，山压住了一条自古以来便居于此地的大蛇。经年累月，大蛇与神结成一体。终于，山从中间裂开，大蛇探出身子，口吐人言，要求人类向他进贡。人们求助于天神，天神下凡，边打边谈，最终同大蛇达成协议，由居住在龙眼山附近的人们需选出一个姓氏，将他们全族献祭给大蛇，大蛇便会归于黑暗。最终，一户马姓人家站出来跃入裂缝中，龙眼山缓缓合拢，只留下了一条淡淡的印记。故事并没有在这里终结，马家有个年轻男子，此时同邻村的一个女人发生了关系，但并未成婚，因此马家无人知晓此事。可女人已经怀孕，孩子生下来之后，天崩地裂，天神不得不再次降临人间。大战后，龙眼十八座峰正式形成。

凭借着神话故事和艾宪法的资金支持，艾雯雯作为特招生进入高级中学。最开始，她常常跟哥白尼还有李思想在一起吃午饭，因为，艾宪法同哥白尼的父亲是老朋友，三人在小时候见过面。一次，刘叔家饭店，油焖茄子、土豆炒肉、番茄鸡蛋、三鲜汤，哥白尼喝了两瓶啤酒，随口提起艾雯雯曾经游历灵界的事。艾雯雯脸色一变，哥白尼疯狂道歉，李思想满不在乎，说，"这有什么，我也见过那个男人，只不过没有被选中。"他边说，边摸出口袋里的纸和笔，画出男人的相貌。艾雯雯瞪大了眼睛，同她当年所见一模一样。

艾雯雯和李思想一拍即合，成为最好的朋友。两个处于青春期的人，谁也没有想过要往恋人的方向发展。提这件事，是为了给男女之间存在真正的友谊提供论据。

在接下来的一年里，艾雯雯口述，李思想手绘，两人合作完成了天堂与地狱的画稿。线条歪歪扭扭，构图没有章法，透视也完全不对，但看过的人，都为他们俩的想象力震惊。不是想象力，是确实存在的地方。两人在心里说。

关于艾雯雯和陈宝宝相处的细节，可以在李思想的《名人传》里找到，这里不再详细描述，只简单介绍些两人相识的过程：艾雯雯通过李思想认识了陈宝宝，对陈宝宝一见钟情。李思想试图阻拦，但没有成功。艾雯雯和陈宝宝第一次发生性关系，是在刘叔家饭店的二楼。

李思想写完《名人传》，拿给艾雯雯看。艾雯雯对小团体评价是，这五个人里只有一个半值得书写：一是贾子，因为他是真的有本领；半指的是神童华清晨，理由是毁灭过程最动人。可为什么是一半呢？那是因为华青晨最后竟然想要自救，令人失望。至于哥白尼和龚力虎太过平庸，随便在哪里提一下就可以了，不值得专门书写。尤其是龚力虎，他连平庸都是极其现实性的平庸，无可救药。严大雨她提也没提。

对于《名人传》中的陈宝宝，艾雯雯认为，前面没有问题，只是结局需要修改，她提供了另外一个版本，赋予陈宝宝英雄的形象，但李思想坚持要他死在厕所里，全身爬满蛆虫。两人因此大吵一架，到李思想死，也没有和好。艾雯雯的版本，我们把它放在了本文末尾。

<h3 align="center">引导者的命运</h3>

尽管在私立学校时，艾雯雯就被人当作文学天才，但写故事对她来说，始终只是个业余爱好，她管自己叫"引导者"，使命是将灵界之事展示给凡人。第一个跟随他游历灵界的人是李思想，李思想见到了自己的妈妈。随后，艾雯雯名声逐渐传播开，在高级中学，她和星座、塔罗牌、笔仙齐名，但只受到学生追捧，成年人只当作游戏。要到贾子死后，贾副所长前来求助，她才获得了龙眼镇人真正的认同，可这时，龙眼镇已经失去了她。

高考后，她来到北京，在几所知名的文科大学里旁听神话学的课，两年后，她短暂地出现在龙眼镇，身边有两个年轻人，拿着摄像机，目的是要拍摄教授谢傻子的纪录片，但是没有公开发表。同年，她离开中国，跟失踪的艾宪法生活在美国德州，住别墅，开大汽车，依然自称引导者，客户多为白种人。

<h3 align="center">艾雯雯笔下陈宝宝的结局</h3>

我想我知道他藏在哪里，我和他曾经夜爬龙眼十八峰。想到这里，我从龙眼镇陵园穿过，由小路进山，看见了警察和狗，看样子他们还在寻找。我沿斜坡而上，进入竹林，一个一个的山洞找过去，不久便听见了微弱的呻吟。

他蜷曲在山洞里，双颊殷红，发着高烧。我先给他喝了几口水，又用水浇湿几片干面包喂他吃下去，接着强迫他服下两片布洛芬。等到药力上来，我把弯刀递给他，说愿意跟他一起死。他接过弯刀，无力地在空中比划了一下，突然间对着我大吼，让我滚。我说，我知道他的用意，我不会走。

远处响起了狗的叫声。他说一定是狗嗅到了我的气味，马上就要找到这里。他说，如果我想跟着他，就脱掉衣服丢在山洞里。我听了他的话，光着脚跟他往野坟堆那边跑，没过多久，我的脚破了，紧接着又摔了几跤，膝盖一直在流血，上半身也被树枝划得伤痕累累，但我感觉很幸福。太阳升起又落下，月亮落下又升起，冷面包被吃光，我们的食品只剩下半罐子布洛芬。他开始打我，骂我拖累了他逃走的速度。有几次，他还让我抱着树，从后面干我，快完事时，拔出来射在我后背上。一开始很烫，没多久就变得冰冷。

　　身后的脚步声忽近忽远，终于我们被包围了。他拉住我的手，说他还有最后一个办法，问我相不相信他。我当然相信他。他猛然把弯刀架在我的脖子上，大喊，都让开，不然我就杀了她。我明白了，他这是为了救我，于是拼命反抗，想要把自己的脖子伸到刀刃上，死在他前头。可我没有成功，子弹从我耳边划过，贾副所长终于替他儿子报了仇。